项丽敏 著

像南瓜一样活着

江苏凤凰文艺出版社
JIANGSU PHOENIX LITERATURE AND ART PUBLISHING

图书在版编目（CIP）数据

像南瓜一样活着 / 项丽敏著 . —— 南京：江苏凤凰文艺出版社，2022.10（2024.5 重印）
ISBN 978-7-5594-6994-6

Ⅰ.①像… Ⅱ.①项… Ⅲ.①散文集 – 中国 – 当代 Ⅳ.① I267

中国版本图书馆 CIP 数据核字（2022）第 124362 号

像南瓜一样活着

项丽敏 著

出 版 人	张在健
责任编辑	姜业雨
装帧设计	周伟伟
责任印制	刘 巍
出版发行	江苏凤凰文艺出版社
	南京市中央路 165 号，邮编：210009
网 址	http://www.jswenyi.com
印 刷	苏州市越洋印刷有限公司
开 本	880 毫米 × 1194 毫米 1/32
印 张	9.375
字 数	160 千字
版 次	2022 年 10 月第 1 版
印 次	2024 年 5 月第 3 次印刷
书 号	ISBN 978-7-5594-6994-6
定 价	59.00 元

江苏凤凰文艺版图书凡印刷、装订错误，可向出版社调换，联系电话 025 – 83280257

目 录

山蔬野果

人间地耳　　　　　　　　003

草味道　　　　　　　　　009

豌豆花花　　　　　　　　013

秋食马齿苋　　　　　　　016

荠菜赋　　　　　　　　　020

冬瓜之用　　　　　　　　033

番饴的饴　　　　　　　　036

辣辛一味　　　　　　　　048

晚秋檐角的悬铃　　　　　057

像南瓜一样活着　　　　　067

板栗瓜和蜜冠　　　　　　074

拾果记　　　　　　　　　078

长在树上的甜点　　　　　090

空山草木

青苔地　　　　　　　　　105

自给自足的树　　　　　　108

露水酿出稻谷　　　　　　110

野姜花　　　　　　　　　113

看荷　　　　　　　　　　116

桂子月中落　　　　　　　121

一株草顶一颗露珠　　　　124

粉籽花，晚饭花　　　　　126

栗树好看　　　　　　　　133

岁末花　　　　　　　　　140

冬天的另一场雪　　　　　143

人间月色

月出松谷	149
我的木舍	153
与书偕老	157
被一只竹匾改变的生活	160
99户人家的村子	168
仙源古镇	188
途经塔川	204
无事且饮太平猴魁	226
去郭村	241
春节记	271
在静中流动的湖	290

山蔬野果

人间地耳

惊蛰前夜,一场雨水,后园的地耳苏醒过来。

苏醒过来的地耳紧贴地面,静悄悄,支棱着耳郭,倾听雨脚落地的声音,滴答滴答,滴答滴答……忽而急促热烈,忽而缓慢轻柔,循环反复地敲击。

"嗒!"——泥土之下有了动静,一扇门被轻轻推开。紧接着,更多的门被推开,呼应着来自天空雨水的召唤。

在更深的泥土下,根茎的吮吸声也变得有力,"滋滋滋,滋滋滋",贪婪又欢喜。在这些声音之外,还有暗流汩汩的涌动声,也来自地下——或许来自近旁的老井——那里有一孔泉眼,干涸了整个冬天,连日雨水的渗透,又重新丰沛起来。

老井的水满了,雨也停了。春笋顶开松软的泥土,冒出尖尖的黄脑壳。菜园的豌豆藤又爬上来一大截,就要开花。

苏醒过来的地耳到处漫游,伸向泥土的每一寸缝隙。春天的土地充满了秘密的声响,这是万物的心跳声,只有把耳朵紧贴地面,屏住呼吸,才能听到。

地耳也叫地衣、雨菌子,此外它还有个不太雅的名字——鼻涕菜。我小时候就是这么叫的。大人说，它是雷公打喷嚏时流的鼻涕。"啪！"雷公将一把鼻涕甩下来，落到地上，就长成这"乌麻漆黑"的东西。听起来真有生理的不适。不过好奇的孩子并不管这些，还是蹲下，用手去触摸。孩子的手上有一双眼睛，唯有用手触摸过，才算认识。

近看地耳并非"乌麻漆黑"，而是海藻一样略微透明的黄绿色，软滑柔腻的手感，轻轻一抓就是一大把。

我人生里最早认识的野菜就是地耳。那时我五六岁，还没有上学，跟随母亲在她任教的乡村小学生活。离学校不远的河边有一片荒地，放学后，母亲拿着锄头去开荒种菜，我跟在后面，也帮不上什么忙，就蹲在一旁捡小石子玩。

挖好一畦地，母亲见天色还早，就说，讨点野菜回去吧。

母亲把挖野菜说成"讨野菜"，仿佛野菜是有人种下的，采挖它们需要取得同意——虽然看不见那个种下它们的人。

河畔到处是野菜，母亲教我闻它们的味道，告诉我它们的名字、荠菜、马兰头、苦苦菜、野葱……但我太小了，哪里分得清，在我看来，它们长得都一样。唯一能分辨的就是鼻涕菜——地耳，唯有它长得与众不同，一旦认识了，就再也不会和别的野菜野草混淆。

当我认识了这种"雷公鼻涕"的野菜，就发现走到哪里都能见到,路上不小心摔一跤,也是摔在地耳上,可能是这家伙的恶作剧,让我滑倒的吧。

地耳这东西,"讨"起来容易,洗起来却是麻烦。那么多的细碎泥沙,还有枯草的茎,藏在地耳卷起的耳蜗里,需要极大的耐心,一次又一次地淘洗,吃的时候才不至于硌到牙齿。

母亲有洁癖,手脚又慢,每次洗地耳所花的时间,够别人家做一顿饭了。等母亲把加了油盐的炒地耳盛进碗里,招呼我吃饭时,我已趴在桌子上,嘴角挂着涎水,在饥饿中睡着。

地耳吃进嘴里就会明白,为什么把地耳叫作鼻涕菜。那软软滑滑的口感,可真是——唯有鼻涕可比拟。

这随处可得的地耳,村里却少有人家吃。有来串门的邻居——母亲让我叫她方姨,见饭桌上一碗黑乎乎的炒地耳,颇为惊奇:"老师怎么吃这个?"

"这是野菜,味道很鲜的。"

"老师是捧公家饭碗的人,还吃这鼻涕糊样的东西,也太节省了。"

"自己种的菜还没长。" 母亲说着,往我碗里拨一筷子炒地耳。

隔天方姨又来了,手里拎一个布包,搁在锅台上:"给小妹姑吃的,小妹姑长身体,光吃野菜不行。"村里人把未成年的女孩统称为小妹姑。

解开布包,是鸡蛋,有十几只呢。

母亲赶忙推辞,说不要不要,哪能平白无故要东西。

"老师你这么见外,是看不起我这个大老粗吧。"方姨嗓门大起来,有些着急上火的样子。

母亲只得收下,嘴里连连道谢。

接下来的几天,母亲就用地耳煮鸡蛋羹吃,往碗里敲进一只鸡蛋,小指在蛋壳底刮一下,让剩余的蛋清流出,加一些水,少量盐,拿筷子在碗里不停搅动,将鸡蛋搅匀。我喜欢听那搅鸡蛋的声音,"嗒嗒嗒,嗒嗒嗒",欢快的节奏让人兴奋。搅好的鸡蛋液浮起一层泡沫,把洗净的地耳放进去,入锅蒸。

蒸鸡蛋的声音也是好听的,"咕嘟咕嘟咕嘟",听着这声音,又饿又幸福。鸡蛋蒸好了,母亲吩咐我:"把勺子拿来。"我赶紧递过勺子,看母亲用勺子在热气弥漫的鸡蛋羹上画出一个"井",滴进几滴酱油,慢慢地,酱油晕开,汤色变红。母亲又放入几粒切碎的葱花,半勺猪油,再倒进开水,一碗色泽丰富的地耳鸡蛋羹上了桌。

此后,隔个几天,当我和母亲趁着暮色从河边回来,就会看见有一把菜搁在门口。不用问,准是方姨拿来的。

母亲和方姨成了朋友，有次母亲偏头痛发作，起不了床，还是方姨过来照顾的，从家里做好饭端来。

"这么长时间了，怎么没见小妹姑的老子来过？"方姨问。

"他在外地工作，离这远得很。"

"老师你太不容易了，又要教书又要带小妹姑，头疼脑热也没人晓得……"

那天我听到母亲的抽泣声，不知道是因为生病还是因为别的什么事。

春天过去一半，母亲种的韭菜可以吃了，割一把，洗净，切成段，放入地耳快炒，菜出锅时，整个屋子被生猛的香气挤满。到了春末，豌豆荚也鼓起来，摘下豆荚，剥壳，把豌豆米和地耳一起煮，起锅时打入蛋花，汤味清甜鲜美。

我十岁那年，父亲调回老家工作，母亲也调到离家最近的学校教书，一家人总算生活在一个屋檐下了。

老家的后园也有地耳，初夏梅雨季，地耳长得尤其水灵，看得人手痒眼馋，忍不住就拿了篮子，蹲下去采撷。采得太多吃不掉，母亲就把地耳洗净，摊开在灶头，烤干，拿玻璃瓶储存起来。烤干的地耳蔫头耷脑，吃的时候用水泡发一下，干地耳遇到水，瞬间复活。我喜欢吃干地耳炖排骨，吸收了排骨脂肪的地耳滋味肥美，比新鲜的地耳更有嚼劲儿。当然，如此奢侈的吃法，是成年后才得以尝试的。

在我成年后，母亲念叨过几次，说要我抽空陪她一起去看看方姨："那几年多亏她关照，不能一走就忘了人家。"可年复一年，我似乎没有空闲下来的时候，慢慢地，母亲也就不再提这事了。

后园的地耳漫不经心地生长着。周末回老家，偶尔我还是会采一些，花上一点工夫，先挑出里面的草茎，再一遍遍淘洗。做这件事就像是一种修行，时间缓慢下来，心无杂念，静且安宁。

母亲也时常去后园，手里拄着拐杖，长时间看着地耳，用一种静默的语言和它们对话，又似和地耳一起，倾听那来自泥土之下秘密的声响。母亲已经多年没有"讨"过地耳了，她的腿脚僵硬得如同老树桩子，再也不能像年轻时那样灵便地蹲下。

有一天，我蹲着讨地耳的时候，母亲在旁边突然说："还记得方姨吗？听说得了癌症，已经过世了。"母亲后悔没有能够回到那个村子，去看看方姨，"我们欠她的人情，这辈子是还不了了。"

草味道

接连两个早晨吃的都是野草拌面。

草是晨练时在山坡上采的。新居所在的小区偏于郊外，周围是稻田和村庄，走在任何一条路上，都可以看到面目熟悉如同故友的野草，沿着路边的河沟和坡地生长。

黄梅戏里有个经典剧目叫《打猪草》，我很小的时候就会唱："郎对花姐对花，一对对到田埂上，掉下一粒籽，发了一个芽，红秆子绿叶开的什么花……"不只是我，村里的大人孩子都会唱。大人只在特别开心的时候才会唱，孩子们呢，只要走到山间田野，就会扯开嗓子唱，比赛着唱，一边唱一边打着猪草。

那时候每户人家都养了猪。每户人家除了自己住的房子，还会在房子边上搭一间猪栏。主妇们给家人做饭的同时，不能忘记给猪烀猪食，人吃三顿，猪也吃三顿，且吃得比人更多、更快，饿得也比人更急，一饿就不停地哼哼，跑到主妇身边，用脏乎乎的嘴拱着主妇的脚后跟。

猪食总是不够吃。家里的孩子，除了上学，另一个重要的任务就是打猪草，一放学就背上竹篓，挎上篮子，去田埂，去山间。

孩子们打猪草时都结着伴，没有单独去打猪草的。单独打猪草太没意思了，连个说话的伙伴也没有，结伴打猪草就不一样，可以编故事讲给对方听，可以唱歌，唱黄梅调。三四个孩子结伴一道儿，家里的大人也放心些，孩子们一起做一件事，还会暗暗较劲儿，希望自己打的猪草比别人多，也比别人好。

孩子们在一起还会比谁认得的猪草多。野地里生长的草，不是什么都可以扯回家喂猪的，有些草看起来一副善良模样，却是有毒。还有混在草里生长的野菇子，不小心采回家，给猪吃下去后也是不得了的事，村里每年都有一两头猪因此死掉。对主人来说，死一头猪，比自己生一场病更叫人难过。猪没了，一年吃的猪肉猪油也就没了。

我计算过自己认得的猪草，有十多种，麻叶子、马齿苋、蛤蟆草、野芝麻、蒿子草……这些猪草也都是猪爱吃的，不会在吃的时候将它们拱出食槽。猪看起来没心没肺、大大咧咧，其实很挑食，长老了的猪草，味道不佳的猪草，总是遭它们嫌弃。

大自然是孩子最好的课堂。我庆幸自己出生在二十世纪七十年代，那个年代，食物虽不像现在这么丰富，却也不匮乏，且都保持着食物天然的味道，没有被污染。那个年代的孩子有可以戏水的干净河流,有可以探险的山林,奔跑的田野,可以和山间的动物植物一样栉风沐雨,自然生长。而现在的孩子,除了学习,夜以继日地学习,已没有更多的生活,对大自然隐秘的乐趣更无体验。当现在的孩子长大后,回想自己的童年,会想起什么呢?有什么是滋养了他们生命并在生命中扎根的?有什么是给予他们欢乐塑造了他们灵魂的?

自然从不向人索取任何,却能给予人需要的能量——物质的、精神的——只要你不贪婪,需要的能量适度,自然就不会让你失望,不会让你走进去后空手而归。

离开村庄进城读书后,我就没有打过猪草了。那之后,家里也不再养猪,猪栏拆掉,做了杂物间。没过几年,村里人家也都不养猪了,唱黄梅调的人变得很少,走上田埂,也听不到"郎对花姐对花"的童音对唱,只有那些曾被叫作猪草的野草还在生长。无论人采不采它们,它们都在那里生长。

当我于几十年后,在路边山坡再遇这些熟识的猪草时,突然升出温暖的饥饿感,想再次采摘它们,把它们带回家,闻它们的气味,尝它们的味道。我不担心它们是否有毒,只是担心,它们是否被人打了除草剂。"小心,不要采路边的。"我对自己说。路边的野草很可能打了除草剂,田埂、地沟，都是除草剂和杀虫剂的泛滥区。

野草采回了五种，叫得出名字的有野苦麻、野葡萄、艾蒿、益母草，还有一种闻起来有股香气的，想不出名字，但我确定，它是小时候采过的——不仅采来喂过猪，家里人也吃过它，当野菜吃。

回到居所，在灶上烧一锅水，将采回的这些洗净，水烧开后放入锅中，烫熟，捞起来放进冷水里浸着，将汁液浸出一些，再捏成团。如果这些野草的味道是我能接受的，以后就可以常去野地里采它们了。做一个食草者，多么好，不必拥有土地，不用种植，就可以享用大自然绿色营养的供给，并且不用付出购买它们的金钱。

那些绿莹莹的野草团子，切碎后放入酱油、醋，淋上芝麻油，野香浓郁如同夏之山谷。只是口感上仍有些粗粝，不如家养蔬菜细嫩。这就是野生与家养的区别吧，野生的没有施肥，全靠天长，而家养的却与之相反。这区别不正是野生的优点吗，保留了更多天然成分，让食者的味蕾也有了粗犷原始的体验。

到第二天，终于想起了那种有香气的野草名字，它就是苦叶菜呀，也叫败酱草，小时候常在屋后茶园里采它。苦叶菜喜欢和茶树长在一起，味道也近似于茶，和茶一样清凉，微苦，细嚼之后，又在舌间留下清香绵长的回味。

豌豆花花

豌豆花有多种颜色，我看过的只有两种，紫色和白色。

紫色的豌豆花很上相，尤其是挂着露珠的，从镜头里看，让人惊艳，仿佛它不应该生在菜地，而应该生在花园里。

如果要给紫色分类，可以将一种紫命名为豌豆花紫。

仔细一想，又觉不妥。

豌豆花的花瓣分两层，紫色也分两层，外面一层略浅，里面一层要深得多，近于紫红。同一朵花，拥有两种不同的紫色，深浅相宜，又相互映衬，实在是造物之工。

和紫色豌豆花比起来，白色豌豆花就显得平常多了。白色豌豆花是贫民家的女儿，而紫色豌豆花，更像是贵族家的女儿。

其实，它们的区别只在花朵的颜色上，本质上并没有差别。

人也一样，贫与贵的差别也只体现在表面。命运内部的起伏，生命最终的归途，并没有什么不同。

在菜地里看到豌豆花时，总会想到蝴蝶。大片的豌豆花，层层叠叠的豌豆花，紫色的，白色的，像无数蝴蝶的聚集,风一吹就颤动不止,随时会飞起来。

过于相似的两种事物,使人觉得它们之间有某种联系。这联系是隐秘的,看不见的,又很密切,就像精神的磁力,或者说爱。

"爱是一种神秘的易容术,能使相爱者在交换彼此灵魂的同时,也交换彼此的面容。比如这只蝴蝶,因为长久地凝视这朵花,就变成了相似的另一朵。"想起来了,很久以前,我就曾写过这句。

豌豆的花期长,能开上一个月。今年第一次拍豌豆花是三月初,几天前去菜地,仍有豌豆花在开。那些早开花的已经结荚,迎着阳光,能看见豆荚里稚嫩的豆粒,扁扁的绿玉色,数一数,有七颗,再过几天,就能长出圆润的样子了。

到了春末,豌豆就可以摘吃。这时的豌豆还很嫩生,水煮着吃最好。选那豆粒鼓出的豌豆荚摘下,洗净,入锅,加满清水,加适量盐粒,一起煮。煮开后把火关小,焖一下,入了味就可捞起来装盘。吃水煮豌豆不用剥壳,手指捏住豆荚的一端,入嘴,抿紧唇,在门齿中间一抽,豆粒就留在舌上了,原汁原味的豌豆香气,柔韧清甜。

等豌豆再长得饱满些,就可以焖豌豆饭吃。

我家通常在立夏那天吃豌豆饭。焖豌豆饭需用铁锅,在老柴火灶上操作。割一块五花腊肉,切成细丁,和刚剥出来的鲜豌豆一起倒入锅里，放进洗净的糯米，微量的盐，加水煮。豌豆饭煮开后，香气就涌了出来，腊肉的荤香和豌豆的素香混合在一起，托底的则是糯米香，像摇滚、爵士与民乐的多重组合，横冲直撞，很是生猛，又有绕梁三日的余韵。

焖豌豆饭的功夫在焖上，焖得不干又不烂，还能留一层薄薄的锅巴是最好。

吃过豌豆饭，就是夏天，地里的豌豆禾子开始转黄，豌豆荚呢，也鼓得快要撑不住自己。这个时候，凭谁也分不清，哪片地里的豆荚是紫豌豆花结的，哪片地里的豆荚是白豌豆花结的。

秋食马齿苋

入秋后，菜园里凭空冒出许多马齿苋来，四仰八叉，毫不在乎地将地沟占领，仿佛那原本就是它们的地盘。更有一些不客气的，竟然在刚打过底肥，准备下种的空菜地里立了足，两三天的工夫，就呼啦啦长得身肥体壮。

正在结荚的黄豆地里也长着马齿苋，隐居在黄豆禾子底下，不愿意被发现似的。辣椒地里的马齿苋也是，紧贴地面，不蹲下来根本看不见。

有几畦菜地长着白菜秧，半月前下的菜种，盖上薄土后又撒了一些草木灰在上面，再盖上一层稻草。一周后掀开稻草，白菜秧长出来了，却是稀稀拉拉，有一搭没一搭的。

给菜地上肥浇水，过几天再看，白菜秧并没多长，倒是又冒出不少马齿苋来，和菜秧挤在一起，亲如手足。

翻过两天再去看，马齿苋分明已高出白菜秧一大截，一副野心勃勃的样子。这还了得，赶紧将它们拔除，毕竟白菜秧才是这片菜地的正角。

地沟里的马齿苋也得拔掉了，不拔不行，不拔人就没处落脚。那畦空菜地里的马齿苋也到该拔的时候，再不拔就要开花了——其实已经开花，甚至已悄悄地结了籽。微小的碗状薄壳里，一窝又黑又细的种子，和母亲种的太阳花种子没分别——当然没分别了，太阳花的另一个名字就是大花马齿苋，和野生马齿苋原本就是同族同宗。

一小会儿的工夫，手里提的篮子就装满马齿苋，肥嫩肥嫩的，够吃好几餐。这些马齿苋可谓得来毫不费力，简直就是菜园白送给人的礼物，不需要人种植、精心侍弄，稍微给它们留一些生长的空间，到时候就有收获。

再看看那些白菜秧子，下了那么多的肥，还是没见长大多少。萝卜秧子也是，撒了许多种子下去，出的苗却稀疏可数，让人怀疑有一个地下暗道，将种子偷渡到不为人知的地方去了。

如果地里的菜蔬都能像马齿苋这样，不用人起早摸黑的照料就长得很好，那该省多少力气。也许马齿苋知道自己是野生植物——菜地里的寄居者这一身份吧。这种自知使得它有一种紧迫感，必须抓紧时间，拼命吸收泥土的养分，迅速生长、开花、结籽，在短短的几天里完成生命周期和繁衍族群的使命。而家养的菜蔬就丝毫不用担心这些，家养的菜蔬早已习惯并依赖于人照料，既然有人种下它们，就会对它们的生长负起责任，着急什么呢。

马齿苋的味道微酸，口感滑嫩，很对我胃口。吃马齿苋的方法也简单，可凉拌，可热炒。凉拌时将洗净的马齿苋入开水焯一下，凉水略微浸泡，挤去水分，切段，加入蒜泥、姜末、少量辣椒油和麻油，拌匀即可。热炒则需在下锅前先往油里放入蒜瓣和姜末，少许盐，下锅后快速翻炒一分钟，熄火出锅。马齿苋易熟，炒得略久就糊烂了，色味差了很多。

最近才知道马齿苋还可以摊面饼吃，原料有马齿苋、鸡蛋、面粉，适量的盐和水，和匀了，入锅摊煎，做法和韭菜饼如出一辙。我做过韭菜饼，看相和吃味都还过得去，要么哪天试着做一次马齿苋面饼，也算是开发了马齿苋的新吃法。

马齿苋拔得太多，吃不掉，就洗净晒干。晒干的马齿苋方便储存，放入坛子里，封口，到年底拿出来，用水泡发，剁碎了，加入肉泥，调成馅料，做包子或包饺子。当然，这种吃法对我来说是过于麻烦了，也过于复杂，超出了我的烹饪能力范围。我只是吃过几次干马齿苋的包子，干马齿苋和新鲜的马齿苋完全是两种口感，很有韧性，又有股类似菌菇的鲜香。对一种野菜的尊重与赞美，莫过于将它升华成如此美味吧。

秋天过去一半，马齿苋也已采过七八轮，再去菜园，还是能看到马齿苋，这里一株，那里一株，坚韧又顽强。这时候已没有采它们的欲望了，就让它们长在那里吧，让它们开花结籽，在秋风里把种子轻轻摇落，藏进一个秘密的，只有自然之神知道的地方，安静等待下一个秋天的到来。

荠菜赋

菜地里的荠菜

野菜王国里,荠菜算是明星了,没有不知道荠菜的,也很少有人不喜欢荠菜的味道,尤其是文人,比如汪曾祺、周作人、张洁,对荠菜的喜爱几乎成了一种情结,隐藏着童年的味觉与经历,这种喜爱渗透到他们的文章里,就成了发酵剂,读到文章的人毫无抵抗之力,皆被荠菜的味道诱惑。

生活在城里的人,大多是先通过文章的阅读认识荠菜,之后才品尝到荠菜的味道,这样就容易生出误解,以为荠菜是春天的野菜,只有春暖花开时才能吃上。也难怪,通常说到野菜,人们都会想到春天——野菜就是能吃的草啊,冬天万物萧瑟,田野的草都枯了,怎么会有野菜。

可荠菜偏偏就是个愣头青,小雪的节气还没过完,就等不及地长出来,长在菜地,和青菜、萝卜、菠菜、蒜苗挤在一起,可谓心无城府,广结善缘。

这时节,菜地到处都能见着荠菜,走在地沟里,脚下踩的也是荠菜。地沟里的荠菜很有智慧,将叶子紧贴地面

(村里人也叫它地菜),仿佛要隐身于泥土,人踩着荠菜走来走去也没关系,不会伤害到它们。

没有人能伤害紧贴地面的东西,除非把它连根挖起。

长在地沟和向阳处的荠菜茎叶锈红,和泥土的颜色颇为接近,看起来苍老,憔悴,味道却鲜美,是吸足了阳光的缘故吧。

和菠菜蒜苗挤在一起的荠菜,就是另一种样子了,肥壮,翠绿,简直不像是野菜。主人在播撒菜种之前,给菜地下足了底肥,那不知从何处飞来的荠菜种子,一旦落进菜地,也就获得了和其他菜种一样的待遇。

种子是大自然的秘密,在时间里等待生长。对泥土来说,所有的种子都是种子,没有区别,没有家生和野生之分。所谓家菜野菜,不过是人对它们有所分别而已。

父亲的菜地

我已经听到荠菜在菜地里呼唤,仿佛童年的时候,隔着很远的路,听到小伙伴们一声声呼唤:丽敏,出来玩啊,出来玩……只要听到这声音,就没有办法待在家里,趁着大人不注意,溜出门去。

菜地边有一棵银杏树,午后的日头照在未落尽的叶子上，光灿灿，是季节拽在手心的最后一把金币。

刚到菜地一会儿，父亲就跟过来叮嘱："在自己家地里挑，不要走到别人家地里去。"

虽说荠菜是野菜，可在别人家菜地里蹲着，用剪刀挑挖，在父亲看来终归不妥。

村里有一半人家的菜地在村口，一畦畦挨着，没有明显的分界，很容易弄错。我就弄错过，把别人家菜地当成我家的。

奇怪，小时候天天来地里摘菜，却从没弄错过。

"昨天宝玉来挑过了。"父亲说，"宝玉见我家地里荠菜多，说她儿子喜欢吃荠菜饺子，就拿了篮子过来挑，我也不好说什么，其实这些荠菜是我撒的种子，留着等你们回来挑。"

宝玉家就在村口，我和嫂子进菜地时，她特意走过来，招呼我们去她家地里挑荠菜。

父亲就是这样，面子薄，换作母亲，肯定会照实说，荠菜是自己种的，留着等孩子们回来挑。

母亲说话不会绕弯，不晓得给人留情面，很得罪人。父亲就跟在后面打圆场，给人家赔不是。

母亲呢，根本不买父亲的账，说父亲向着别人，胳膊肘往外拐。

每次回家，我都要听一番母亲对父亲的控诉，当然是背着父亲，父亲一出现，母亲就停了话头，佯装着什么也没说。

起初我还替父亲分辩，劝母亲不要计较，这更加激怒母亲，觉得我也跟她作对。后来我就只是听着，不加是非评断。

母亲需要一个听她说话的人，她需要我的耳朵，不需要我的声音。

母亲反反复复说的话，归结起来就是：父亲一生与她为敌。但她又离不开父亲——只有这个敌人能留在她身边，照顾她。她的孩子们，不过是这个家里的客人，短期停留，不能也无法朝夕相伴。

只要天不下雨，父亲就待在菜地里，既可以躲避母亲的唠叨，又可以活动筋骨。因为这菜地，父亲的日子过得倒也踏实，这种踏实感是土地给予他的，是他种下的庄稼，一天天如期生长给予他的。

父亲是个寡趣的人，没有什么爱好，对父亲来说，只要每天早晨做好饭，吃罢，如常地到菜地里干活，在太阳下除除草，种下一点什么，采摘一点什么，就很知足了。

荠菜的味道

作为野菜界的明星,荠菜的吃法是多样的,切碎了调馅包饺子、包馄饨、炸春卷,掺入米粉肉末蒸圆子,加豆腐香菇煮成羹汤。

如果要上酒席,就做成一道凉菜,拌豆腐丁或花生碎,或整棵地撺进火锅烫着吃。

荠菜挑得多了,还可以晒干,吃的时候泡一泡,垫在腊肉下,放入蒸笼,在沸腾的水蒸气里缓缓吸入腊肉油脂丰厚的咸香……烹调方式没有定规,全凭人的口味和兴致,或粗犷,或精细,或简约,或奢靡,或浓妆,或淡抹,胜在出其不意。

我有一位朋友,每到冬至那天,会去菜市买来新鲜的荠菜,摘掉黄叶,洗净,焯水,切碎,拌入剁好的肉泥,少量姜末,盐,此外再不放别的调料。她说调料放多了,会破坏荠菜原本的鲜香。接下来就是包饺子,饺子皮是在菜市买来,省了手擀的烦琐——她也不会擀皮,她是皖南人,自小以米饭为主食。

一口气包了上百个荠菜饺子,保鲜袋装好,放进冰箱冷冻,此后的每个周末,这荠菜饺子就是她的晚餐。

有次在她那儿蹭饭,问她为什么这么喜欢吃荠菜饺子,再好吃的东西,吃多了也会腻。她顿了一下,说我也不知道为什么,人对于一种味道的喜欢,很难说清缘由。

"也可能,跟早年的一段经历有关吧。"过了好一会儿,她缓缓说道。

年轻的时候,她有过一段异地恋情,到了周末,会乘火车去另一个城市与恋人相聚,那时还是绿皮火车,早上上车,下车时已是黄昏。她的恋人在站台,背对着夕阳,等她,两个人手挽手,出站,穿过三条街,去一家手工饺子铺,买上两人份的荠菜饺子,再手挽手,穿过两条街,到达住处。

他们的恋情并不长,只有半年。她记得最后一次去他的城市,是樱花盛开的时候,他们去看樱花,那天风很大,每一阵风里都裹着樱花碎片,大把大把抛向他们。

"这么好,为什么结束?"听着她平静地叙说,颇为遗憾。

"看过樱花之后,他就没了。"她说。一场事故带走了他。

她说后来再也没有去过那座城市,但她保留了这个习惯,直到后来结婚,有了孩子,离婚,孩子长大外出读书,差不多过去二十年,仍然如此——在冬天的周末吃荠菜饺子。

我也喜欢吃荠菜饺子,但我不会包,我的手太笨了,无论如何也学不会那巧妙的一握。调制馅料的事也做不好,不知道哪里不对,无法调出荠菜馅料特有的鲜美。

我能做的就是去野地里挑荠菜——这是我喜欢的事情，超过了对荠菜味道的喜欢。当我走进少有人至的野地，蹲下，面对贴地而生的荠菜，世界立刻安静下来。

荠菜之美

荠菜的种子是美的，小而扁，心形，风一摇就落进泥土，落进泥土的种子就是泥土的颜色，黝黑的泥土里藏了多少荠菜种子，没有人知道。

荠菜的花是美的，民间有"三月三，荠菜赛牡丹"之说。这种说法，实则有些夸张，荠花的美，与娇艳毫无关联，而在素朴可亲，一派天真的野趣。

荠菜的味道当然就更美了，怎么夸都不为过，"谁谓荼苦，其甘如荠。"这句出自《诗经》的句子，就是对荠菜味道最为经典的赞美。

苏东坡也曾说荠菜"虽不甘于五味，而有味外之美"。贬官外放时，东坡先生发明了一款菜肴，名曰东坡羹，从早春的园子里采来荠菜、萝卜，加粳米煮成菜粥，食罢提笔，给友人写信，"今日食荠极美……"

说到东坡羹，就想到日本的七草粥。七草粥里也有荠菜和萝卜，此外还有宝盖草、繁缕、鼠曲草、野水芹和菘

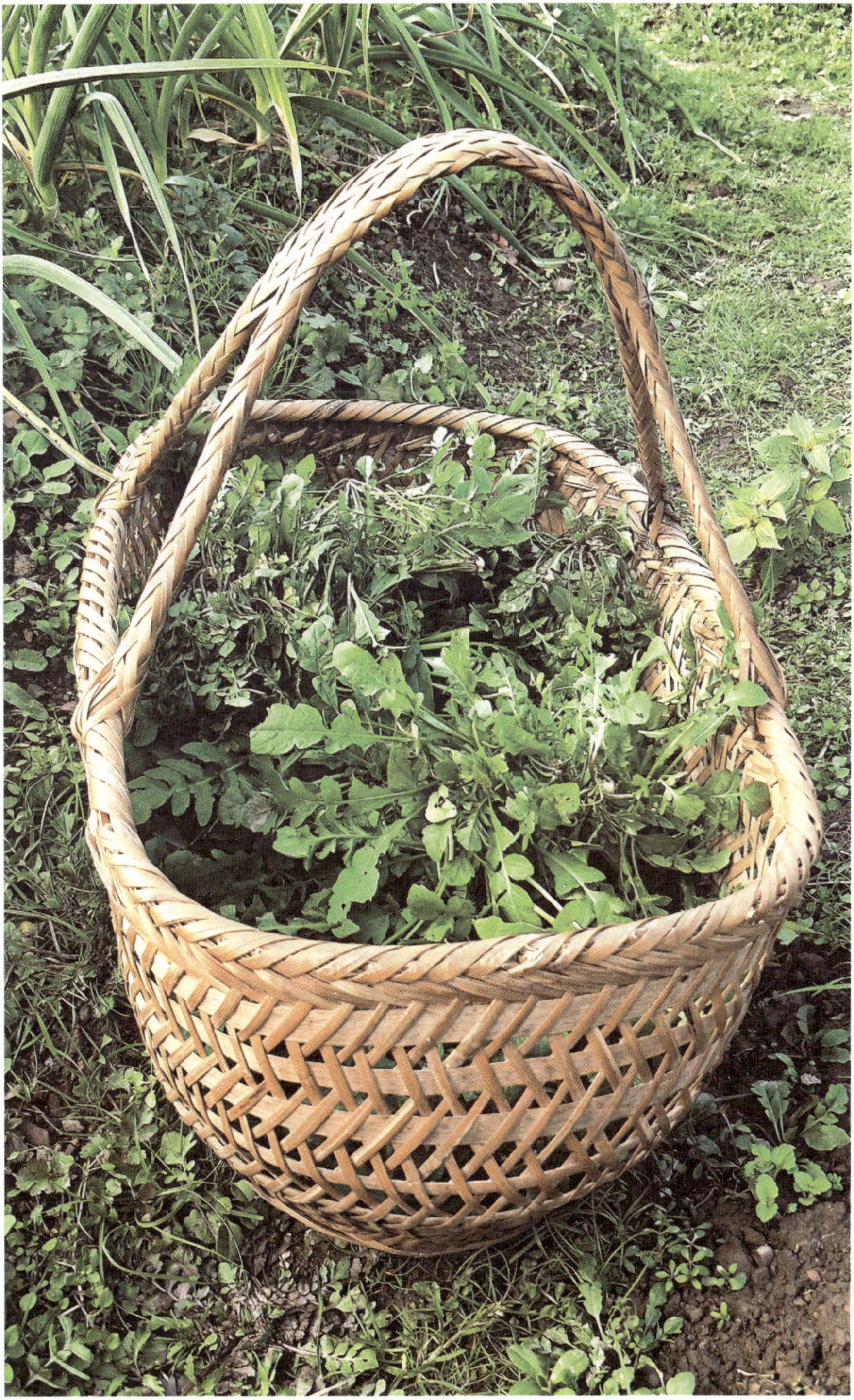

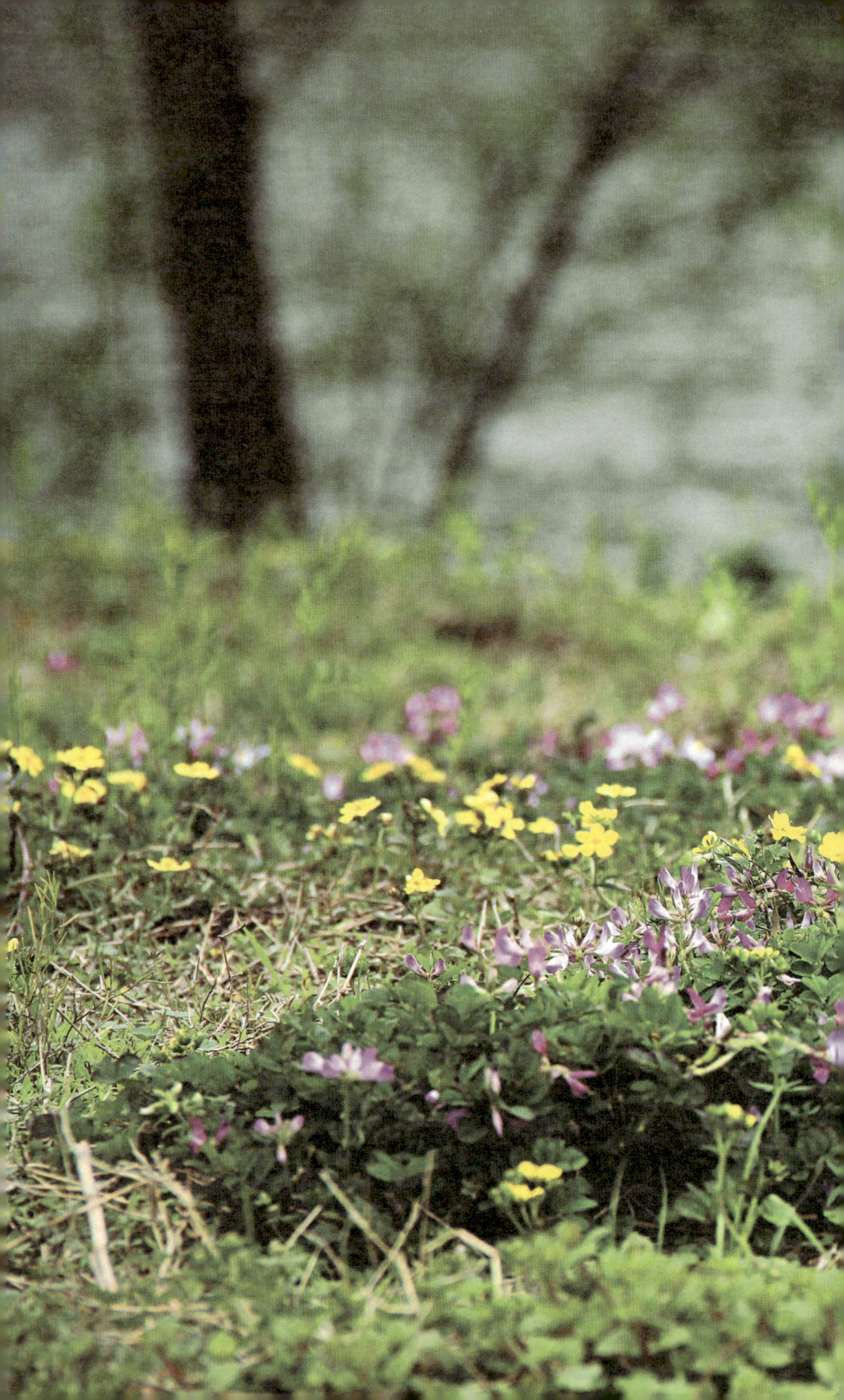

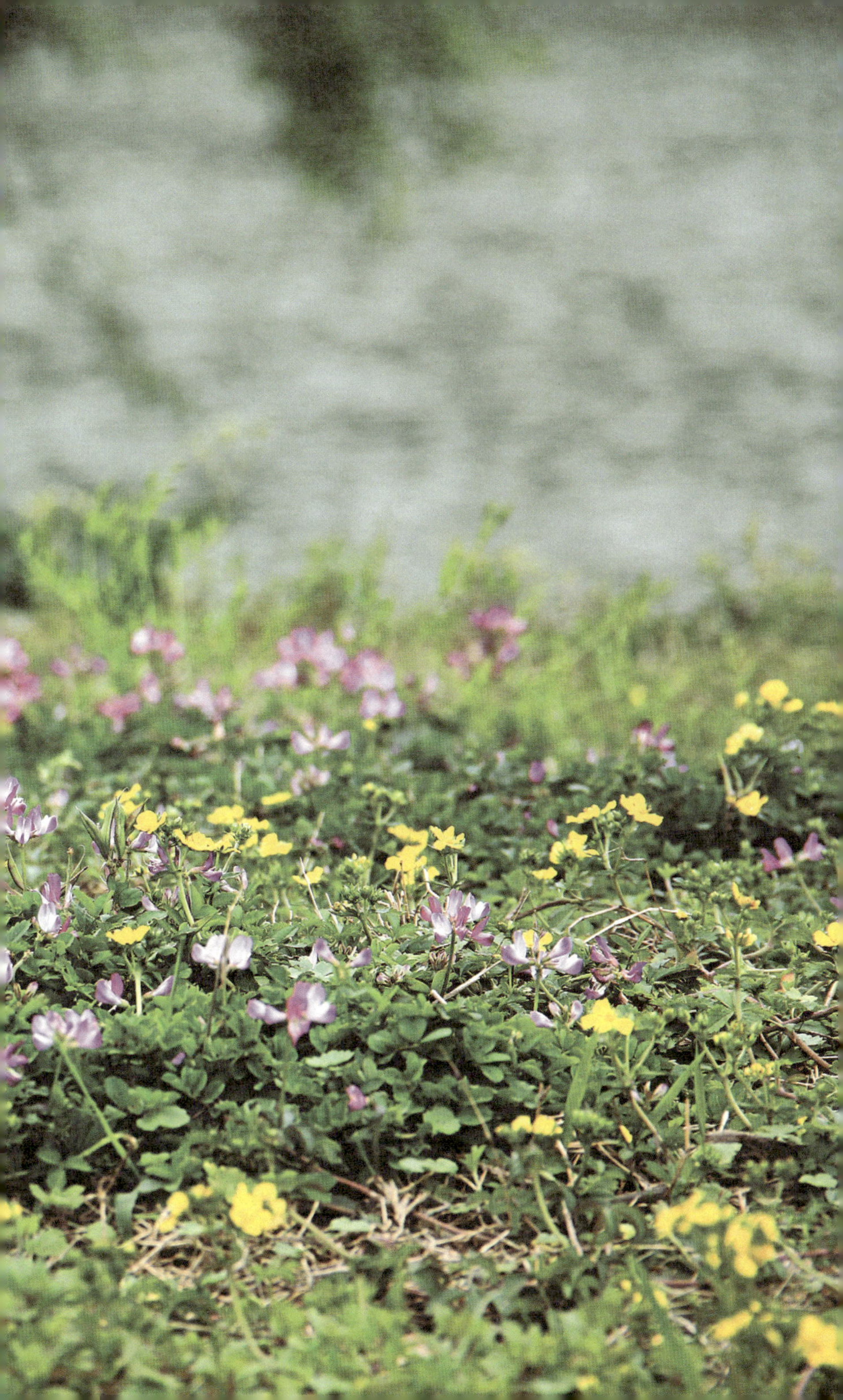

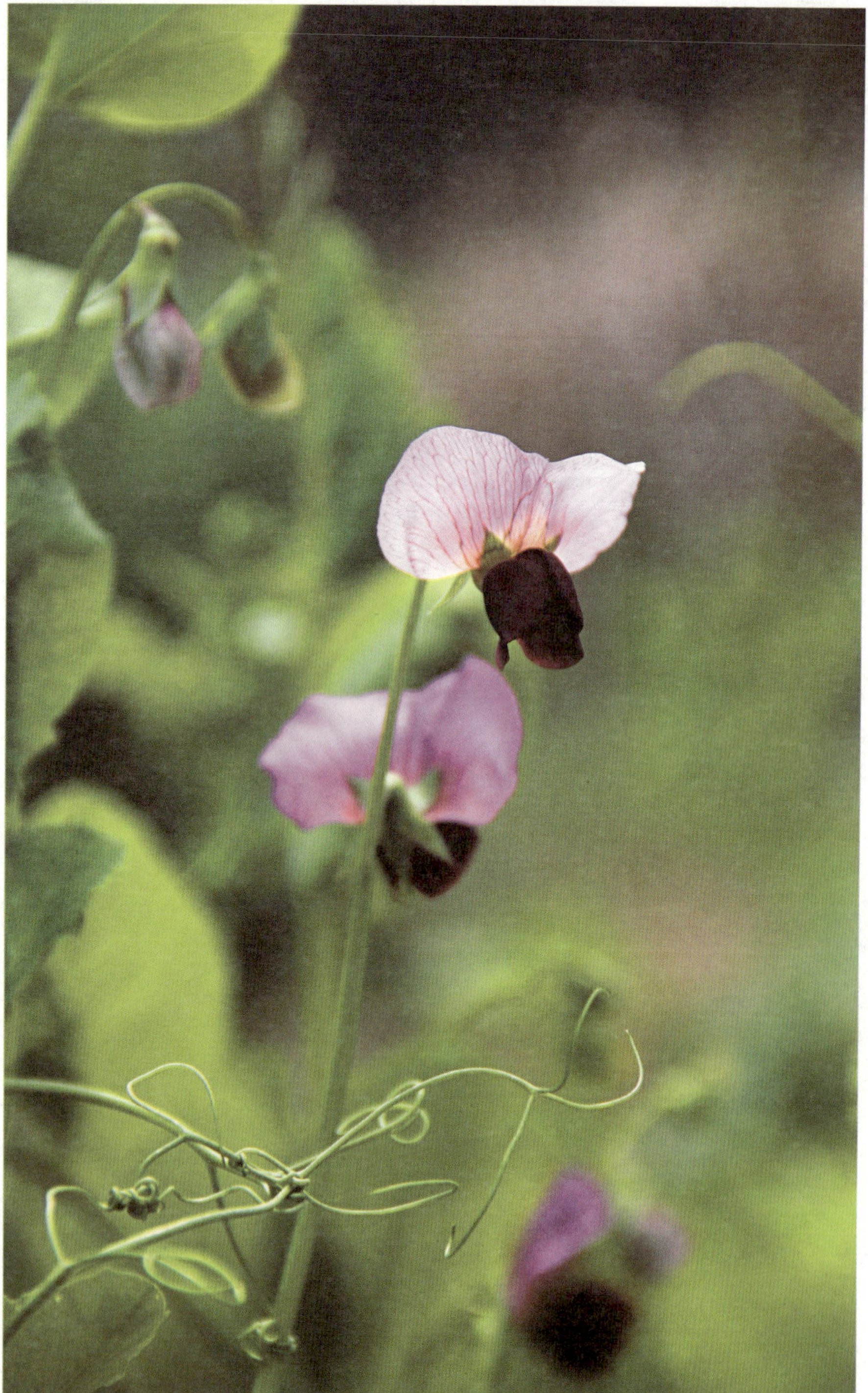

（白菜）。

日本作家柳宗民在《杂草记》里写到七草粥："这七草在秋天发芽，身披绿叶越过寒冬，是坚韧品格的象征。"因此在日本的习俗里，一月七日这天会采来七草，切碎了，加米煮成粥。一月七日是人日，人日就是人的生日，这天食七草粥，一整年无病无灾。

柳先生说七草粥又叫七草荠，因荠菜是七草之冠："七草粥那种特有的味道，就是荠的味道……在青黄不接的冬天里，那锯齿状的绿叶总能勾起人的食欲。"

我没吃过东坡羹，也没吃过七草粥，要么开春时煮上一锅吧。七草粥里的七种植物我都认得，老相识了，去菜地和小河边打一转就能采来。

开春后的荠菜大多已打花苞，打花苞的荠菜也能吃，去除中间的茎，留下它的叶子和根。就算荠菜的叶子看起来焦枯，也没关系，开水一焯就绿了，很神奇。

在皖南，如今的冬天很少下大雪，似乎在路上被什么拦住，耽搁了行程。往往到了开春，大雪才现身，从天而降，而此时，正是荠菜、繁缕、宝盖草……还有婆婆纳，一个劲儿将花朵端出来的时候。

开花的时候遇到大雪，也没关系，不用害怕，就在雪里站着，把雪像帽子一样戴在头上。春天的雪很温柔，不会变成冰块，变成刀剑，伤害它们。

　　春天里再怎么大的雪，过一夜就化了，花朵的雪帽子没有了，变成水，流走，流进小溪，流进河流。只剩下最后一滴，亮晶晶，舍不得离开，挂在花瓣上，太阳出来了也还挂在那里。

冬瓜之用

快到中秋了。嫂子开车，一起回乡，接父母进城过节。

进屋门，见堂前摆了一溜鼓鼓的麻袋，问是什么，父亲说是冬瓜，带到城里去吃。

"家里冬瓜太多，吃不掉。"母亲在一旁说，"今年冬瓜结得多，清明栽了五株瓜秧，到秋天收了四十多个冬瓜。"

那是够多的，四十多个冬瓜，摘下来能堆满储物间了。

对冬瓜，说不上特别喜欢，也不讨厌。一年到头，不吃冬瓜也可以，不会觉得怅然若失。天天吃、顿顿吃它也可以，只要不是同一种做法就行。

冬瓜原本味寡，清淡，这是它的缺点，也是优点，使它具有更多包容性、可塑性，可以和多种食材搭配，做出不同风味。

袁枚所著的《随园食单》上，就有冬瓜的食法：冬瓜之用最多。拌燕窝、鱼肉、鳗、鳝、火腿皆可。袁先生是清代文人，也是真正的美食家，是美食爱好者、记录者，也是各路食材的知己。是的，只有成为食材的知己，懂得其特性，才能恰到好处地烹制，将短处变成长处，使其成为美食。

冬瓜是素中之素，宜与一切荤物同煮，这一点与萝卜相同。乡间人家，没有燕窝鲍鱼之类，虾米倒是有的，火腿腊肉也是有的，烧冬瓜的时候，可适量放一些进去。冬瓜最大的好处是，无论与何种荤物同煮，它都忠诚地表现其味道，不隐瞒，不篡改。与腊肉煮，冬瓜就是腊肉味，与虾煮，冬瓜就是虾味，将其鲜美发挥到浓淡相宜的程度。

冬瓜的烹调法也多，可炖汤，可红烧，可炒，可蒸。我家吃得较多的是冬瓜排骨汤、咸肉冬瓜汤、肉末烧冬瓜、海米烧冬瓜。没有荤物同煮的时候，就用酱油红烧冬瓜，也是不错的。略含粉质的老冬瓜，猪油下锅，加蒜子、姜末、酱油红烧，起锅时撒一些细葱，红是琥珀红，绿是翡翠绿。

酱油红烧冬瓜，有点微酸味道，却是对我胃口的。冬瓜水分多，汤汁也多，用红烧冬瓜的汤汁拌饭，吃在嘴里，竟也有肉汤拌饭的滋味。

我还吃过冬瓜子，在很小的时候。那时四五岁，跟随在母亲身边，在一个名叫双坑的小村子里生活。母亲在那个村子里教书，时常还要参加村里的劳动。劳动的时候不能带着我，就把我关在房间里，炒一些冬瓜子在碗里，哄住我。

冬瓜子比南瓜子小，又不像南瓜子那么容易开口，我吃得很慢，一粒粒地咬着壳，剥出几乎见不着的仁。

一碗冬瓜子还没吃完，天就快黑了，母亲也回来了，见我还在咬冬瓜子,就说,小好吃佬,还没吃够啊。有一次,我将一碗炒冬瓜子咬完了,母亲还没回来,而天又黑得锅底一样了。我在房间里哭起来:妈妈,冬瓜子吃完了,快回来。

真是奇怪,一说起吃,就会想起小时候。小时候没有什么美食,但有好胃口,吃什么都是美味。现在呢,再多美食摆在面前,都没有吸引力,看一眼就饱了。重油大荤更不吃,只有在荤中加进冬瓜、萝卜之类,才会伸出筷子。

冬瓜的另一个好处是,吃得再多,都不会使胃饱胀不适。在食物匮乏的年代,这是缺点,填不饱肚子。但现在呢,人们——尤其是城市里生活的人们,需要的不是饱,而是饿和空。让饮食过度的胃空下来,保持饥饿感,才会对食物有吃的欲望。所谓美味,就是饥饿时吃下去的第一口食物。所谓幸福,就是饿到腿软眼花时,坐在热气腾腾的食物面前。

父亲母亲这几年住在乡下,都是吃自己种的蔬菜,听他们讲那些蔬菜的播种与生长,就像讲自己的另一些孩子,更能让他们感到牵挂、安慰和满足的孩子。有时我也会想,老的时候,就回乡下住吧,在父母种过的土地上继续种植,让根回到童年生活的地方。

番饴的饴

番饴是什么?

先打个埋伏,不说它。

今早突然想起的一种食物,是去年此时吃到的,在临安天目山,芳名小香薯。

小香薯真是小,俊俏,手指一样细长,当地人也叫它手指薯。

但凡小的东西都生得秀气,让人怜惜。餐桌上初见小香薯时,就是如此,又欢喜,又怜惜,心里赞叹不已。

小香薯的味道也好,有板栗的香,豆沙的糯。因为小,拿在手里吃时也显得斯文,两根手指捏着,另一只手剥皮。皮薄,不黏肉,很容易剥开。剥好了,放进嘴里。嘴也不用张得太大,小口小口地咬着,自己都觉得太斯文了。

临安与皖南离得近,比邻而居,地貌气候也相同,皖南怎么就没这小香薯呢?

皖南长的都是大番薯,"硕大如颅"。个头一大,就显得粗笨。

以前也没觉得大番薯粗笨,是见到小香薯后,心里有了对比,才生出这感觉的。可见,有时孤陋寡闻并不是坏事。见识少,就生不出比较心、分别心。

也许见识再多点,把天下各种样子的番薯都见过、吃过,就真的没有比较心了。就像人生的第三重境界:见山还是山,见水还是水。吃遍天下番薯,见番薯还是番薯。

好了,该说说番饴是什么了。

番饴嘛,其实就是番薯。

番薯有很多的叫法,一个地方一个叫法,有叫它山芋的,有叫它甜薯的,北方人叫它地瓜,四川人叫它红苕,江西叫它红薯。到了皖南,我出生的地方,番薯就叫番饴了。

如果你想查证,去百度里找番饴的词条,是找不到的。因为,它是我,刚刚,在写这篇文章时,造的词。

准确地说,是从本地方言里,音译过来的词。

我出生的那个村子,就是这么叫它的。我的父母,我的邻居,都是这么叫它的:番饴。

多好听啊,番饴,一听就觉得甜,甜到耳朵眼里,甜到心里。

觉得甜,是因为番饴的饴。饴这个字,就是甜味的。

小时候吃过一种糖果,叫高粱饴,软软的,韧韧的,很有筋道,外面包着一层糖衣——透明的糯米纸。我喜欢吃高粱饴,喜欢它的软和韧,喜欢糯米纸在舌尖上黏黏的感觉，但只有在过年时，才能吃到。

平常日子，家里是不买糖的。平常日子，想吃甜味的东西，只有自己去找——到山上找野果，到田里拨茅根。也去庄稼地里找——萝卜是甜的，高粱秆子是甜的，黄皮番饴是甜的。

最甜的就是黄皮番饴，又脆又甜，简直就是糖的化身。

但我家难得种番饴。我家虽住在村子里，过着和村民一样的生活，父母却不务农。他们有工作，从早到晚地上班，有时半夜还要出门，少有时间去种地。

当然，屋后的几畦菜地还是要种的，种的也都是小菜。番饴这种东西，似乎不在小菜的行列，在我家，它属于另一层次，可以有，也可以没有。父母忙碌的时候，也就没有了。

除了我家，别人家年年种番饴，大片大片地种，尤其是养了猪的人家。番饴种得多，番饴藤就多。猪最喜欢吃番饴藤，猪吃番饴藤也容易长膘。两相宜的事情。

养了好几头猪的人家，不光给猪吃番饴藤，挖出来的大个番饴也给猪吃，仿佛那些番饴生来就是喂猪的东西。

真羡慕那些肥头大耳的家伙，它们多快活，能吃到番饴，把番饴随随便便当饭吃。而我若想吃番饴，就只能问邻居家的孩子讨，巴结她，听她差遣，然后满脸通红地，讨两只番饴。

太低三下四了,讨番饴。不如直接去地里掏。

于是跟大人说去捡柴火,拿一根捆柴火的麻绳,去了梅坞。

梅坞离村子比较远,两边是山林,林子下是茶园,也有庄稼地,一条浅溪就在庄稼地边上,叮叮咚咚地响。

庄稼地是我大伯家的。大伯家有四个儿子,一个女儿。儿子多,劳力就多,在山边开了很多荒地,种番饴,种黄豆,种萝卜,种白菜。

大伯家养的猪也多,比家里的人口还多,有大有小,挤在一个猪栏里,一到喂食的时候就更挤了,大声叫嚷,闹哄哄,生怕吃不到。

一到喂猪食的时候,大伯母就要骂,一边剁番饴藤一边骂,骂那不听话的猪,骂和小猪争食的猪。猪吃得多时骂它贪食,吃少了又骂它嘴刁。一堆小山样的番饴藤剁好了,掺进番饴饼,再掺进谷糠,拌匀,倒进几只猪食盆后,大伯母嗓子也骂干了,从番饴堆里挑一只黄皮红心的,削皮,嘎吱嘎吱大嚼起来,像吃一只脆梨。

大伯母的两手黝黑,洗也洗不掉。那是番饴藤的汁,沾在手上,时间一长,就渗进皮肤,变黑了。人家夸大伯母命好,多子多福。大伯母摊开黑黑的手,说福在哪啊?儿子多是多受罪，多一个儿子就要多做一堂房子，没有像样的房子，哪个姑娘看得上你家。

大伯家已有两堂房子了，还是不够，没有别的办法，只有多种庄稼，多养几头猪，把猪变成钱，再变成房子。

梅坞的番饴地是村里最大的番饴地，地中间还搭了草棚子。大伯晚上就住在草棚子里，看番饴地。山里野猪多，野猪和家猪一样，喜欢吃番饴，把番饴地拱得不像样。

这么大的番饴地，掏一只两只是看不出来的。其实，就算看出来，知道是我干的事，大伯也不会说什么，只会拿一只筐子，装一筐番饴，到我家，将番饴倒在地上，丢下一句："给小鬼吃"。

小鬼就是孩子。我们村，把孩子都叫作小鬼。

大伯是个老好人，老好人都有好脾气，怎么样也不生气，你揪他的胡子，他也不生气，不着急上火地骂人。

"你大伯母那样不讲理的人，没有个憨瓜配她，这日子就没法过了。"母亲说。

大伯给我家送番饴，是不能让大伯母知道的，知道了就要挨骂。大伯母和我母亲一向不对光，谁见谁都不顺眼。

大伯家种的番饴有黄皮的，也有红皮的。黄皮番饴脆甜，生吃好，红皮番饴淀粉多，烀熟了吃好。

我一心想掏黄皮的，掏到了，就拿到小溪边，洗净，放嘴里啃,把皮啃掉再吃。啃掉的皮就吐在溪水里。溪里有很多鱼,背上花花的斑纹,见到我,呼啦一下不见了,见到番饴皮,又呼啦一下出来了,围着番饴皮打转。

若是掏到红皮的,就带回去,煮饭时丢进灶洞的炭火里,焙熟了吃。

我家有两年也种番饴,因为养了猪。

真是沾了猪的光,那两年,我也可以随随便便把番饴当饭吃了。焖米饭时,放两只切开的番饴在饭头上,饭焖好,番饴的香味也溢出来了。舀半碗米饭,搛一只冒着热气的番饴在饭头上,先吃番饴,再吃米饭。

中午家里不煮饭,就洗几只番饴,再破一只癞皮老南瓜,一起烀。番饴放在下面,南瓜放在上面,加水,锅盖盖严,猛火烀。

在可以当饭吃的食物里,数番饴的香气最为饱满、甜美、浓烈、铺张,一点也不懂得含蓄,一点也不会节制。

番饴的香气刚涌出来,就要把猛火退掉,留半截柴火,一些红红的火炭,在灶膛。柴火烧完,火炭烊成灰了,番饴就好了。此时的番饴会有股焦糖的香气,那是它体内的甜汁渗出——当然还有南瓜的甜汁,聚集在锅底,发出的气味。

闻着空气里热乎乎的焦糖气味,真是幸福。揭开锅盖,不急着吃那熟到酥烂的南瓜和番饴,而是将它们取出,放进瓷盆。

此时最让我期待的,是锅底那一汪焦红、稀软、黏稠到会牵丝的液体,要趁热,赶紧把它们盛起来,放进碗里。这是番饴和南瓜的精华,真正的饴糖,甘之如饴的饴。

见我那么喜欢吃番饴,母亲很不以为然,"看着胃就难受,冒酸水。"母亲说。

母亲不喜欢吃番饴,也不喜欢吃苞谷。母亲说她小时候吃怕了,苞谷和番饴,天天吃,掺在野菜里,放一把米糠,煮稀饭吃,吃得肚子发胀,却不禁饿。

"两泡尿一撒就没了。"

不止苞谷和番饴,母亲对所有杂粮都不喜欢,有黑暗记忆。杂粮是苦日子的象征,是饥馑荒年。

"杂粮只能充饥,是救荒粮。只有吃米饭,才是人过的日子。"

母亲说她小时候最羡慕能吃到米饭的人家,看见人家孩子吃米饭,馋得不得了,眼巴巴地望着,盼着碗边能掉一团米饭下来。有一次,村里一个富农家的孩子,在自家门口吃饭,饭碗堆了尖,孩子没端稳,果真,一团米饭咕噜一下滚地上,她看见,赶紧跑过去,蹲下来捡。

但她没捡着,那个端着饭碗的孩子,天天都能吃到米饭的孩子，一脚踩在饭团上。

母亲无数次跟我说起这个情节，将这个画面反复叙述，嵌入我脑子里。

事实上，母亲整个童年都嵌在我脑子里——当然是由她讲述的，苦难又耻辱的童年。时常有种恍惚，觉得母亲经历的那些，也是我经历过的，仿佛我有两个童年。这两个童年就像两条长长的山路，有时重叠，有时交错，贯穿我过往的岁月。

母亲不喜欢吃番饴，却喜欢吃番饴粉丝。冬天，我家最常吃的就是番饴粉丝。粉丝煮汤，放一把小葱，或者粉丝炖咸菜，放一勺猪油，再放一把干辣椒壳，炖得满屋子香气。

做番饴粉丝要先洗番饴粉。洗番饴粉要用红皮番饴。

红皮番饴饱含淀粉，一刀切下去，刀锋就被一股力吃住了，动弹不得。好不容易将番饴破开，会看见里面的浆液，不停渗出，不停渗出，白白的，如同乳汁。

红皮番饴蒸熟了，吃的时候可要小心，要小口小口，慢慢吃，慢慢咽。性急的人不宜吃它，一吃就会噎着，鲠在那里，脖子伸得老长，直打嗝，像吞了个大蛋黄，且是五香蛋的蛋黄。

这样的番饴，简直就是为洗粉、做粉丝而生的。

洗番饸粉时已是晚秋，天气转冷。母亲蹲在河边，手里拿一只丝瓜络，挨个搓洗那一只只壮硕的番饸，将红皮洗成白皮。母亲是个做什么事都异常仔细、异常认真的人。仔细，认真，是优点，但过度了，就是对自己的磨损，也会消耗过多时间。人生有限，经不起太多磨损和消耗的。

洗了半天，总算将一堆番饸洗完了，母亲的十指惨白，也褪了一层皮。

洗好的番饸拿到碾米房里碾碎，再用一块老布裹上，在浸了水的大木盆里，反复挤压。水变白了，牛乳的白，米浆的白。

水越来越白，黏稠。裹在老布里的番饸只剩下渣滓。

接下来，就是沉淀。沉淀这词，包含着时间、安静、耐心、凝聚。让浑浊变得清澈，把不相关的东西分离出去，留下的，就是想要的。

番饸粉洗出来了，这时如果刚好是晴天，大人就会拿出家里最大的竹匾，晒粉。如果是雨天，就让番饸粉浸在水里。天气凉，番饸粉多浸两天也没关系，不会变馊的。

洗番饸粉剩下的粉渣也要晒的。手里抓一团，压紧了，往墙上一拍，就像贴饼子。

这活儿通常由孩子来做，看起来像过家家。其实这活一点也不好玩，过了夜的粉渣已冻成疙瘩，伸手去抓，冰得手生疼。

往墙上拍饼子也需要力气,拍着拍着,手就震麻了。

为什么要把渣子饼贴墙上晒呢?墙上多脏。

不知道。反正这渣子饼是喂猪的,晒干了,能放得住就行,不用那么讲究。

晒番饴粉就要讲究多了,不能掉进脏东西,手也不能伸进去乱动。人吃的和猪吃的,还是有分别的。

粉晒干了,就可以做粉丝了,这要请师傅上门做,或者把粉拿到师傅家,换成干粉丝。我家没请过师傅,晒的粉少,请师傅上门划不来,不如拿去换。

但这样就没有粉角子吃了。

粉角子是做粉丝剩的边角料,热乎乎的时候可以直接吃,也可以放在咸菜锅里炖着吃。

粉角子剩得多,就把它切成薄片,晒干,过年时,用热沙炒花生炒冻米,也把这粉角子拿出来炒,小小的粉角子经热沙一烫,打几个滚,很快就"发"起来了,蓬松了。

也有人家专门做番饴角子吃,大伯母就年年做,家里种的番饴多,晒的粉多,可以奢侈一些,变着花样吃。

将粉用冷水调成糊,放入垫了老布的蒸笼,上锅蒸熟,倒出来,冷却一下,用刀切,先切成段,再切成薄片。

薄片摊在竹匾里,晒干,存在罐子里,什么时候想吃什么时候炒。

　　大伯母调粉糊时,会在里面加入熟芝麻、盐,炒出来的番饴角子别说吃,闻着,看着,就能馋死人。过年去大伯母家拜年,什么都可以不吃,这番饴角子是一定要吃的。大伯母见着,抓一大把放我口袋里,嘴里说着"吃完再过来"。

　　后来,长大后,吃薯片。咦,那薄薄的薯片,不就是小时候吃过的番饴角子嘛。

　　"甘薯二月种,至十月乃成。"这是《齐民要术》里的话。多简单的话,又简单又明白。

　　文字就是这样,可以化繁复为简单,又可以化简单为繁复。

　　真正种过甘薯——番饴的人,就会知道,这过程,可不是一句话那么简单的事。想想看,一种作物,种下去是二月春初,收获是十月秋末,经历了一年的三个季节,这中间,会发生多少事啊。

　　这世上每天都有很多事在发生——天上的事,地上的事,人间的事。这种种的事情,只需有一两件不顺畅,有变故,就会影响到庄稼的生长。还有那突然降临的灾难——冰雹、洪水、人间纷争,很容易就会摧毁它们。

　　几天前就听到这样的事,离我不远的村庄里,一大片番饴地,在夜间,被闯进去的挖掘机翻了个稀巴烂。

种它们的人，双手在泥巴里扒，扒出一个番饴，是烂的，再扒出一个，还是烂的，瘫在地里，大哭起来。

是晚间散步时，听嫂子说起这事的。身上一阵阵发冷，似乎听到了那些哭声，来自种它们的人，也来自那些被毁坏的、深埋的庄稼。

嫂子说，开挖掘机的是个小伙子，第二天跑掉了。

"没有挨过饿的人啊，不懂敬畏，他不明白，践踏庄稼就是践踏自己吗？"我气呼呼地说出这句，想爆粗口，又骂不出来。

已是白露的节气，温度明显转凉，晚间时常有雨，清晨大雾弥漫。

清早起来，洗漱完毕，照例是拿着相机去野外，等雾散开后，拍野花，拍稻穗。田里的稻子已经黄了，饱满得承受不了自己，深深地弯下腰，向着大地，那么谦卑的样子。路边种的番饴藤蔓缠绕，匍匐在地上，也是谦卑的样子。再过不久，这些藤蔓上就会开出花来，紫色，白色，如同牵牛花的样子，挂着秋露，散发清淡的香气。

愿世界在花里变得安静，朴素又美好。

辣辛一味

禅茶一味，辣辛也是一味。

古人有诗：辣辣辛辛一味禅。诗的作者是宋朝高僧，法号释心月。

高僧写的诗也叫偈诗，宣讲佛理，教人开悟。我是个糊涂人，不懂佛家的事，偶尔读些偈诗，也是从哲理诗的路子来读，云中窥月，似有所见，又不明所以。

辣和辛是同义字。辛就是辣，辣就是辛。但这两字又不能相互替代。比如辣椒，不能说成辛椒。比如辛苦，不能说成辣苦。

辛和辣却是可以放在一起组词的，意指"尖锐而强烈"。

尖锐而强烈，比如痛苦，比如爱情。

忽然想写写辣椒。

在文档里打下辣椒两字，又有点犯怵，觉得自己是不配写辣椒的。一个不吃辣椒的人，对辣椒敬而远之的人，写辣椒，能写出个什么意思来？

我对食味并不挑剔，五味里，酸、甜、苦、咸，均可食之，没什么禁忌。唯有辣，说不明白什么原因，自小拒食，畏之如虎。

家里人都是吃辣椒的，尤其母亲，饭桌上少了辣椒就咽不下饭，炒菜时不加一勺辣椒粉就说没味，要回锅，加辣椒再炒。

孩子的口味都随父母，我从小跟随父母身边，却丝毫没有受他们口味影响，说起来也是不可思议。其实呢，原因很简单，我家烧菜是分两个步骤的，菜熟了，先盛出一小碗，再放辣椒粉或辣椒酱，继续炒。那盛出的一小碗，就是给我吃的。这样做有些麻烦，但父亲不嫌麻烦。父亲看不得我被辣椒辣得涕泗横流的样子。

和村里别人家不同，我家围着锅台转的人不是母亲，而是父亲。母亲做事手脚慢，等她做饭，半夜也吃不上。

母亲对父亲这一做法——专为我盛出一碗菜的做法是有异议的。母亲说，吃辣椒跟吃苦一样，吃惯了就不觉得了，越是不吃，越是怕。母亲说：你在家里可以吃单独盛出的菜，出去了怎么办？出去了，没有人会单为你这样做，你不吃，你就只有饿着。母亲说得没错，但我仍旧拒绝吃辣，一点点辣也受不了。

对能吃辣喜欢吃辣椒的人，也想不通：那么让人痛苦受折磨的东西，有什么好吃的，为什么就顿顿离不了呢？

辣椒有很多种，有辣的，也有不辣的。辣椒辣不辣，从外形上就看得出来。尖而细长，那一定是辣得不得了的，不能碰。圆圆的灯笼椒不辣，这个我可以吃，喜欢的吃法是塌辣椒鳖。

辣椒鳖和鳖没有关系，只不过形似，扁扁的，一只只趴在盘子里。辣椒鳖做法简单，夏日清早，去菜地，拣那青而圆的辣椒摘十几只，去除籽和芯，入水洗一下。锅里放菜油，油热了放一勺豆瓣酱、蒜粒，将辣椒倒入，翻炒，用锅铲塌压。

辣椒鳖炒得好不好，就在这锅铲塌压的功夫上，要将辣椒塌扁、塌熟，又不能让它塌得不成形状，塌烂。辣椒鳖半熟时，加盐，快起锅时，加些醋提味。父亲炒这道菜，还喜欢加半勺白糖。糖醋味辣椒鳖，也不错。

辣椒鳖里偶尔也会混入很辣的辣椒，不小心吃到，就像火山喷发，轰的一声，一股热流在口腔爆开，岩浆激流直冲脑髓。火焰在舌尖、牙龈弥漫，嘴皮子也着火了，赶紧喝水，没用，火的灼热已渗入皮下组织。喉管、食管、胃，几乎都能听到它们疯狂喊救命的声音。

眼泪早就出来了，额头上的汗也出来了，鼻尖发红，鼻涕顺流而下，一脸狼狈。再看身边旁人，一个个仍吃得云淡风轻。哥哥很看不起我这么脆弱的样子，故意拿一碗辣椒酱出来，把辣椒鳖放进去，沾着吃，大呼过瘾。

没办法，不是我娇气，而是，确实对辣味太敏感，耐受力差。"汝之蜜糖，吾之砒霜。"

哥哥和母亲虽能吃辣椒，水平也只是一般，和真正嗜辣的人比起来，差远了。

村里有一位做豆腐的老人，八十岁了，每天天不亮就起床，点起豆腐坊的灯，磨黄豆。黄豆是头天下午泡在水里的，已经吸饱了水，变得胖大。黄豆磨好后，老人开始点火烧锅，滤豆渣，煮豆浆。豆浆煮开后，冷却一下，舀进木桶，点卤。

豆浆凝固的过程中，有一段空闲，老人坐下来，摸出酒瓶酒杯，从竹篮里抓出几只生鲜辣椒——头尖身细的那种，倒上一杯酒，抿一口酒，咬一口辣椒，嘎吱嘎吱地嚼着。那辣椒在老人嘴里，分明不是辣椒，而是人间至味，是为他生命之炉添加的柴火。

我家每天早上都去豆腐坊打水豆腐，这活儿通常是我干，走进豆腐坊的门，看老人倚着灶台，仍在慢悠悠抿酒，很大声地嚼辣椒，满脸红润，一点也不像个耄耋之人。

这老人有一个孙女，与我同年，也是很能吃辣椒的，常用辣椒酱拌饭，一碗白米饭，加三大勺辣椒酱，拌得油红金赤，别的菜也不要，就这样吃，一口一口往嘴里送。她吃得面不改色，我在一边看着，目瞪口呆。

能吃辣椒的人都叫"辣椒虫",这是他们共同的外号。做豆腐的老人是"老辣椒虫",他孙女是"小辣椒虫"。

辣椒虫最不怕辣的,专吃辣椒,也只吃辣椒。辣椒还是株苗时吃辣椒叶,辣椒长出来,长成灯笼的样子了,辣椒虫就在灯笼顶上咬开一扇窗,钻进去,把辣椒变成它的大房子,趴在里面,吃啊吃啊,直到把辣椒心吃空了,才肯爬出来,换一只辣椒,再吃。

辣椒虫吃过的辣椒会在一夜间变红,仿佛启动了危机应急机制,要让自己迅速成熟,从少年直接进入成年。

很多果子都是这样。苹果是这样,枣是这样,柿子也是这样,不小心让虫子叮上了,钻进去了,唯一的应变办法就是缩短生长期,在极短的时间里变红,变甜,变柔软。

人也是这样,过早成熟的,懂事的,都是小时候受过苦的。

变红的辣椒,赶紧摘下来,还是能吃的,若没人理会它,过两天就会烂掉。内伤是看不到的,等看到时就晚了,来不及了。

夏天,放暑假的时候,每天早晚要去菜地拔草,捉虫子。那时没有除草剂、杀虫剂,都靠人亲手去做这些事。我不喜欢吃辣椒,但捉辣椒虫这活,还是喜欢的。

所有到野地里干的活我都喜欢,打猪草,挖野菜,捡柴火，摘野果……去野地里干活，其实是打着干活的幌子，去玩。

辣椒虫就是烟青虫，小小的，软软的，蚕宝宝一样，一点也不可怕，不像天牛和螳螂，明明是昆虫，却长着怪兽的模样。捉到一只辣椒虫，不急于处罚它，把它放在手心，逗它玩。辣椒虫大约知道自己难以逃跑，干脆装死，在手心一动不动。也有可能是吓晕了，动不了了。

夏天那么长时间，辣椒一直在开花，长辣椒，摘一茬长一茬。没有人知道一株辣椒禾子上会长多少辣椒。入秋后，辣椒就停止开花了，长成的辣椒一天天颜色转深，翠绿转成老绿，成紫，最后转成红。

辣椒的红就是火焰的红。"尖锐而强烈"，偏执。把它挂在门檐上，晒成干壳，还是这样红着。把干壳捣碎，磨成粉，还是这样红着。或者把它磨成酱，或者把它切成片，用盐腌，装在瓶子里，一年，两年，还是这样红着，不会红得更深，也不会变浅。

不久前看一档饮食类节目，说到辣椒的历史，才知道，原来它是蔬菜中的海外移民。

辣椒的原产地是北美洲，最早发现辣椒这种植物，将它"驯化"，引上餐桌的，是墨西哥的印第安人。原来如此，怪不得呢，印第安人与辣椒，多么合拍啊，野性，勇敢，神秘，炽烈。一个民族的性格，与长期以来的饮食习惯，多少是有关系的吧。

人也是如此，一个人的饮食也会影响到性格，甚至会影响到外貌。食肉者与食素者，体格是不一样的，嗜甜者与嗜辣者，精神气质也会有明显不同。

我的性格是偏于懦弱的，好安静，不喜欢冒险，体质偏寒凉，畏冷，可能就和不食辣椒有关。

辣椒传到中国是明代以后的事，而之前，中国人说的辛辣，指的是花椒、姜和茱萸。明代到现在，不过六百年，辣椒在中国已扎下不可动摇的根，成为餐桌的主要"燃"料，逼退了花椒和茱萸。

当你习惯并依赖上某种东西，你就被其左右，成为其奴。对食味的嗜好也是这样，我认识的人中有一位无辣不欢者，无论去哪，都随身带着一瓶"老干妈"，出国旅行也是这样，海关受检时麻烦重重。

"什么都可以不带，就是不能不带这个，没有辣椒吃我就会死呀。"她说。

我相信她的话，她的前生和今世，是一只地道的辣椒虫。

母亲的话后来果然应验，工作后，在单位食堂用餐，每样菜都用辣来调味，同事们吃得酣畅淋漓，只有我难以下箸。不食辣椒的我显得怪异，不合群。

我逼着自己去吃辣椒，让自己不要显得那么各色。结果并不理想，除了把自己辣得五官移位，痛苦不堪，毫无收效。

百思不得其解：为什么别人吃辣椒眉头都不皱一下，我吃就是上刀山下火海。

很久很久以后，在一本书中读到对辣椒之辣的阐释，这才解开我长久以来的疑惑。

书上说："辣是五味中的一种，但其实它并不是一种味道。辣实际上是一种疼痛，是化学物质刺激细胞，在大脑中形成了类似于灼烧的微量刺激的感觉，而不是由味蕾所感受到的味觉。不管是舌头还是身体的其他器官，只要有神经能感觉到的地方就能感受到辣。而且由于每个人对于疼痛的感觉有所不同，也就有了有人怕辣，又有人不怕辣。"

我对辣味的感受是没有错的：辣是一种疼痛。我之所以畏辣，不过是由于疼感神经过于敏锐。

宾夕法尼亚大学的心理学家保罗·罗津说，世界上约有三分之一的人每天都在吃辣椒。原因何在？因为他们喜欢让舌头感受辣椒素的热情火焰——火烧火燎的感觉。

保罗说人类是唯一会去寻求某些消极刺激的物种，比如坐过山车或高空跳伞产生的坠落感，看恐怖电影带来的恐惧、焦虑感，跳入冰水经历的生理疼痛，或观看苦情剧时伴随的悲伤感。

原来人之所以嗜辣,除了除寒驱湿,也伴有隐性的生理需求,和看恐怖片、伤感电影、寻求极限体验带来的刺激感、快感、宣泄感,如出一辙。

过了不惑之年后,我对自己宽容了很多。不想做的事就不要做,不想说的话就不要说。不想吃的东西,无论别人怎么说好,怎么劝,也不吃。比如辣椒,比如酒。

说到底,口味这东西,如同性情,是怎样就怎样,没有好与坏的分别,也无须强迫自己去做改变,诚实地对待自己就好。

晚秋檐角的悬铃

父亲种了大半辈子菜蔬，种佛手瓜还是头一遭的事。

当父亲跟我说他种了佛手瓜时，我有些疑惑：佛手瓜，没见过啊，能吃吗？

"能吃，好吃得很。"父亲说。

瓜种是父亲问老郑讨来的。老郑是父亲的老同事，退休后，在近郊挖了几畦菜地，起早摸黑看在地里，施肥育苗，浇水除草，比上班还尽心。菜蔬成熟时，每天能摘回一大篮，除了自家吃的，还有多余，就送给邻居亲友，很有成就感的样子。

父亲先是得了老郑送的几只佛手瓜，吃着觉得不错，索性讨来瓜种。

我没见过佛手瓜，只在《红楼梦》里见过对佛手的描述，记得是刘姥姥带着板儿二进大观园的那一回，在探春屋里，紫檀木的架子上，板儿见到十余只佛手盛在盘中，"娇黄玲珑"。但我记得探春说这佛手是不能吃的，只能玩玩，闻个香气。

也许不是同一种东西吧，佛手和佛手瓜，只是长得相似而已,就像芭蕉与香蕉。

父亲种佛手瓜似乎并不顺利,清明时把瓜种下到土里,入秋了,还不见动静,只一个劲儿地爬藤长叶,搭起一片绿荫。

"过半个月,再不开花就拔掉,省得占着地。"父亲显然有些失望,又不甘心,种了大半辈子菜,对这佛手瓜却是一点经验也没有,不知哪里出了问题。

我家菜地在乡下,屋子后面一片,山边一片。小时候家里吃饭的人口多,又养了家畜,菜地总是不够种,一季菜下市,紧接着种下一季,没有空下来的时候。现在呢,只有父母两人常住乡下,偶尔几只鸟雀飞来蹭个食,再没有需要喂养的,收下的菜蔬瓜果堆在储藏间,根本吃不完。

"少种一点,菜种多了人也跟着受累,又吃不了那么多。"我对父亲说。

父亲完全可以不用种菜的,像那些退了休的人一样,打打牌,享享清福,饿了就回家做饭——不用发愁没菜吃,村里每天都有流动商贩驱车而来,菜市场里有的,车上都有,也新鲜。

"买的菜哪有自家种的好吃呢,菜叶子连个虫眼都没有,都是农药喂出来的。"

父亲说的没错,买的菜是喷过药的,味道也没有自己种的好。

不过父亲种菜更多还是出于劳动者的习惯，有菜地空在那里，就得种上点什么，就算不为吃，也不能让地抛荒。

"种菜哪里会累人的，干了活，吃饭也会香一点。"父亲说。

在土地上劳作惯了的人，对土地会有一种物质之外的依赖，种在地里的菜就像一群孩子，需要父亲照料的同时也陪伴了父亲。

人是需要陪伴的，陪伴就是建立相互需要的关系。这陪伴来自同类，有时也来自动物和植物。陪伴付出的是时间、精力与情感，获得的是精神上的愉悦。

写作也是出于陪伴的需要。所写的文字，无论是小说、散文还是诗歌，在书写它们的过程中，就是与之相互依赖的一段生活，其间有纠缠、烦恼，也有沉迷，并且具有排他性，就像爱情。

阅读也是陪伴。年轻时读的书大多是世界名著，这样的阅读就像一次私奔，由书带领着，进入陌生的时代和生活场景，经历一场场的爱与痛，生与死。现在，很少再看那些大部头的小说了，更喜随笔类，有作者的私人气息在里面，也不急着读完，想起来时就翻一翻，就像是"君子之交"的朋友，安静地陪伴在身边。

母亲以前也是种菜的,这几年腰腿痛得厉害,不能弯腰下蹲,就把菜地交给父亲了。不过母亲仍旧有自己种养的东西:前院的花台,后院的十几只花盆,就由母亲侍弄着,一年四季,花开花落,成了母亲最关心的事。

佛手瓜也是种在院子里,前院和后院都有,和母亲的花花草草种在一起。母亲对这几棵佛手瓜很有意见,觉得父亲是上了当,简直白费工夫。哪有瓜长了大半年,连一个花苞儿都没有的,清明时下种的黄瓜、丝瓜、葫芦瓜、瓠瓜,梅雨季过后就纷纷开花结果了,吃了整个夏天,南瓜和冬瓜也是清明下种的,到秋天也都有了不错的收成。

母亲对父亲抱怨过好多次,说佛手瓜藤太密了,霸占了院子里的太阳,今年的花草就长得很不好,无精打采的,阳光不足,怎么能长得好呢。

母亲抱怨的时候,父亲就不作声,或者到菜地里去。母亲见父亲不回应,更生气,简直想亲手把瓜藤给拔掉。

中秋节前,父亲和母亲一道进城,在城里住了几天,过完节又回了乡下。两天后,父亲打来电话,声音大得像在嚷嚷:"丽敏,佛手瓜开花了,好多好多的花,瓜也结了不少,菲青的,毛茸茸。"

我连声说好啊好啊,幸亏没拔掉瓜藤。

"再过个几天就有得吃了,回家来摘啊。"父亲喜滋滋地挂了电话。

接下来连着下了十多天的雨,等雨歇下来,已是晚秋。周末和嫂子驱车回乡下,刚一进门,就被母亲叫到后院:"丽敏,你不是喜欢写植物吗?快来看这佛手瓜……"

果然,后院的低空领域已被佛手瓜的藤蔓占满,抬头就碰着。藤蔓上,每隔四五寸的地方就有一处枝节,每个枝节上又都伸出两根细细的花茎。母亲指着花茎告诉我,那开着一串花的是雄花,不结瓜,那单开一朵的才是结瓜的雌花。

雌花很容易辨认,后面都有小小的瓜,就像父亲在电话里说的,"菲青的,毛茸茸"。真是有意思,雌花与雄花如同双生,开在一处,就像水禽里的鸳鸯,双双对对地出没,这在之前还真没见过呢。

"你看这长成了的瓜,像菩萨合起来的手掌吧。"母亲把自己当成向导,指给我看了花,又指给我看瓜,完全忘了之前说的要拔掉瓜藤的事。

"家里已吃过十几只了,昨天还摘了三十多只瓜送给村里人家。"母亲说。但是这藤上分明还挂着几十只瓜呢,都是已经长成的,青绿色,如成人的拳头一般大,而非《红楼梦》里说的"娇黄玲珑"。

在我和母亲说话的时候,头顶还有一种声音,不停地响着,嗡嗡嗡,嗡嗡嗡,是野蜂。母亲说这些野蜂每天天不亮就飞来,在院子里采蜜,也给花儿们授粉,"只有授过粉后,雌花上的瓜才能长大,没有授过粉的,很快就会蔫掉。"

抬头看着那带着幼瓜的雌花,近乎透明的黄绿色,虽说只有指甲盖那么大,造型却精致,如同挂在晚秋檐角的悬铃,风一吹,就能发出叮叮当当的梵音来。

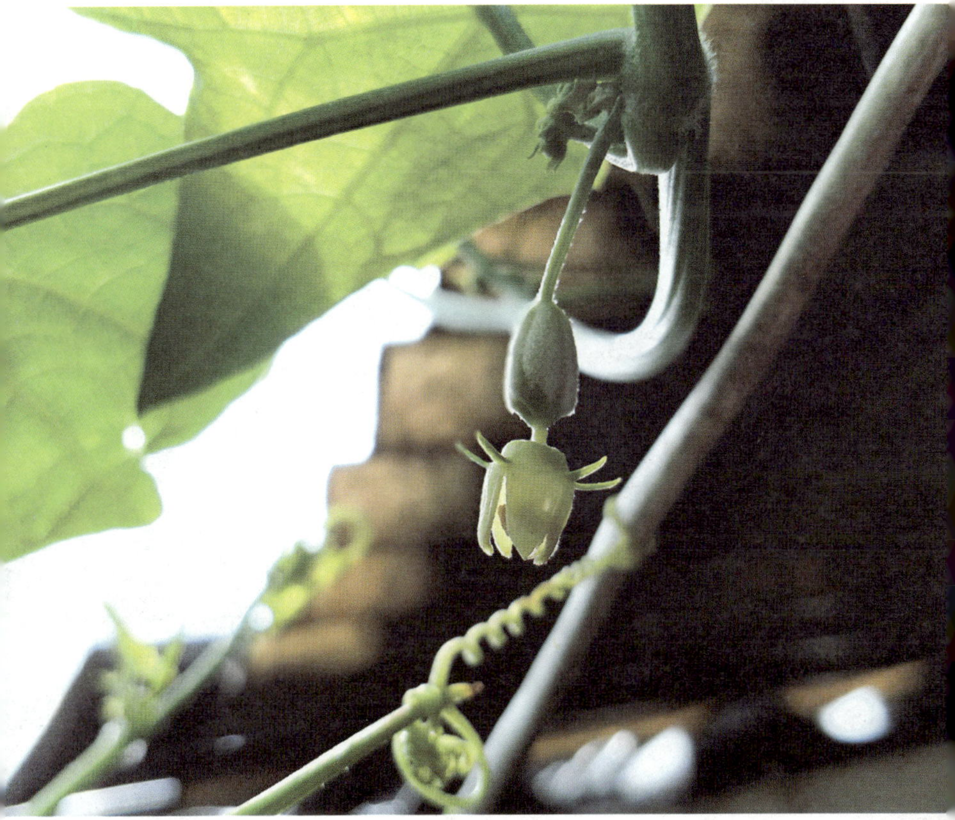

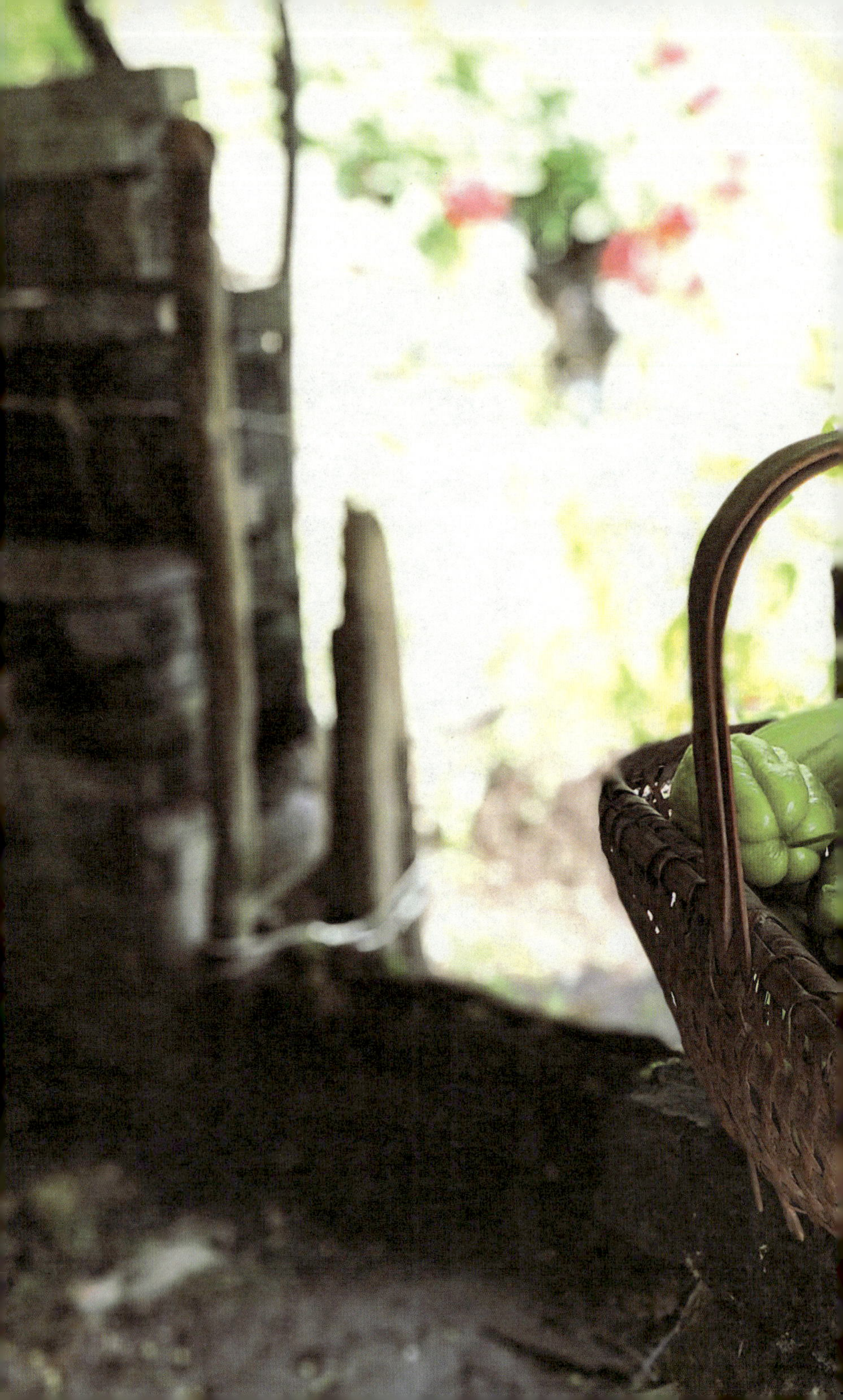

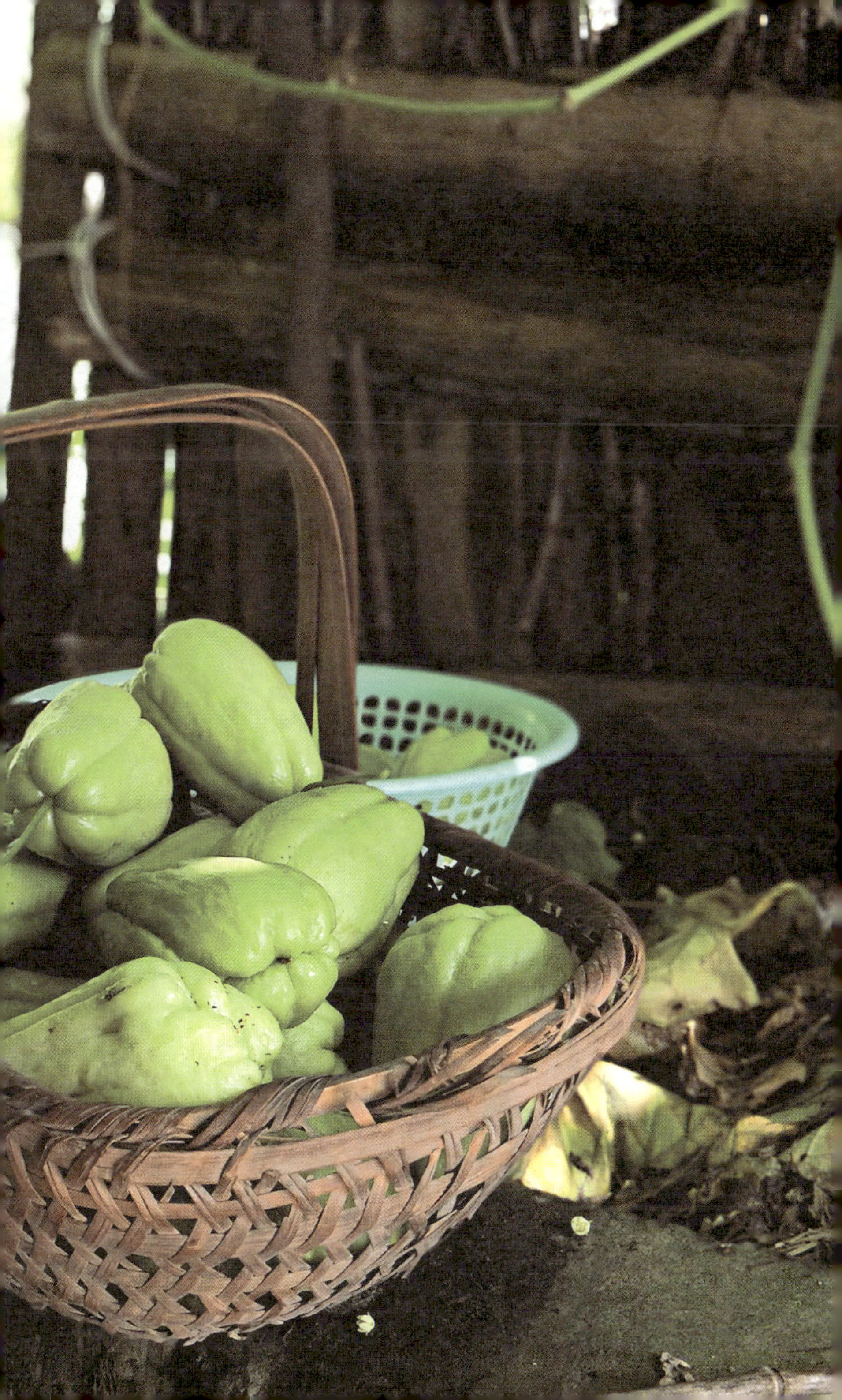

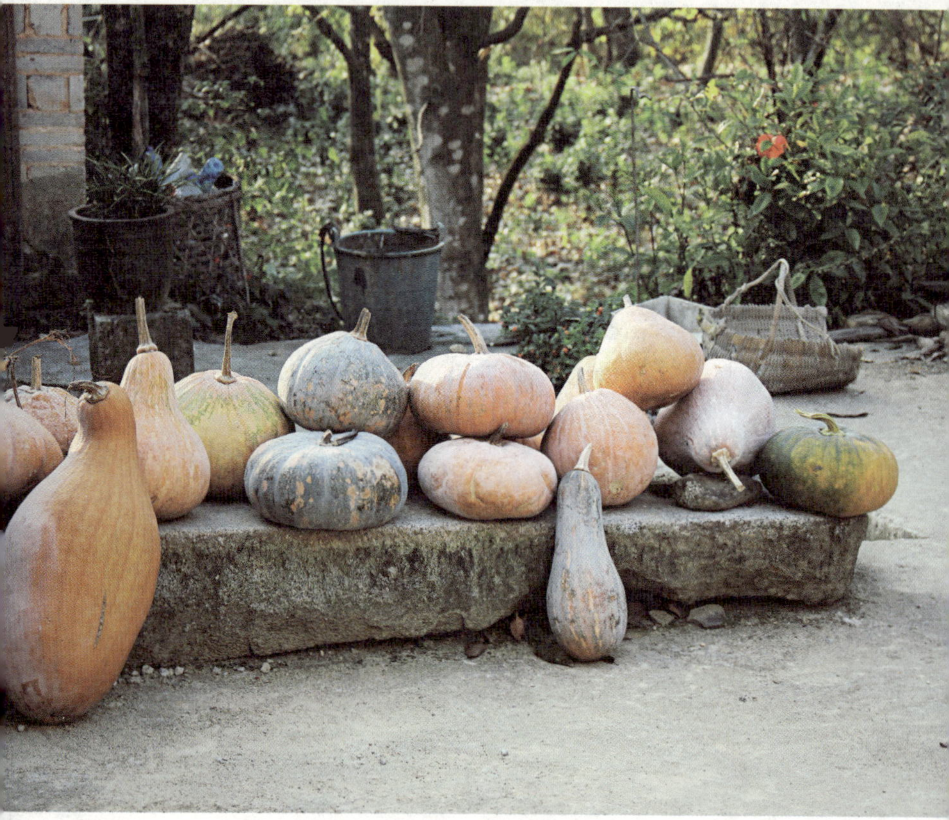

像南瓜一样活着

> 有的时候
> 我希望自己活得像南瓜
> 该开花的时候开花
> 该结果的时候结果
> 在秋天的时候躺在地里
> 红得像瓦
>
> ——红土《像南瓜一样活着》

中午吃了半碗南瓜圆子。吃着吃着,就想,这个要写下来。

看了好的花,吃了好的东西,总想着要写下,哪怕三五行字。若不写,就觉得是白看白吃了。

一个人生活,食谱是很单调的,懒得费时间精细烹制。善烹美食,不厌其烦者,大多不是为了解自己的馋,而是为了钟爱的人,在烹制过程中,把心意放进去,把情感放进去。做好了,热气腾腾,端放在那个人面前,看他大快朵颐,吃得额头发亮,鼻尖冒出汗星子,真是又满足,又幸福。

若是为自己,以最简便的方法做熟,填下肚,将胃哄饱即可。比如南瓜,近来也做过几次,都是切开,切成片状,瓜瓤也不去掉,放锅里煮,除了水,什么调料也不放。

水的多少视南瓜的多少而定。我通常放一碗水,水煮干了,南瓜也熟了,关火,焖一下,让余温使南瓜的水分再散发一些。

简单之极,味道也不差,甜而糯,食物的原味之美,可当饭,又可当点心。

写南瓜圆子不能只写南瓜圆子,还要写写南瓜。可我已经写过南瓜了,写过不止一次,还要写吗?还能写吗?

老写一种东西,会不会是题材的重复?让读的人皱眉头:怎么又是这个,怎么就没有点新东西。

题材重复不要紧,只要内容、写法不重复就好。这就和烹制食物一个道理:同样的食材,今天小炒,明天红烧,后天清炖,或者油煎。只要不天天重复一种味道就好。

南瓜是写不完的。南瓜的一生写不完。南瓜也是很难写的,太熟悉了,就像我们的亲人。写陌生人容易,写亲人难,越亲的人越难写,轻了,重了,浓了,淡了——怎么写都觉得不对头,顾忌这,顾忌那,以至不敢下笔。

我就没写过我父亲,三言两语地写有过,但那不算。我从没在一整篇文章里从头到尾地写我父亲,写他的人生,他的痛与欢——尤其是痛。不敢写,简直不能触碰,会伤着自己,说不定也会伤着父亲。我相信一语成谶,对亲人,我不能动用沉重的、锋利的、危险的、不吉利的词。也许以后会写,现在不。现在宁愿写写南瓜青菜萝卜,这些植物家族的亲人们。

南瓜的一生都做了人的食物(写下这一句又想到父亲,父亲和南瓜真的太像了)。南瓜藤,南瓜花,小小的、嫩嫩的青南瓜,长大的、老而金黄的癞子瓜,还有装在它肚子里的南瓜子,都做了人的食物。

南瓜藤就是南瓜秆,要在南瓜开花前采食。南瓜秧子爬藤后,适当地采摘一些带叶的秆子,会减少养料的消耗。种南瓜不是让它长更多的叶子,而是让它更多地开花,结瓜。结瓜才是南瓜的本分。枝枝叶叶的东西少了,能量就节省下来,用到正经本分的事情上去了。

以前乡下养猪,养鸡鸭鹅,摘下的南瓜藤都喂了它们。现在乡下很少养这些,南瓜藤就上了餐桌,成了受人青睐的时令小菜。

食物的命运也是风水轮流转,此一时,彼一时,莫可测也。比如曾经贵为山珍的蕨菜,这两年突然说不能吃,致癌,也不知真假,但吃的人明显少了。

南瓜藤上有细刺一样的绒毛,入锅前要先撕去外皮,掐成一指长的细段。南瓜藤是中空的，如吸管，可像笛子一样吹响。小时候就这样玩过，含在嘴里，吹出很大的声音。现在想来，那声音其实很不雅，又突兀，吓人一跳，有点恶作剧。

南瓜花有公母之分。公花先开，在太阳升起的时候开。母花要矜持一点，开得略晚，仿佛要梳妆打扮一番才肯见人。

同样是南瓜花，黄黄地、皱皱地摊在那里，大手帕一般，怎么分得出公花母花呢？

乡下的孩子自然能分得出，不用人教，看几回就知道了。母花的花蒂下有个小圆球，像奶奶衣襟上的圆布扣子。公花的花蒂下什么也没有，花蕊也短小得多。

吃南瓜花就是吃它的公花。反正公花不结瓜，不吃白不吃。

南瓜花的吃法大多如此：冷水和一碗稀稀的面粉糊，放入些许椒盐，将花在面糊里滚一下，入烧热的油锅里拖一拖，裹着的面糊结出壳，呈金黄色，就算是好了。

南瓜花是近来吃得较多的点心。只要是在饭店吃饭，必点这个，店家用小竹篮装着，上桌，黄灿灿，将开未开的样子，如在枝头，甚是悦目。

南瓜花的公花也不真是没用的。没有公花授粉，结不出像样的南瓜。

没有经过公花授粉的南瓜，长着长着就蔫掉了，不及孩子的拳头大，就蔫掉了。

这世上的东西，从大自然里长出来的东西，没有白长的，都是有其作用的，只不过有些作用我们看得见，有些看不见。

给南瓜花的母花授粉，是需要人帮忙的。在早晨，南瓜花刚摊开花瓣，采一朵公花，将花蕊对准母花的花蕊，轻轻点一下，再走到下一朵母花跟前，轻轻点一下，如此这般。做这活儿的时候，有一种奇怪的感觉，觉得自己变成了一只蝴蝶，在花朵上飞过来，飞过去，不亦乐乎。

蔬菜地里，但凡瓜类，都是些实心眼的家伙，不会偷懒，一到季节，每天都端出大片花来，花落之处，必挂着幼瓜。瓜见风长，长到挂不住时，就顺藤躺着，继续长，直到变老。南瓜如此，丝瓜如此，黄瓜如此，葫芦瓜也如此。

父亲喜欢种瓜，每样瓜都种，也不种多，一样两三株，种在前后院子里，搭上瓜架，让瓜藤爬满架子，爬到围墙上，这样既看了花，又吃了瓜。

瓜长得实在太勤快了，乡下的老房子，只有父亲母亲两个人，上顿下顿地吃，又当菜又当饭地吃，还是吃不掉，就坐车带到城里来，给我们吃。其实真不必，父亲坐车花的钱可以买几个瓜了，大热天的，搭车也辛苦，瓜又重，背着提着，满头大汗。

我和嫂子都说不要带瓜给我们，瓜又不贵，吃一点，买一点，还能吃个新鲜。父亲还是隔十天半月带一次。后来我们也不说了，就依着父亲吧。他不过是想看看我们，带瓜带菜，不过是个由头。

昨天吃的南瓜圆子就是父亲种的老南瓜做的。嫂子挑了个癞皮南瓜送给她姐姐，她姐姐就将瓜蒸熟，揉烂，掺进冻米，捏成圆子，放热油里炸成油果子的样子。

嫂子的姐姐有一手好厨艺，年轻时住在乡下，乡间有了红白喜事，她都去帮厨掌勺。这些年年岁大了，住在城里，就只给家人做饭了。

嫂子常去她姐姐那蹭饭，有时也叫上我。但我口味偏淡，又不能吃辣，坐在一桌红油重味面前，提不动筷子。

美食这东西，也是因人而异，因时而异。口味不一样，或者腹中并不感饥饿，美食也就失去其美，而只是食了。

这南瓜圆子倒是很合我口味，虽是油锅炸出，却不油腻，也不过咸，冻米的口感很有韧性，南瓜的绵甜渗透其间。

南瓜圆子是嫂子特意送来的，送来时还热乎着，而我那会儿刚好不在屋。

我那会儿正提着相机在稻田边，正感到有些饿，收到嫂子短信：刚给你送了南瓜圆子，我姐按你口味做的，刚出锅，趁热吃。

板栗瓜和蜜冠

一个木头牌子,上书"板栗瓜,蜜冠",看到这,会想到什么?

当然会想到瓜果类、甜的,很容易勾起人馋虫的美味。

不看下文,有多少人知道它们究竟是什么呢?想必不多。通常是这样,我们以为熟知的东西,仍有我们不知之处。

好了,不卖关子了,其实我也是才晓得,板栗瓜和蜜冠,它们就是南瓜。

昨天吃了南瓜圆子,写了一篇南瓜记,意犹未尽。今早去菜市,像被人牵着似的,走到蔬菜部,又买了个小小的南瓜。

卖南瓜的摊位上,就竖着这样一个小牌,"板栗瓜,蜜冠",笔画雅正,有小楷之美。

原来南瓜还有这种叫法,很个性,又诗意。

对于买它们的人,这样的叫法很体贴,可以让人顾名思义,从而做出选择。

想想看,叫板栗瓜,那应当是有着如同板栗的厚实、香糯,是饱含淀粉的。叫蜜冠,自然是极甜的——既是蜜中之冠,瓜肉里肯定蓄满了金黄糖液,甜而黏的那种。

给南瓜取名叫蜜冠的人是个诗人。即便他不写诗，不读诗，也是个诗人。

在日常生活里做个诗人，比在书斋里做诗人，有意思得多。

我买的就是板栗瓜，扁圆扁圆，瓜皮金黄，瓜蒂和瓜脐像被一股力吸着，向瓜心凹陷进去，个头虽小，提在手上却很有分量。

蜜冠的造型不是南瓜传统的样子，长条形，比冬瓜瘦，比丝瓜胖，更像黄皮菜瓜。

有很长一段时间，我都不拿正眼看这种南瓜，觉得它怪异，丑。南瓜就该是南瓜样，扁扁的、圆圆的，才好。皮上有一棱一棱的癞子，才好。

后来，父亲也种了这种长条形南瓜，秋天摘下来，堆在墙角，一座南瓜山，隔两天破开一只，炒着当菜吃，烀着当饭吃，又甜又面——这才改变了我对它的成见，从心里接受了它，虽长得不像南瓜，但确实是南瓜这一事实。

蜜冠南瓜瓜肉厚，瓤少，子也少，甜度高，适合做点心。

皖南冬至的时候都要做南瓜饼。

到冬至前，秋天收获的南瓜已吃得差不多了，剩下的那些也都趁着好太阳的天气，切成一圈圈的片儿，套在竹竿上晾晒，脱去水分后蒸熟，再晒，直到晒成酱红色，可以冒充牛肉干的样子。

冬至后日头就短了，南瓜又不禁冻，突然冷下来，很容易就冻坏。地里长出来的食物，都是养人命的，冻坏了多可惜啊。

不让南瓜冻坏的方法，就是赶在冬至前晒成南瓜干。晒干就不用担心了，储存在坛子里、罐子里，吃的时候抓一把。晒干的南瓜吸收了太阳的味道，比新鲜的时候更香，吃起来更有嚼头，也更加令人回味。

不止南瓜，番薯也是这样，赶在寒冷到来之前，烀熟了，切成片，日晒夜露，吸收日月的精华，做成只有民间才有的美味。

留下来做南瓜饼的南瓜可谓瓜中之王，也是南瓜家族中的遗老。

南瓜越老越甜，存放的时间越长久越甜。到冬至，南瓜的甜度到达极致。

将这一年中收获的最后一只南瓜剖开，掏去瓜瓤和子，削皮、切块，入锅烀至熟烂，盛起来，装入干净的瓷盆，捏揉成南瓜泥状，加入糯米粉、籼米粉，放入少量的盐，和匀，就可以做饼了。

南瓜饼可入蒸笼蒸熟，也可入油锅煎熟，或平底铁锅炕熟。可加入或咸、或甜、或素、或荤的馅料，也可什么都不加，蒸好出笼，撒一层炒熟的芝麻在饼上。

我喜欢吃蒸出来的南瓜饼，不加馅料，用一方荷叶垫着，叶的深绿衬着饼的金黄，托在手上，咬一口，纯正的南瓜甜味，淡淡的荷叶香和芝麻香，糯软弹牙。

皖南乡间有很多美食，都是朴素的材料制作的，除了南瓜饼、南瓜干、番薯干，还有番薯角子、蒿子粿、艾粿、葛粉圆子、笋干豆、苞谷饼……

这些喂养了我们童年的食味，现在却很少有人做了，偶尔吃到，简直心颤，有隔着岁月与旧时光相见的悲欣交集。

南瓜饼倒是每年都能吃到，嫂子的姐姐知道我喜欢吃，每年都会留一个老南瓜在家里，到了冬至这天，做好了，让嫂子拿过来。一个人生活在这世上，之所以留恋，之所以感恩，就是因为这些朴素又有甜意的食物，和朴素又有甜意的亲情。

拾果记

1

霜降过后,草和树的种子都长好了。此时去往田野,打一个转回来,鞋帮上裤腿上,全是草籽,不知道什么时候粘上身的。

走在树下也是,冷不丁一颗果子砸在肩头,仿佛树上藏着调皮鬼,瞅你走过来,就摘果子扔你。

昨天中午经过一棵银杏树,又被果子砸中,仰头往树上看,扑簌簌扑簌簌,飞出两只斑鸠,慌里慌张,鬼鬼祟祟,飞到对面的竹林里去了。

莫非它们就是藏在树上的调皮鬼。

树下,银杏果子落了满地,果皮橙黄,覆一层薄白果霜,微微打着皱。心里一动,这么好的果子,烂在地上多可惜,不如拾些回去。手里刚好有只白布袋,也不管会不会弄脏,从泥土和腐叶里将果子一颗颗拾起,装进袋子,很快,袋子鼓了起来,沉甸甸的。

很久没有这样蹲在树下拾落果了。上一次拾落果是什么时候？三十年前？

或许更久以前吧。

记忆里最早的一次拾落果是童年——五岁左右，拾的不是树上的落果，而是地里长的黄豆。

也是深秋，霜降前后，村里人将地里的黄豆连根拔起，摊开在晒场上，大日头下晒个两天，就能听到很美妙的爆裂声，砰，啪，一扇扇微小又秘密的门被撞开。

可以打黄豆了，用木榔槌捶打，力度要掌握好，不能轻也不能重，轻了黄豆捶不出壳，重了又把黄豆捶得稀扁。捶过之后，将豆秸抖一抖，扔到一边，圆滚滚的黄豆留在地上，等着主人将它们拢成堆，装进麻袋，背回家。

村里人再怎么仔细，还是有一些豆荚没捶开，这正是我期待的。捧一只掉了瓷的搪瓷碗，在那堆豆秸秆里翻来翻去，翻来翻去，捡拾遗漏的豆子，发现一颗，心里就欢呼一下。

那堆豆秸秆像一个干枯、衣服破烂又很慈祥的老人，不忍心让捧着碗走过来的孩子失望，想方设法也要变出一些豆子来。一天，两天，三天……到第四天，孩子再走过去，发现豆秸秆没有了，地上凭空多了一个圆圆的、冒着烟的火堆。

母亲看见孩子端着空碗回家，一脸委屈的样子，就说，又不是聚宝盆，哪能天天有，去洗手，晚上炒豆子给你吃。

母亲将我拾来的黄豆洗净晾干，在锅里倒入菜油，油烟散了，舀半勺粗盐进去，倒进黄豆，噼里啪啦好一阵响，响得人心也跟着蹦起来。

母亲手里挥舞锅铲，不停地翻炒，再翻炒，香气溢出来了，起先是一点点，很快就浓郁起来，在空中打着滚，向人扑过来。噗噗，砰，啪……锅里响起更热烈的声响，想看；又不敢靠近，再说我的个头还没有灶台高，看不见。

真着急，那么大的热闹看不见，真着急。

在我觉得自己就要被香气吞没时，母亲已将一小碗焦黄酥脆的黄豆端上桌。等凉一点再吃，别烫了嘴，母亲说。

2

长到六七岁，我就开始拾槠树果子了，有时跟在哥哥后面，有时和村里的小伙伴一道。

槠树也叫大叶橡树，壳斗科——这是后来才知道的。我出生的那个村庄，把槠树果子叫作乌吉子，长乌吉子的树当然就叫乌吉树了。

村口就有两棵大乌吉树，站在桥边，一年四季顶着绿油油的树冠，远看像两团厚实的绿云朵。夏天在这树下躲荫最好，再强的日光也透不下来，地里干活的人，累了就靠树坐下，喝口茶，打个盹，等日光不那么烫人再去干活。

童年的印象里，这两棵树就是村里有威望的长辈，在村口守着，让人信赖，来来去去看一眼，就很心安。

霜降过后，乌吉子纷纷从树上落下，不停地落，不停地落。真是奇怪，也没见这树开花，怎么会有这么多果子？

乌吉树当然是开花的，只是它的花实在不像花——毛茸茸的穗子，微黄淡绿，不艳丽，也没有香气——很多年我都以为，那不过是树冠新发出来的叶子。

拾乌吉子对孩子来说不是干活，而是游戏，是接近生命本能，或者说动物本能的游戏。

松鼠就有这样的本能，松鸦也有这样的本能，采集果子，储存果子，是它们的生命所需，也是日常的运动和游戏节目。而种子也通过这种方式得以迁徙，离开此地去往另一片土壤，另一座山头，在那里发芽，生根，长出新的树。

尚未熟透的乌吉子，蒂部有个碗状的托，这托紧紧包裹着乌吉子，精巧可爱，对孩子天然具有玩具的吸引力。孩子们喜欢拿这样的乌吉子当小陀螺玩，找一个光滑平整的石头，在乌吉子的蒂部插进一截竹丝棍，尖头的部分立在石头上，手指捏着竹丝棍一捻，乌吉子立马变成小飞侠，转了无数个圈圈之后飞出去了。

再简单的游戏也是有窍门的,在游戏的过程里,很容易看出哪个孩子灵活,哪个孩子手脚笨拙。我就是笨拙的那一个,乌吉子在我手里总不听话,转两圈停下来,倒在那里,一副懒洋洋不买账的样子。

孩子们玩够转陀螺的游戏,就趴在地上拾落果,挑那果壳油光发亮没有虫眼的拾。一棵树的落果拾完了,再换一棵树,这山里到处都是乌吉树,是怎么拾也拾不尽的。小茶箩装满,背回家,把茶箩里的乌吉子倒进竹匾,摊在太阳地里晒,晒一天,再晒一天,直到乌吉子的壳爆裂开来。

晒干的乌吉子要破壳,孩子又借机玩起游戏,拿一只四脚板凳,倒过来,凳面搁在光滑溜圆的果子上,孩子蹲在板凳脚中间,两只手做桨,在竹匾里划来划去,乌吉子哪经得起这种碾压,果壳的爆裂声让人有种无名的快乐。

花生仁是可以生吃的,核桃仁也可以,板栗小茅栗更可以生吃,乌吉子的果仁却不能——不过我还是偷偷尝过一次,想知道它到底什么味道,刚咬一口,赶紧吐出来,妈呀,什么怪味道,太涩嘴了。

看起来很好吃的东西,吃起来完全不是想象中的味道,可真是恼人的事。

小时候嘴馋,又性急,哪里知道,有些果子成熟后就是美味,而有些果子,即便成熟了,仍需经历去芜存精的过程，才能到达美味的境地。

乌吉子的果仁在变成美味的途中，要经历浸泡、沥干、再浸泡、再沥干，如此反复几次，再摊开在竹匾里晒。十月小阳春，阳光好到流蜜，哄得许多花树晕头转向，忍不住就爆出花骨朵来。这样的阳光里，家家户户门口晒满了东西，南瓜干、山芋干；切成丝准备腌制的白菜秆、萝卜条。这些都是为接下来的冬天准备的。

乌吉子的果仁晒干后，又要经历一次碾压——在石磨上碾成粉。到这时，粉末状的乌吉子，离美味就只有一步之遥了——即将成为光滑柔润的乌吉豆腐。

我没做过乌吉豆腐，这些都是大人的事，出于好奇，我在一边观望过——父亲舀几勺乌吉子粉，用冷水在盆里和成浆状，烧半锅水，水开后把粉浆倒进去，边倒边用锅铲搅拌，三五分钟后，锅里咕嘟咕嘟冒泡了，把锅端起，将煮熟的糊糊倒进一只干净的木盆。

很快，酱色的糊糊凝固起来——用手按一下，厚实，温暖，颇有弹性。

我喜欢划豆腐的环节，用刀在木盆里比画着，横划几刀，竖划几刀，把乌吉豆腐划成一个个正方形。父亲用盘子装了两块，让我给村里的孤寡老人送去。——小时候村里有这样的风气，家里某样食物丰足时，就分一些给左邻右舍和孤寡老人，不知道现在是否还这样。

做好的乌吉豆腐还需要浸泡，舀几瓢水进去，将乌吉豆腐浸没，这样浸个两天，就可以炒菜吃。

乌吉豆腐和香菜是刚柔相济的搭档。香菜就是晒了两个日头的白菜秆腌制的，加了盐、辣椒粉、八角粉、蒜瓣、熟芝麻做调味料。腌好的香菜酸辣嘣脆，很有嚼劲，炒乌吉豆腐时放一小碗，再不需要别的调料。

即使没有香菜的加持，乌吉豆腐也是很好吃的，它的好就是在柔韧中适度的涩感——野果独有的味道。这几年，每到深秋就想念乌吉豆腐，饭店里吃过几次，色淡，没有了小时候的滋味。后来得知，这乌吉豆腐的制作里添加了其他淀粉。这一添加，口感是柔和了，乌吉豆腐的野生风味也失掉了。

3

秋天的落果里，心心念念想捡拾的还是板栗和小茅栗。只是这两样野果太难拾到，山里的小动物们总是抢先一步，想必它们是日夜守候在那里的，听到果壳炸裂的声音就奔过去，拾起来塞进嘴里，把嗉囊撑得鼓鼓囊囊，运回洞穴。

这些野果原本就是大自然赐给小动物的食物，让它们领走也是应当。人类已占有了那么多的田地，和小动物们争夺食物就太过分了。当然，小时候是不懂这些道理的，跟在哥哥后面，在山上钻来钻去，实在捡拾不到，就用长竹竿打，将挂在树上的球果打落下来，脚踩上去，踏几下，将直立的尖刺踏平，再用剪刀剪开，取出果子。

想起来了，前年曾拾过一次板栗，和诗人红土一道，在一个不知名的村子里。我们俩有个共同的癖好，喜清静，喜荒芜，喜无人处的野风景。也正是如此，我们避开了大路，向一条通往田野长满芭茅的小路上走，拐了几个弯，翻过一座山坡，就到了一户人家门前。

这户人家的院门是开着的，院子里种了桂花树、柿子树、板栗树，每棵树都高过屋顶。桂花树正在开花，引来许多蜜蜂，嗡嗡不绝的蜂鸣衬托得四周越发寂静。柿子树也挂满胖胖的果子，板栗树的果子更多，触手可及。我和红土绕树走了两圈，仰头眼巴巴看着，不敢伸手去摘，这是人家院落里的果树，不可造次，再说这满身是刺的家伙，想下手也无处下手。

过了一会儿，红土突然叫起来，她在地上的落叶里发现了板栗，是刚落下来的，小动物们还没有来得及搬走的——一颗、两颗、三颗……我们俩都来了劲，低头弯腰，把院子的边缘拐角找了个遍,居然捡拾了半袋子。

这是人家院子里的落果,能带走吗?我俩拿不定主意。要么喊一下,看看屋里有没有人吧。喊了两声,没有人回答,走到门口,敲敲门,还是没有人回答。这时才感到屋子和院落有些异常——过于冷清了,没有鸡鸣犬吠的烟火气。

或许这屋子根本就没人住。乡间常有这样的空屋子,原来住着的人搬进城,把老屋子的门一关,慢慢地,屋子就荒废掉了。

这么好的地方,没有人住多可惜。我和红土感叹着,退出院子。这样的地方正是我俩梦想的居住之地,安静,偏僻,门前有稻田,屋后有青山,一条小溪在不远处浅吟低唱,空中除了蜜蜂和鸟雀制造的动静,再也没有别的声音。在这样的地方住下了,开荒种菜,修篱养花,再养几只鸡鸭猫狗做伴,看它们在院子里晒太阳,打滚,玩各种淘气的小把戏,多好。

从小路上过来一个扛着锄头的村夫,红土走上前,问他可知屋子是谁家的,卖不卖。村夫说,早就卖掉了,这屋子,还有这片山,都卖给了开发商。

我俩像是做了一个白日梦,回去的路上,又兴奋又难过,兴奋的是找到了这样一个地方,难过的是这地方不属于我们,并且很快就要消失了。

4

小时候还拾过茶籽。

茶籽就是茶树结的果子，黑褐色，不好看，不能吃。

不好看又不能吃，这样的果子拾它干吗？因为这是班主任布置的任务。班主任早读课时就说了，下午的劳动课去茶园拾茶籽，全班同学都得去。

我小时候读书，每周有两节劳动课。在劳动课之前，班主任会安排干什么，多数时候是校园大扫除，同学们从家里拿来扫把和抹布，扫蜘蛛网，扫操场，拔草，擦桌子，擦玻璃。也有一些时候，班主任会带领孩子们去田野劳动。

比起打扫校园的卫生，孩子们当然更愿意去田野，田野里多有意思，可以撒欢，可以打滚。

拾茶籽就是田野劳动课的内容之一。孩子们从家里背来小茶箩，在班主任的号令下，小猢狲一样冲进茶园。

学校四面的山坡上全是茶园，从山脚蔓延到山顶。霜降前，茶园里的茶树突然打了许多花骨朵。白色花骨朵一天天长大，膨胀，眼见着一阵风就能把它们吹开。这个时候，就到了拾茶籽的时节了。

不知道还有什么植物和茶树一样，花果同期——开花之时也是果子成熟落地的时候。

孩子们进了茶园，总是要玩一会儿才肯安静下来拾茶籽。我喜欢吸茶花的花蜜，摘一朵刚刚打开花瓣的茶花，去掉花萼，将花蒂含在唇间，轻轻一吸，一滴露水样的甜汁滑入舌尖。接着再采一朵茶花，再吸。

蜜蜂也在采花粉吸花蜜，绕着一棵茶树飞上两圈，选中一朵花，一头扎进花蕊里，不管不顾的样子，贪婪又可爱。

女孩子们相互模仿，都在吸花蜜，黄色的花粉沾满嘴唇。男孩子们呢，早就跑到山顶去了。山顶的油茶林此时也缀满白色花骨朵，结满了油茶果。当油茶花盛开时，站在山下，一眼看去，看见山顶浮出的薄白一片，会在心里犯迷糊——还没入冬，就下雪了吗？

油茶树要高大得多，男孩子们一个个爬上去，挂在树干上打秋千，坐在树杈上，把摘下来的果子当武器，相互投掷。油茶树真是好脾气的树，任男孩子们在树上玩各种把戏，就是不把他们摔下来。也不知道玩了多久，听到班主任的口哨声，知道时间不早了，赶紧从树上溜下，把滚了满地的油茶果子拾进茶箩里。

油茶和茶树都是山茶属，就像一个家族里的堂兄弟，有着相同的血缘。不过呢，油茶花比茶树花大得多，油茶果子比茶树果子也大得多，一眼就能看出它们的差别。

劳动课结束时，孩子们的茶箩装了个大半满，倒在一起，堆成一座小山。这些茶籽将拿去榨油。黑不溜秋的茶籽，不好看又不能吃的茶籽，原来是饱含了芳香油脂的。

很庆幸，在校园之外，小时候还拥有一个大自然课堂。我也更喜欢这个课堂，没有墙壁，没有教鞭，也没有让人头皮发麻的考试。这个课堂里，兴趣和好奇心就是老师，引导我去认识昆虫、草木以及它们的果子，去触摸它们，闻它们的气味，品尝它们的味道，和它们成为亲密的伙伴。

直到现在，它们仍然是我的伙伴——那些童年认识的植物与昆虫，如今在野外碰到，还是会蹲下来和它们玩上一会儿，仿佛老友重逢时常有的叙旧寒暄。

童年获取的经验足以受用一生。成年之后，不可避免感到孤独或抑郁时，就本能地寻一条通往自然的小道，走进去，走进去。置身鸟鸣雀飞的山野，呼吸着草木在阳光下弥散的宁静香气，瞬间就返回到童年的情境，阴霾散去，目光清亮，身体也轻盈起来。

长在树上的甜点

1

遇见拐枣树的那天,是十二月的最后一天。

起先是在健步道上发现一枝拐枣。健步道在浦溪河上游,远离城区,少有人走,地上干净得很,没有落叶,只有这枝褐色的拐枣躺在道路中间。

奇怪,路上怎么会有拐枣,谁落在这里的吗?正疑惑着,身后啪的一声,回头,地上又多了一枝。

是从空中掉落的。

仰面看,头顶上空枝丫横斜,从健步道两边伸向中间,仿佛再使一把力气,就能触摸到彼此。

等等,那一簇一簇看着有些眼熟的,不正是拐枣吗?原来这路边就有拐枣树,而我此时正站在树下。

目光移到树身周围,地面厚厚的枯叶上,落了一层拐枣,与枯叶同色,不留神是看不出的。

捡起一枝拐枣,从树上掉落的速度使果肉破裂开来,对着太阳光,破裂的果肉呈金红色,弥散出带着些酒味的甜香。掰下一截，去掉顶头的籽粒，放进嘴里，一股很有力道的蜜浆从舌尖漫开。

拐枣是长在树上的甜点，是小动物和乡村孩子们冬天的零食。但我小时候并不叫它拐枣，而是随大人叫它鸡爪子。

作为被山里孩子广泛喜爱的野果，拐枣还有许多颇为可爱的别名，比如金钩子、龙爪子、万子梨、木勾榴、弯捞捞。因拐枣的形象颇像个卍字，有些地方也叫它万寿果，听起来很吉祥，比拐枣、鸡爪什么的要中听得多，简直可以包装起来做寿礼。

它还有个让人忍不住流口水的名字——木蜜。想出这个名字的人太了不起了，是怎么想出来的呢？一定是坐在树下吃够了果子，心满意足中感到些微醉时，灵机一动，想出来的。

而《本草纲目》里，它的名字叫枳椇。"枳椇木高三四丈，叶圆大如桑柘，夏月开花。枝头结实，如鸡爪形，长寸许，纽曲，开作二三歧，俨若鸡之足距。嫩时青色，经霜乃黄。嚼之味甘如蜜。"

2

在我的童年里有一棵拐枣树，无论离开童年有多远多久，只要想到它，闭上眼睛，就能看见。那棵拐枣树长在村西的山岗上，太阳落山的方向，孤零零的一棵。

山岗是有名字的，叫小卧岗。小卧岗是茶山坡，也是村庄的墓葬地，我未曾见过面的祖先就葬在这山上。

有两年，几乎每天都要爬到小卧岗上去，在小卧岗打蕨菜、拔笋子，山岗有一片映山红，三月里，开花的时候，就钻进去，一朵朵地摘花，一朵朵地吃，有时吃得太多，鼻腔会滚下一股热热的东西，手一摸，是流鼻血了。

春天的时候我不关心拐枣树，春天需要我关心的是地梦子和树梦子（覆盆子和悬钩子）。入夏后也不关心拐枣树，这个时候野樱桃熟了，杨梅熟了，稍不留神就会错过它们美味的季节。

我关心拐枣的时候是秋天，拐枣树在这个时候开始挂果，满树的果子，藏在叶间，青绿青绿，引来鸟儿在里面钻来钻去。

鸟儿们也太性急了，这时候的果子还早着呢，得等它们慢慢地变成土黄，经几次霜，变成酱紫，这时的果肉才已经柔软，蓄满蜜汁。

等待拐枣成熟的过程有些无聊，为了打发时间，我为自己找到一种新的游戏，蹦山。

在小卧岗的茶山坡玩蹦山最过瘾，茶山坡是梯田形，从侧面看，如同抹了黄油的千层蛋糕。我会从山顶开始往下蹦,像一只被追赶的兔子,一层一层蹦下来,摔倒了就迅速爬起,接着往下蹦,直蹦到山脚。小卧岗是黄土山,因为种着茶叶,一年会有两三次翻挖,保持土质的松软。在这样的山坡玩蹦山,摔个一千次也没关系。

不记得这游戏是我发明的,还是跟我哥后面学来的,很有可能是跟我哥学的。就连小卧岗上的拐枣树,也是他领着我找到的。

玩蹦山的游戏最好是两个人,比赛着,看谁最先蹦到山脚。但我哥不想和我比,他更喜欢拿着渔网去河里捉鱼。我也不想和我哥比,比不过他,我哥到了山上就是猴子,一转眼就不见了。

当我想去小卧岗蹦山,就喊上芳。芳比我小两岁,住在我家隔壁,不论什么时候,只要我在她家门口喊一声,芳,她就会从门口探出头,用袖子揩一下鼻涕,有时候并没有鼻涕,她还是要揩一下。

村里差不多大的孩子有十几个,只有我叫她芳,别人都叫她芳孬子。她也不在意别人怎么叫她。她很少和别的孩子玩,她妈妈不让她和别的孩子在一起,"总是被欺负,身上青一块紫一块,问她是谁打的,她又不说。"

我也问过她,芳,谁欺负你,告诉我,我给你报仇。她低下头,这回鼻涕真挂下来了,她没有用袖子揩,任由鼻涕那么挂着。

我领着芳,从小卧岗的山脚往上爬,我们俩像两只小兽,很快就到了山顶。

芳的胆子太小了,我在前面蹦,蹦下来三四层,她还在那站着。芳,蹦啊。我喊她。她蹲下来,伸出一只脚,探了探,又缩回去。

不要怕,像我这样,两脚并拢,往下蹦。我给她做了个示范。芳开始蹦了,每蹦一层,都要大叫一声,摔个四脚朝天。

我等她蹦到身边,再和她一起往山下蹦,一起大声尖叫着,因尖叫而倍感快乐和刺激。

蹦到山脚,芳呼哧呼哧喘着气说不行了,心飞出来了。

我的心也飞出来了,我说。

蹦山的快乐就是飞的快乐,当双脚离开地面,往下落的时候,空中那半秒钟就是在飞翔。

3

第一枝拐枣从枝头落下,已经快入冬了。

拐枣和别的野果不一样,别的野果熟透了,落下来,就只是落下果子,拐枣呢,会连着枝条一起落下。别的野果,比如野柿子、野杨梅,会把种子藏在果肉里,拐枣却不,它偏把种子挂在外面，像挂在屋檐的小铃铛。

有孩子性急，拐枣还没落，就拿了长竹竿去打，打落的拐枣有股涩味——没有熟透的野果都有股涩味，时间没有到的缘故。

我奶奶总爱说，急什么呢，心急吃不到甜鸡爪。还真没错。

第一场大雪落下来之前，村里嘴馋的孩子手里都握着拐枣，高高地举起，像举一把糖葫芦。不知道他们是从哪座山岗捡的拐枣，村里的山岗那么多，每座山都有拐枣树，而属于我的那棵拐枣树，就是小卧岗的那棵。

小卧岗的拐枣树属于我的时间也不长，不过两三年的工夫。之后，当母亲从外乡调回本村学校教书，我和哥哥放羊式的孩提生活也就结束了。

"你们已经不是小孩子了。"母亲说，"得有个大人样。"

除了寒暑假，我再也不能随时往山上跑，不能躺在映山红的花树下做梦，不能一口气从山顶蹦到山脚，弄得一身黄泥巴也没关系。

似乎没多久，我就变成了无趣的大人，连半秒钟飞翔也不能再有的大人。

每一个孩子都会变成大人，渐渐失去做梦的快乐和飞翔的能力。大人却很难再变成孩子，除非在某个瞬间——

与童年事物不期而遇的瞬间。

浦溪河边的健步道上不止一棵拐枣树，这是我第二天发现的。第二天，也就是元旦这天，我又走到那条道上，放假的缘故，路上悠闲走着的人多起来，大多是外地人，来这里度假的。

还没走到头一天发现拐枣树的地方，就看见落在地上的拐枣，转身看路边，果然有棵拐枣树，比之前见到的还要高大，几只领雀嘴鹎在树顶蹦跳鸣叫，那么欢快，显然已经饱食了浆果。

往前走几步，又见到一棵拐枣树，树上一簇一簇未落下的拐枣使我轻易认出了它。再往前走，隔着两棵苦楝树的地方，仍然还是拐枣树……一路走过去，居然有七八棵。

这里原先是一片野生树林。在没有修筑健步道之前，我曾来过，树林沿着河岸生长，从黄山北海奔流下来的河水滋养得树林茂密幽深。

这些拐枣树应该是早前就生长在这里的，不知道它们在这里生长了多少年，但愿它们能够一直安身于此，无论世道如何变迁。

而我也会时常走过来看望它们，看望那些因它们的存在而在此繁衍的鸟雀，像小时候一样，在春去秋来的轮回里等着它们开花，结果，等它们的浆果在晚秋初冬的霜风里慢慢成熟，蓄满甜汁，安静地落下地来。

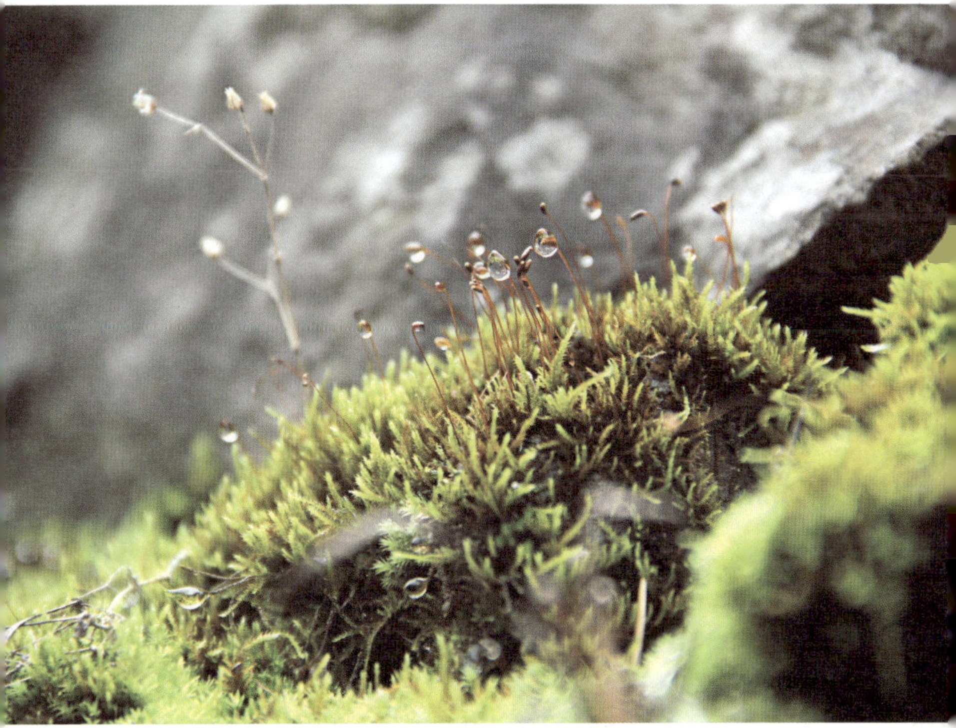

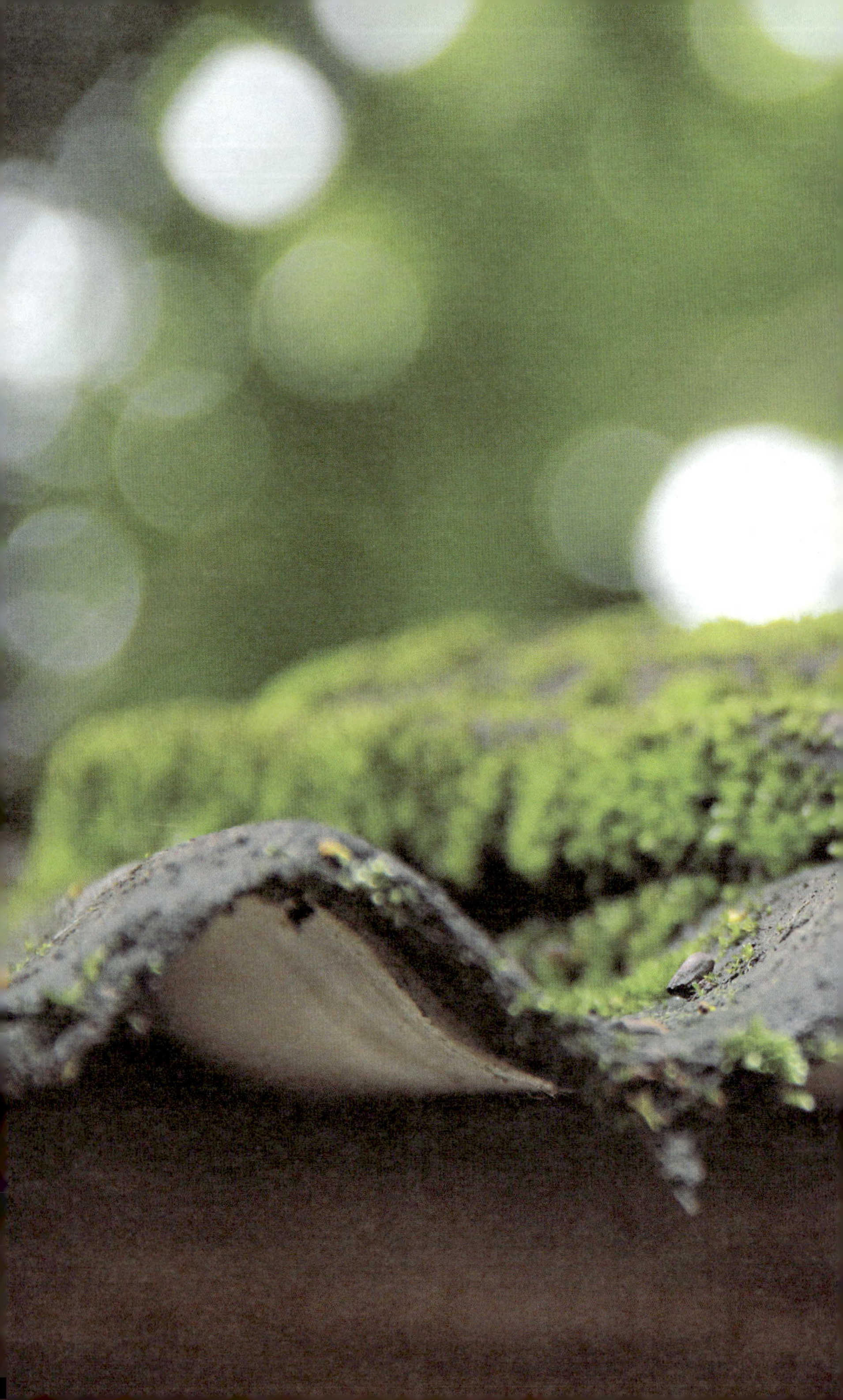

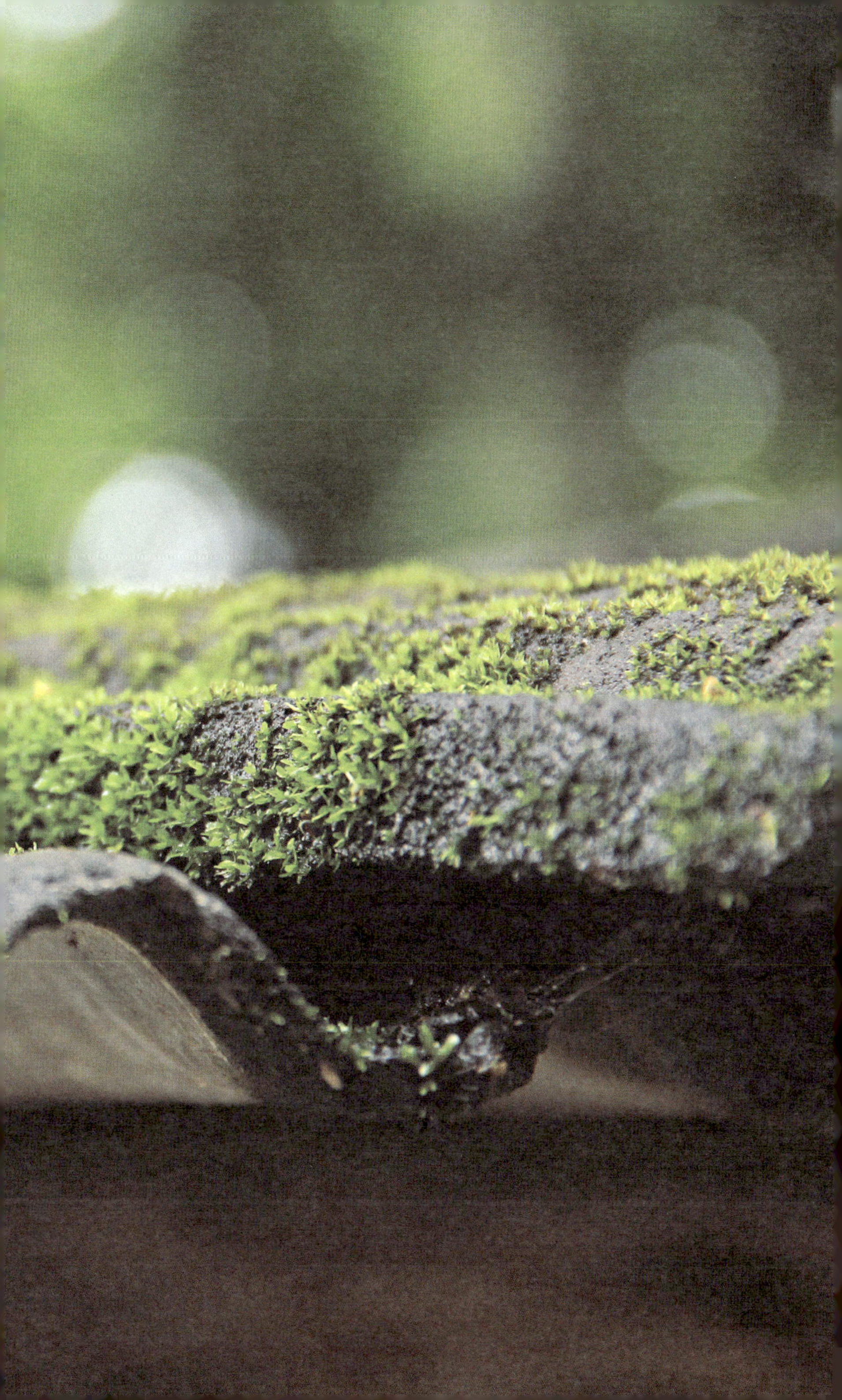

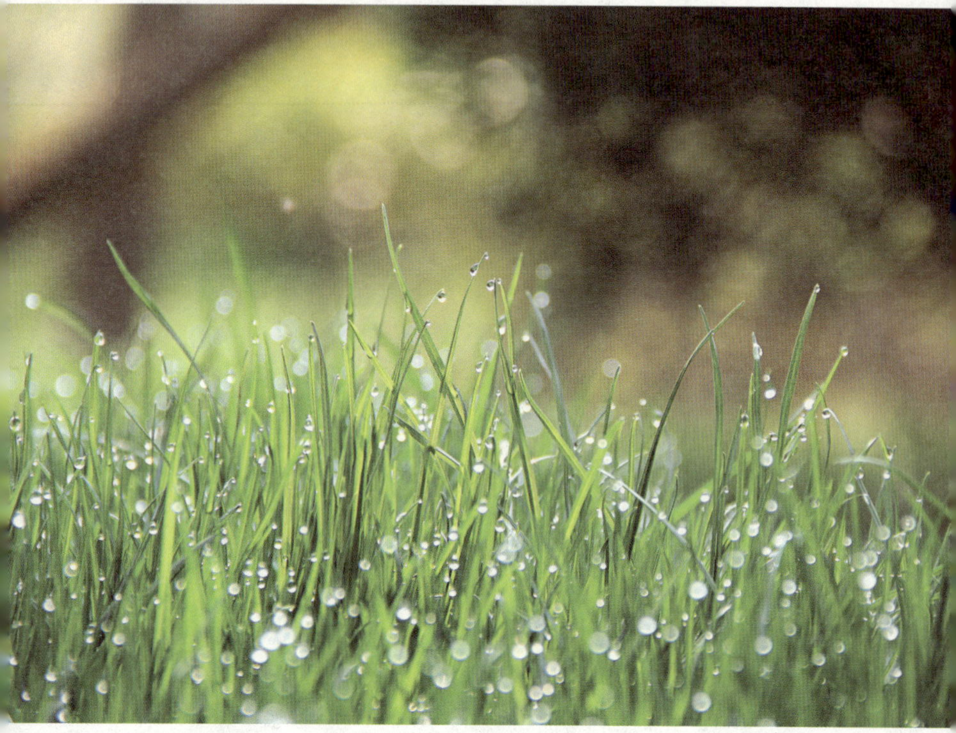

空山草木

青苔地

连日雨水。雨稍歇时出门，见小区地面上生出许多青苔，横一道竖一道，呈卍字形，嵌在地砖的缝隙里。

抬头看围墙，墙头的瓦缝间也生出不少青苔，绿意茸茸，与瓦的灰黑色相映，有古朴幽玄的美感。

行至街口，两边的行道树同样如此，树身从根部至顶端青苔遍布，遥遥望去一片苍翠。

青苔就是苔藓类植物，资料上说它"属于最低等的高等植物，无花，无种子，以孢子繁殖"。这种解说过于概念化，不容易领会。我还是愿意从古诗的意境里去认识它。

比如白居易的"婆娑绿荫树，斑驳青苔地"，刘禹锡的"苔痕上阶绿，草色入帘青"，王维的"返景入深林，复照青苔上"。

青苔和苔藓，我更喜欢前一种称呼。可能是"藓"这个字的读音容易叫人联想到一些不舒服的东西吧。而"青苔"则是另一回事了，默读这两个字，就有一股清凉洁净的气息自心底逸出。

青苔喜潮暖阴湿，梅雨季的天气时而晴时而雨，空气里布满水分子，最适合它们繁衍，趁着人稍不留神，就把角角落落的地方坐满。

村庄里的青苔更多。去年，也是这个时节回乡下，老家房子的墙根就爬满了青苔。后院堆放的一摞砖头和碎瓦也覆着青苔，几节枯树桩子几乎看不到树身了，似裹了一件绿绒袍子。从青苔里还长出几朵白色的小蘑菇，很天真的模样，像带着白帽子的小孩走在望不到边际的草地里。

通向菜园的小路不知何时也浮出一层青苔，让人不敢落足，怕踩伤了它们，也怕一不小心就滑倒，摔个四仰八叉。

菜园边有一溜石砌围墙，墙缝里的青苔更为壮观，种类也颇多，团团簇簇，姿态各异，简直就是一个小小的青苔展馆。

凭着近距离对青苔的观察，觉得青苔这样一种植物，可算是植物界的异类了——选择生活在人迹稀少的角落、边缘和地表的最低处，以微小的体形和单一的颜色存在，不发出任何气味，悄无声息地生长着，随着季节和温度的变化生而复灭，灭而复生。

长时间地面对一片青苔地，还是能闻到一种气味的，清澈而隐秘，类似于丛林深处的泉流——有股夏日里较为难得的阴凉味道。当一个人在时间的阴地里独自厮守时，所闻到的味道也是这样的，有点说不出的寂寞，更多的是宁静和心无挂碍的安谧。

蹲在青苔地里仔细看，会发现一些很有意思的事。对蚂蚁来说，一片青苔地就像是一片密林，走在里面很容易就迷路，找不到方向，要想走出来很艰难，走到哪里都像是在原地打转。对蜗牛和蚰蜒来说，青苔地就是它们悠哉乐哉的后花园了，可以在里面缓慢地漫游，长时间观赏那精致而繁复的苔叶，饿了就吃上几枚，渴了饮几滴水珠子。

清晨和雨后，青苔地里总是藏着无以计数的水珠子，像一颗颗珍珠落在翡翠盘子里那样晶莹。最好看的，还数葫芦藓花蕊状的长茎上所戴的水珠。再怎么小的水珠子，置于葫芦藓的头上，都显得过于沉重和硕大，但它们仍然站立着，顶着各自头上的那颗水珠，仿佛那是一种荣耀，是加冕在它们头顶的水晶王冠。

自给自足的树

前几日大雨,将红叶李树的果子打落得满地都是。

站在树下,看着绿草地上的红色落果,闻着空气中果子发酵时挥发的、类似果酒的香气,有难以言说的愉悦。

和动物不一样,植物的叶子、果子腐烂时的味道都很好闻,仿佛含有乙醚,吸入后能让人产生微妙的迷醉感。

此时的草地就是一张大大的餐桌,最先来到这张餐桌上享用美食的是鸟雀,然后是蚂蚁,之后是我。

鸟儿们清早就来这草地用餐了,将果皮啄开,吃它已经变软的果肉,吃饱喝足,唱一阵子赞美歌,在树上你追我、我追你地玩一会儿,又飞走了。

蚂蚁们用餐的样子很是专注,两三只,结伴爬到这红得要流出血的果子上,从这头爬到那头,又回到这头,往返几次,终于找到果子的裂缝,一头扎进去。

那裂缝里有一口甜水井。

蚂蚁保持这姿势享受着美味,很久不抬头、不移动身体,吃得尽兴又忘我。

我则是另一种吃法——用眼睛吃、用嗅觉吃。

如果我是画家多好，拿一张画板坐在树下，从清晨画到黄昏，画一整天，静静地画出眼中所见，画完整的果子、有缺口的果子、裂开一半的果子、只剩下果皮的果子，将它们一一搬到我的画布上——画出果子的静谧、圆润，也画出果子的残缺、阴影。

果子是时间的谜底。而画布，就是魔术师手里的毯子，它隐藏了谜底，也揭开了谜底。

最后享用这草地美餐的是红叶李树。

李树也是能吃到李子的。

李树果子落在地上，被鸟雀、蚂蚁、不知名的昆虫以及人类轮番食用之后，剩下的就慢慢潜入泥土，经历一番不为人知的奇妙旅程，又沿着李树的根须回到树上，回到枝条和叶脉，变成第二年的花朵、果子。

想起电影《云上的日子》里的一句台词："樱桃树若能吃樱桃岂不快哉，你就像自给自足的树。"

樱桃树可以吃自己的果子，李树可以吃自己的果子，你也可以。

用自己结的果子喂养自己，自给自足地生活着，岂不快哉？

露水酿出稻谷

稻谷是露水酿出来的。

这是今天早晨发现的秘密。不知道还有没有别人发现,也许有吧,也许这早就不是秘密,而是很多人都知道的事。

种下这些稻禾的农人一定是知道的,他们天天都在稻田里,一生都在稻田里,他们像了解自己一样熟悉庄稼,像是朝夕相处的亲人,当然知道稻谷的来处。

那些活跃在田野的鸟雀、昆虫、风和阳光,也是知道的。它们不仅知道稻谷的秘密,还知道更多人所不知的秘密,只是它们不说,说了也没人听得懂。

稻谷是露水酿出来的。一颗露水酿一粒稻谷,在太阳下山时就开始酿了。在万物沉睡时,它们醒着,那些露水们,一颗一颗缀满稻禾,它们要趁着这样的寂静和干净,在没有杂质的夜气里,秘密地酿造。直到天亮,直到太阳升起,它们才结束这一天的工作,变成薄薄的牛奶一样的雾,升到空中,去一个人们看不见的地方——同样寂静又干净的地方,去那里休息。

这里已经很久没下过雨了，我居住的小镇，梅雨季结束后就没下过雨。河流变浅，庄稼地开裂，村头菜地的那些瓜们——黄瓜、丝瓜、葫芦瓜、冬瓜，来不及长大就枯掉了，连同藤蔓，没有开的花骨朵，一起枯掉了。农人给它们浇水也没有用。农人在天亮时就在浇水，太阳下山时又在浇，把小河沟里的水舀空了，还是没用。

那些原本隐蔽在泥土下的蚯蚓爬出来了，从地下钻出，爬上地面。清凉湿润的地下已经变得滚烫，又干又硬，它们必须要逃离那里。但它们并没有逃出多远。地面仍是滚烫，炉台一样的烫，它们在炉台上挣扎了一小会，就不动了。

满地都是蚯蚓，细细的，扭曲着。清洁工将它们扫在一起，和那些过早落下树的枯叶子扫在一起。还没有立秋，地上就有许多枯叶了。马褂木的枯叶最多，那些黄色和褐色的小马褂，蜷曲着，在人行道上落下一层。

落到地上的还有知了，每棵树下都有落下来的知了，不再会飞也不再鸣唱的知了。

大地上的一切都在干渴中，在灼热中挣扎，而稻田里的稻禾却在此时开花了。那些乳白色细细的稻花是什么时候开的？

太阳还未出山。走进稻田里的我，先是闻到稻花的香气，然后看见稻花，看见把稻花裹在怀里的露水。

稻花的香也是露水的香。一滴滴的香气，很快就会变成一粒粒的稻谷。

酿了这么多个夜晚，露水还是之前的样子，没有变得疲惫，无精打采。这么多天没有下雨，这么多天持续的高温，没有吓住露水，没有让它们停止酿造，从稻田里撤离。它们甚至更密集了，挂满每一株稻禾，缀满每一片叶子。

另一边的稻田里，有一畦稻谷已经酿成，只是谷粒还是瘦弱的，还没有变得饱满。每颗谷粒都晶莹剔透，一如露水，在刚刚升起来的桃色的阳光里闪烁着，发着光。

就是在那个时刻，我知道了稻谷的来处，知道为什么稻田里总是有那么多露水，昼伏夜出，孜孜不倦。知道即使大地不可避免有那么多苦难和死亡，仍有甘露在低处降临，悄无声息地，关照着稻禾、草芥和卑微的生命。

野姜花

最早知道野姜花是十年前,在朋友的文字里。朋友说她因为写作,很少出门,饭食也由母亲做好送来。

母亲住得不远,隔着一条街,步行十分钟就到了。

有天母亲送饭比平时晚了半个时辰,这是从来没有过的,朋友渐渐坐不住了,担心眼睛不好的母亲在街上被车撞倒,正要出门寻去,母亲到了,像平常一样,先在房门上叩三声,再推开门。母亲为自己的迟到连声抱歉,将热乎乎的饭盒递给女儿,随后递过来几朵白色的花,说,这是今年新开的野姜花,刚从园子里采的,你闻闻,香不香?

原来母亲的迟到是因为这——守着野姜花的花苞,等它的花瓣打开,像蝴蝶一样翩翩欲飞时采下,送给女儿。

朋友说母亲让她闻花香时,脸上喜滋滋的表情就像一个小姑娘。后来的两个月,母亲每天都会给她带几朵野姜花过来,用清水养着,供在她的书案上。

朋友在文字里说,母亲前世一定是她的恋人,因前缘未了,这世便做了她的至亲,将恋情转为亲情,不倦地喂养着她。

朋友的文字是令我暗生羡慕的,我羡慕这世上有这样一种母女关系,像姐妹、知音和最亲密的朋友。在朋友的文字里我得知了野姜花的名字,却不算真的认识,因为还没见过,但我又觉得自己是早就见过这花的:它的颜色有着月光的清澈,它的形状犹如翩飞的蝴蝶,当它打开花瓣时就有一扇芳香的大门向人间敞开。

没多久,听到一首名叫《野姜花露珠》的钢琴曲,不知道是曲子本身融入的自然风格让我喜欢,还是因为曲名里有"野姜花"和"露珠"这两个名词使我喜欢。这两个代表着朴实与清新的名词组合在一起,有一种超尘出世的美,使人屏息。

那段时间,我把《野姜花露珠》作为背景音乐放在博客里,循环反复地听,音乐如清泉在山间流淌,听音乐的人则如一滴水珠,从天空轻盈落下,复又回到天上。

当我想象着野姜花的姿容与香气时,并不知道,其实它就在离我不远的地方——我居住着的小区里就种着野姜花。

几年前——大约是五年前,我拿着相机在小区里转悠着,拍摄住户在各自门前种的花草,行至一丛叶片宽大如箬竹的绿植跟前,忽而就被一股香气吸引了,香气是从绿植顶端簇生的素白花朵里散发的。

"奶奶,这是什么花啊?"我问站在一边看我拍摄的老妪。

老妪踮起脚尖采下两朵,笑吟吟地递给我:"这是野姜花,我种的。"

啊,原来这就是野姜花。

接过野姜花,捧在手心,低头闻着香气。那香气也如花色,是素洁的,清雅的,有着禅意的宁静。

老妪说她女儿也喜欢野姜花的香气,过来探望她时,总会采几朵带走。"这花开得勤快,每天都有新花开出来,从夏初开到秋末,香得不得了,你有空就过来采吧。"

近两三年,小区里的野姜花突然多起来,走十几步就能遇见一丛,大概是小区住户从老妪那里分来花根种下的。

我楼下也长出一丛,在入口一侧的花台上,进出楼道抬眼就能看见。

野姜花种得这么近,近在咫尺,最大的受惠者就是我了。入夏后,每天傍晚下班回来,进楼时,先在这丛野姜花前站一会儿,深呼吸几口,再采两朵新开的花朵,带进屋子,放进水杯。

人养花,花更养人,这养是滋养,也是性灵的供养。

屋子里养着野姜花,就像在心里养着一首诗,香气无处不在,狭小的空间也变得清洁、深邃和开阔起来。

看荷

立秋后下了一场大雨。

午后雨停，想起前几日遇见的荷，坐不住了，换鞋，拿相机，出门。

看荷宜在有露水的清晨，雨中，雨后，或落日余晖中。有月亮的夜晚看荷也好。我虽没看过，脑子里却有一幅月夜荷塘的画面，清晰又细腻。

雨中看荷是有过的，两年前，梅雨季，去徽州区的呈坎，在一霎儿晴一霎儿雨的天气里看了大半天荷。

在雨中看荷，也是在荷中看雨。雨与荷相互成全。雨落在荷塘里，是落在最洁净的地方，也是落在了对雨水来说最温柔的地方。

那些宽大的荷叶，仿佛是为了接住从天上落下来的雨水而仰面摊开，仿佛那些雨水是荷塘的孩子，要让雨水落下来时是快乐的，不要跌得那么碎，那么疼痛。

雨水落进荷叶的样子也确实像从远处奔来的孩子。迅速滑进荷叶中间，那一片浅浅的凹处，在那里滚动，与更多的雨水汇聚。

雨水接得多了，有小半盏了，荷叶就微微地倾斜，倾向一边，让雨水顺着荷叶边缘流淌下来，犹如一小股清泉。接住这清泉的，是低处的另一片荷叶。接住后，再弯下腰，放它们进入塘中。

雨中的荷花有着难以抑制的美和生气，因为雨水的缘故，花的颜色与分量也加重了。有一刻，将相机镜头拉近，对准一朵带着雨水的荷花时，蓦然想起"爱与哀愁"四个字，是年轻时喜欢过的一首歌的名字。记得其中的一句歌词："爱与哀愁对我来说像杯烈酒，美丽却难以承受。"

今年入夏也看过一次荷，午间，艳阳当空，荷塘里的粉荷高低错落，正是花期最盛时。但在午间，荷花都收拢着花瓣，有种"卷帘深闭重门"的矜谨。

与牵牛花相同，荷花只在清凉的晨间盛开。不同的是，牵牛花只开一天，而荷花会开上两天：第一天，从晨间开到午前，太阳光变得强烈时合上花瓣，第二天早晨再次开花，到中午开始凋落，一枚一枚，缓慢又郑重地卸下花瓣，直至变成小莲蓬。

入夏时看到的荷与呈坎的荷一样，是观赏荷品种，花期长，花朵也多，重重叠叠的粉红，开不完似的，能从夏初开到秋尽。前几日遇见的荷则是藕塘里的荷，开白色花，花朵也少，半亩地的藕塘，只开着七八朵花。

是早晨在公路骑单车时,看见那片藕塘的。

入秋后,每天早晨都有雾。雾简化了世界,远处的山、田野、房屋,都隐在了雾的灰白中,而那片碧色藕塘与塘中白荷却凸现在那里,清新得像一首唐诗。心里一动,将单车骑进岔道,向藕塘的方向而去。

到了藕塘也就到了一户人家的门口。这户人家的房子有些旧了,木头门,关着,上了锁,门口一片场院。藕塘就在场院外。满塘深碧色的荷叶,荷叶中间有细细的水珠,晨雾凝结而成。没有风,水珠静静的,像荷叶捧着的一颗水钻。

离场院最近的荷花只有两朵,一朵全开,一朵半开。

蹲下来,开始拍摄荷花。

我很少拍摄荷花,尤其人多的地方。每次遇到荷花,只是看,没有打开相机拍摄的欲望。我宁愿拍摄那些细小的、无名的、貌不惊人的野草花,而不愿轻易地拍摄荷花。

拍荷花就像写散文,也容易,也难。

散文谁都可以写,但想写出别人没有写过的"异质感",就难了。太多的散文都是同质的,仿佛出自一人。荷花也是,谁都可以拍,拍出来也是相似的样子,想拍出别人从没拍过的感觉,不容易,除了天然的因素——光线、天气、地理环境这些种种,还需要拍摄者的心境、心态,对荷的理解,以及拍摄时瞬间的灵感。

这个早晨是不一样的，晨雾还没有散去，天地空蒙，四野无人，唯有这乡间藕塘中几朵白荷与我在一起。这样的环境与心境，有可能拍摄出不一样的荷。

白荷并非全白，花瓣尖带着些粉红，不那么明显，却有着恰到好处的点染效果。花蕊的颜色也美——明艳的杏黄，蕊丝根根竖立，簇拥着黄绿色的莲蓬，像极了一种鲜奶油做出的点心。

那可能真是一道美味的奶油点心，因为此时，一只木蜂正将头埋在蕊丝里，尾部高抬，贪婪地饕餮。过会儿又飞起，绕着花朵飞了一圈，空中停伫片刻，又落下，钻进花蕊。

花瓣微微颤动，似忍不住一阵痒意。

这片藕塘是在坡地之上。坡下是庄稼地、稻田，远处是起伏的群山。雾散去后，山与田野浮现出来，空旷又宁静，如莫奈的画。

不知道这户人家是否也有这种感觉：每天早起打开门，看见的就是一帧风景画，且是随着天气、季节的变化，不停地改变着色彩。

真让人羡慕啊，坐在自家门口，就能看到荷花在不同时间里的样子。夏天的夜晚，月光很亮的那几天，搬一张竹凉床在场院里坐着，只要不瞌睡，可以一直看下去，看塘里的荷叶花影，再抬头看天上的月与云影。

下雨天也是。雨天不用下地,就在自家门口坐着,女人做着小手工,男人吸着烟,也不用说话,只静静地听雨落在荷叶上的声音……我几乎能想象出住在这屋子里人的样子了,面孔安详,有微微的笑意,眉目间有着与荷花一样的静气。

直到我拍好了白荷离开时,也没见到这户人家的主人。那群被我吓得钻进屋后竹林的鸡,也没有回到场院里。

桂子月中落

近几天，夜半醒来总是闻到一种香气，缭绕枕畔，隐隐约约，仔细闻时又没有了，心里疑惑，是桂子香吗？房间里并没有插桂啊。

今晨，拉开卧室窗帘时，一股浓郁而有力道的香气突然扑过来，让人几乎站不住。

香气来自窗外，很近的地方。当我戴上眼镜，再看，这才看清，原来离窗子五步路的地方有两株桂树，此时正是盛开之时，每根枝条都泛着光，缀满金红花朵。

桂子就是桂花。古人写诗，常将桂花称作桂子，比如"桂子月中落""山寺月中寻桂子"，有人格化的意韵，也优雅。

日常生活的语境里，是没有人把桂花叫桂子的，那会叫人摸不着头脑。即使书面语，现代人也很少将桂花写成桂子。和古人比起来，生活在这个时代的人是粗糙的。

粗糙是因为快，这个时代太快了，人被时代裹挟着，随着潮水往前冲，想慢也慢不下来。也有例外，也有少数人，从潮水中脱身，让自己边缘化，放慢脚步，走在少有人走的路上。

只有慢下来,才会有闲情,观花、望月、听雨、读书,与书中的古人交谈,成为朋友;与自然中的植物交谈,成为朋友。

我就是这少数人中的一个,多年来,缓慢地呼吸,缓慢地走路,缓慢地阅读和书写。我写过不少植物,都是身边常见的,有野生,有家养。看见了就写,用散文写,用诗写。在书写它们前,先打开感官,去体会,去看,去闻,去触摸,仿佛面对的是一个人,一个能够爱,也愿意付诸爱的人。

当内心充盈着爱意的时候,感官会变得特别敏锐,仿佛有特异功能,能捕捉到看不见的暗物质。爱一个人是这样,爱一种植物时也是这样。在爱中,人的感受力会变得丰富,更富于想象力、创造力。

不记得自己是否写过桂花诗,散文应是写过的,几年前在湖边写过,很短,三百来字,记得其中有一句:嗅觉的盛宴,醉生梦死。

桂树开花时,就是嗅觉领受这道盛宴的时候。桂香是高浓度的酒,仅从瓶子里徐徐倒出,不待饮用,飘散于空中的气味就让人失魂,醺然欲醉。

我居住的小城里,桂树随处可见,不到开花季节,在树下走来走去,也不在意它们。几场秋雨过后,天放晴,就会发现，原来生活的地方，每天走着的路上，竟然有那么多桂树，多到让人惊异，仿佛全世界的桂树都聚集在这里了。这时就会有抑制不住的富足感、庆幸感，庆幸自己生活在这里，被浓醇的桂香淹没，就像被爱淹没那样，幸福地陶醉其间。

有意思的是，古人写桂子的诗里都有一轮明月，想来，是和月亮的传说有关吧。月亮里就有一棵桂树，那可能是宇宙里最大的树了，这样大的树上，在仲秋月圆时，会开出多少金色和银色的花朵啊。在夜深人静时，在一个人突然想念着一个地方，或一个人时，就悄无声息地落下来，落下来，一场盛大而又寂静的雪。

一株草顶一颗露珠

一株草顶一颗露珠。有两天,心里老想着这句话。

不记得是在谁的文章里读到的,文章的内容也忘记了,只记住了这句话。

一株草顶一颗露珠。说得真好。简单又深刻。只有在乡间生活过的人,才说得出这样的话来。

可不是嘛,一株草顶一颗露珠,不会多,也不会少。

临近秋分,皖南的早晚凉下来了。一场一场的秋雨,像鞭子,赶着秋天往深处走。

田里的稻穗金黄,稻叶子也金黄,是收割的时候了。可是还不能割,还得再等等。天不晴,稻子就得留在田里,不能急着割。

割稻子要在晴天。早晨起来,去外面,在草地上看看。草上顶着露珠,闪闪发光,稻子就能割了。

草上没见着露珠,是阴天。

农人们也并不着急。种了大半辈子庄稼,什么样的日子都经历过,也就不急不慌了。

天总要晴的,不会一直把雨落下去。稻子在田里,就像胎儿在女人肚子里,多养个几天吧,没关系。

就算这雨果真落个没完，急也没用啊。种庄稼的人，就是靠天吃饭的人。天不给你饭吃，你急也没有用。

但天不会那样的。"天无绝人之路"，农民辛辛苦苦种稻子，从春到秋，该收获时，老天不会不讲理。

怎么忍心呢，让农民在饥荒中入冬，让稻谷烂在田里。

秋分，桂花开了。

空气中到处都是桂花香，每呼吸一口，就像饮进一口浓郁的秋。

到了秋分，秋天就无可置疑了。

看哪，外面，那路边，草地上不是有露珠吗，一株草顶一颗露珠，像顶着小小的王冠，那么骄傲、闪亮。

因为这露珠，再纤细的草也变得尊贵、不凡。

"一株草顶一颗露珠，一瓣花分一片阳光"，想起来了，这是诗人写下的句子。

诗人的名字叫周梦蝶。

一个瘦得只剩下灵魂的诗人。一个在马路边守着少有人光顾的书摊，苦吟一生的诗人。

一株草顶着一颗露珠。诗人就是那株草啊。而诗就是滋润他，让他像王冠一样顶在头顶的露珠。

在桂花香的拥簇中走向田野。稻子已熟得承受不了自己的重量。

天晴了。

粉籽花，晚饭花

中秋节刚过，屋后人家就把场院里的粉籽花割掉了。

割断的花枝堆在一起，有半人高，好多未开的花苞在枝头上——没有机会再开了。心里有些不平：还没到枯萎的时候，为什么要急着把花割掉呢？

粉籽花就是晚饭花。

之前写过晚饭花，也写过紫茉莉。其实本地人习惯叫它粉籽花。

如果植物也有名片，并且要把所有名字都印上去，那得用超大号的名片纸。因为每种植物都有一长串的名字。它的种子被飞鸟带到陌生的地方，在那里落土、发芽、生长、繁衍，与当地的植物打成一片后，居住在那里的人就会凭着对植物的印象，给它取一个名字。

取名字就是对它的认可。植物有了名字，也就真正融入了当地人的生活，与人相伴，在季节中轮回，一岁一枯荣。

粉籽花的花期够长的，能从夏初开到秋末。到傍晚，屋顶的炊烟刚升起来，花就开了，一只只袖珍型的小喇叭，多为紫红色，也有白色、黄色，或两色相杂的。

小时候还真拿它当喇叭吹过,摘一朵花,抽去花蕊,将细细的花颈含在唇间,抿着嘴吹。吹了几次,不出声,吐掉,换一朵,再吹,直到吹出声响。

有孩子自作主张,干脆叫它小喇叭花,嘴里含着花儿,手里拿着树枝,一边赶着牛回家,一边吹,吹着吹着,太阳下山了,西山顶上的金星亮了。

女孩子喜欢粉籽花,更多是因为它的香气——新娘子身上才有的香——让人想把鼻子凑到跟前,使劲嗅,使劲嗅的水粉香。

粉籽花这个名字的来历,就是因为这粉嘟嘟的香气吧。在过去,女孩子也真拿它当香粉用——那黑色球形种子,就是小小的粉盒,打开一粒,里面装满了细粉,用指尖将粉挖出,放在手心,匀开,扑在脸颊上,脸就白了,又白又光滑。

《红楼梦》里,宝二爷曾用植物为姐妹们制过胭脂,不知他可用到这粉籽花的种子——应该是用过的,因为粉籽花众多的名字里面,就有一个"胭脂花"。

知道粉籽花也叫晚饭花,是读了汪曾祺小说之后的事。

汪曾祺有篇小说,就叫《晚饭花》,很短,不到两千字。小说是以一个少年的视角写的,少年叫李小龙,和宝二爷为姐妹们调脂弄粉时的年龄差不多,或许还要小一些，对异性已经有了模糊的爱慕，但这爱慕和成年人的爱又不一样，不掺杂欲望，没有企图，只是一种说不清道不明的倾心。

李小龙倾心的姑娘叫王玉英。李小龙在学校读书，放学回家时是要经过王玉英家门口的，经过她家门口时就会暗暗地看她，把她当一幅很美的画来看。

这真是一幅很美的画，画里有天井一样的狭长院落，正面是一堵山墙，"山墙脚下密密地长了一排晚饭花。王玉英就坐在这个狭长的天井里，坐在晚饭花前面做针线。"

在李小龙的心里，这画面里有一种贞静的美，又神秘又寂寞。又有一种浓烈，这浓烈被寂寞包裹着，想要挣脱、冲破——就像花朵的香气想要冲破院墙。

"晚饭花开得很旺盛，它们使劲地往外开，发疯一样喊叫着，把自己开在傍晚的空气里。浓绿的，多得不得了的绿叶子；殷红的，胭脂一样的，多得不得了的红花；非常热闹，但又很凄清。没有一点声音，在浓绿浓绿的叶子和乱乱纷纷的红花之前，坐着一个王玉英。"

汪曾祺写晚饭花，其实是写少年李小龙内心里的情绪，也是写王玉英内心里的情绪。一种想要去爱，渴望爱，又不知如何去爱的情绪。

这篇不足两千字的小说，所写的，就是歌德在《少年维特之烦恼》里说的那句话："哪个少年不钟情？哪个少女不怀春？"

王玉英没多久就嫁人了，所嫁的那个人似乎是她喜欢的。但是李小龙并不喜欢那个人，觉得那个人配不上王玉英，觉得她不该出嫁，"很气愤"。在少年李小龙的心里，王玉英就应该是画里的人，始终和花朵坐在一起，被花朵的香气拥簇着，而不是被一个污浊男人占有。

《红楼梦》里，宝二爷对姐妹们的心愿也是这样的，不愿意她们出嫁，觉得女孩子都是宝珠，一旦成为人妇，就失去灵气，变成死鱼眼珠子了。

王玉英出嫁之后，晚饭花还在开着。但是这画面再也吸引不了李小龙了，没有王玉英，晚饭花开在哪里，又有什么意思呢？只是教人难过。

"这世上再也没有原来的王玉英了。"小说的最后一句这样写着。让人惆怅，又无可奈何。

《晚饭花》里的李小龙就是汪曾祺，这是汪老后来承认的。

汪老说他小时候和李小龙一样，喜欢随处流连，东张西望，对美有着发乎天性的敏感，把美的人与事物当作画来看着，喜爱着，内心柔软而充实。

对晚饭花，汪老说他并不怎么欣赏，因为这种花实在平凡，没有值得歌颂的品德，甚至是低贱的——集市上没有人卖它，公园里没有人种它，诗人不会为它写诗，画家也不画它。它还有许多明显的缺点：没有姿态，枝叶太多，白天的颜色只是一个浓绿，到傍晚开出花来才让人感到它是花，花形不美，只不过还算好玩，花开得也太多，多到细碎，毫不懂得掩饰其村俗乡野之气。

汪老说此花的低贱之处还在于它太好养，"随便丢几粒种子到土里，它就会赫然地长出了一大丛。结了籽，落进土中，第二年就会长出更大的几丛，只要有一点空地，全给你占得满满的，一点也不客气。它不怕旱，不怕涝，不用浇水，不用施肥，不得病，也没见它生过虫。这算是什么花呢？然而不是花又是什么呢？"

汪老几乎是有些嫌弃地将晚饭花贬了一大通，仿佛真的很看不上这种毫无花姿、简直不像花的植物。但他在写小说时，又将少年爱慕的姑娘和晚饭花放在同一个画面里，让这花从头开到尾，成为小说的背景。

不仅如此，汪老还将自己的小说集命名为《晚饭花集》，他说："我的小说和晚饭花无相似处，但其无足珍贵则同。"

无足珍贵，与其说这是汪老对自己作品的评价，不如说是自谦。

看到这里，才知道他之前对晚饭花的那一通"贬谪"也是一种自谦，就像一个父亲，称自己的孩子为"犬子"，论起孩子来也是这不够好那不如人——不过是谦虚罢了，听的人当不得真。

初读汪老小说时，并不知道晚饭花就是粉籽花，到百度里去查，才明白是同一种植物，并且是我自小就熟悉的花。

如今，除了在乡下，很难看到粉籽花了吧。就像汪老说的，公园里没有人种它，就算在乡下，也没有人特意去种——我屋后人家场院里的粉籽花就是自己长出来的，那小地雷样黑黑的种子滚落一地，到了第二年春天，就会发出芽来，呼啦啦长出一大片。

粉籽花通常长在乡间人家的门口、窗下、前后院子里。夏天，晚间乘凉时，人们将凉床抬出来，放到花丛中间。夏天蚊蠓多，乡间蚊蠓尤其多，成群地飞在低空，无论如何驱赶，也避免不了它们的袭击。坐在粉籽花丛中就好多了，粉籽花的香气对蚊蠓来说就是毒药，是能够致命的。

真是一物降一物。粉籽花开在夏天的夜晚，或许就是造物主有意的安排吧——这宇宙间，一切的存在——哪怕是微不足道的存在，都是造物主巧妙安排的结果。每一种生命都有其亲朋，有其天敌，也有其守护者。

有一件事是我想不明白的。花朵开放，释放香气，是为了展示它们的魅力,引来蜜蜂和蝴蝶,采花蜜,为之传授花粉。但是那些选择在夜晚开放的花儿,在黑暗中,不就像锦衣夜行的人吗,再怎么美,又有谁能够看见呢?这个时候,忙碌了整个白天的蝴蝶和蜜蜂也都收了翅膀,休息了,有谁会追随香气而来呢?

自然界的秘密太丰富了,每一种植物和动物的生活都有其奥妙,要了解它们,真不是一件简单的事。大自然,或者说生命的趣味也就在这里,白天黑夜,每时每刻,都有神奇的事在发生,每一朵花都是一个奇迹,每一粒种子都是一个奇迹。

栗树好看

栗子好吃,没有人不知道,栗树好看,知道的人恐怕就不多了。

栗树也不是什么时候都好看,它好看的时候是在晚秋初冬,霜冷过后的日子,最好是阳光透亮的午后,到村里去看。

是的,看栗树得去村里,或村子边缘的庄稼地里,也就是说得在有人烟的地方看,和看别的秋树不大相同。

看别的秋树,比如水杉和枫香,得去一条僻静的小道,或者少有人迹的山谷。只有山谷里,才能看到成片的水杉林和枫香树林,在无边落木中,感受颇有声势的深秋之美。与单独的秋树面对,就难以体会如此的意境了。

看银杏也是这样,得在成片的银杏树林里看,方能领略那"纷纷落叶如雨"的盛况,还有杨树,也是如此。可惜的是皖南没有杨树——也许有,不多见。银杏树倒是常见,村东一棵,村西一棵,叶子黄透的时候,各自三三两两地落着,也有美感,终究还是少了气势,犹如一个吝啬的人,谨慎地施舍着手里的金币。

整片林子全是银杏和杨树的地方也看到过，去年的落叶季，在北京的奥体公园，就感受过它们倾覆天地的大美，太震撼了，那么多金色的叶子——真怀疑整个世界的金色叶子全汇集到这里，唰唰地落着，接近地面，又被横冲过来的风揽抱入怀，抛上天空，狂舞不止。

相比之下，杨树林要静谧多了，阳光穿过叶隙，把树干的影子笔直地投在落叶上，地面便有了一片影子森林，忽明忽暗，寂静又幽秘。尚未枯萎的叶子在树影里铺开，偶尔翻动几下，试图以这种方式，重新找回自己的枝头。

在杨树林里站定了，还是能听到一种声响，来自树林上空，深重，浑厚，如树梢与天空的交谈，又如宇宙之音的滚动。

原是想说栗树的，说着说着，忍不住就说到银杏和杨树这里，看来，去年深秋它们所落的叶子，还在我心里飞扬着。

"栗树如同野人"，在村子的庄稼地里看见栗树，想到德富芦花的这句话。

这句话是写在他的散文集里的，散文集的名字叫《自然与人生》。这本散文集我看了十多年，还在看。散文集里德富芦花几番写到栗树——他家有栗树，亲人般生活在一个院落里。

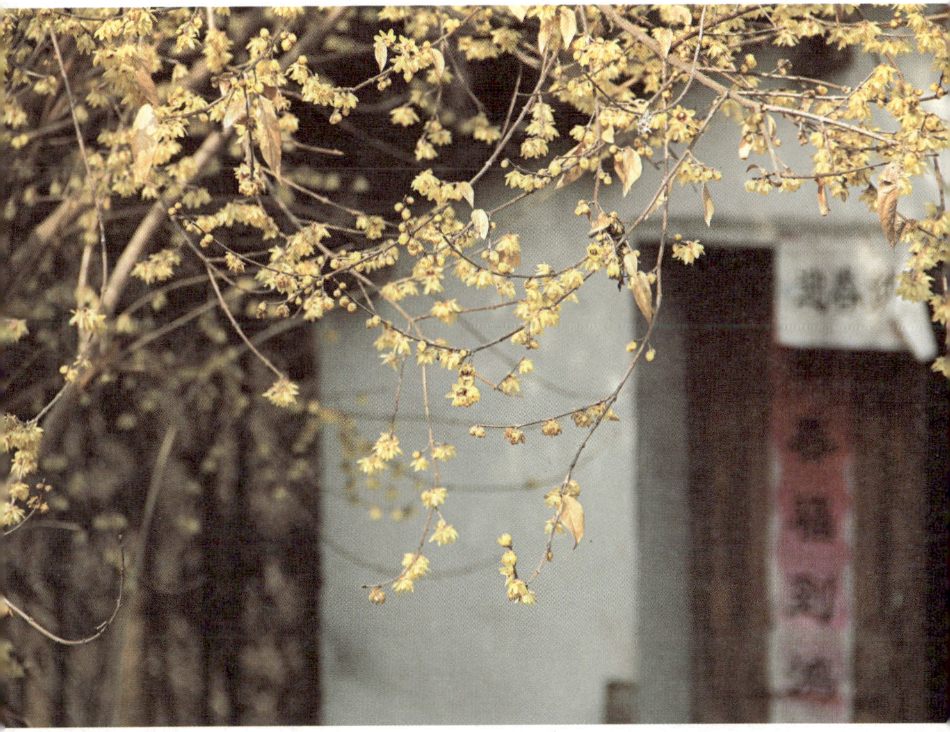

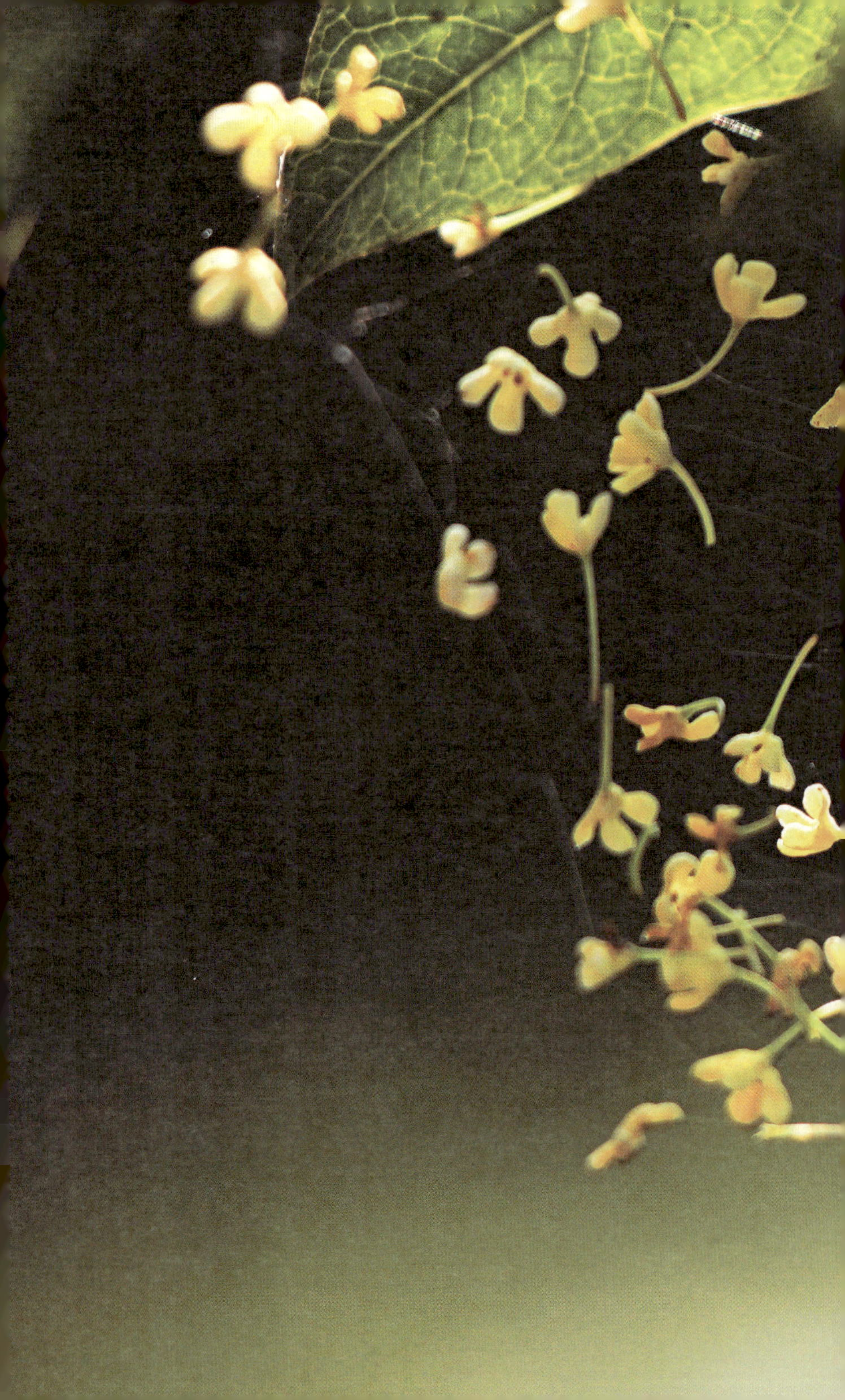

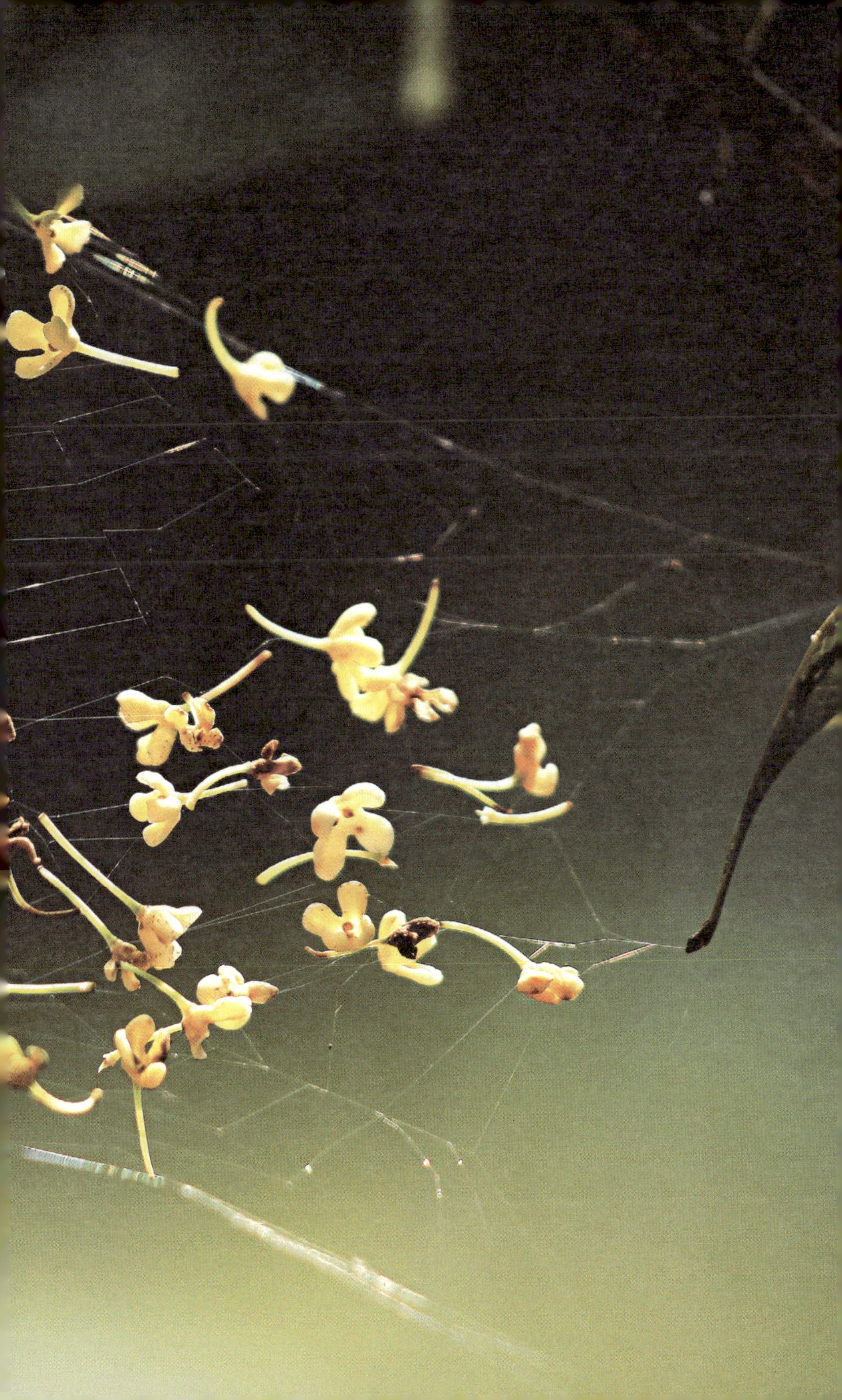

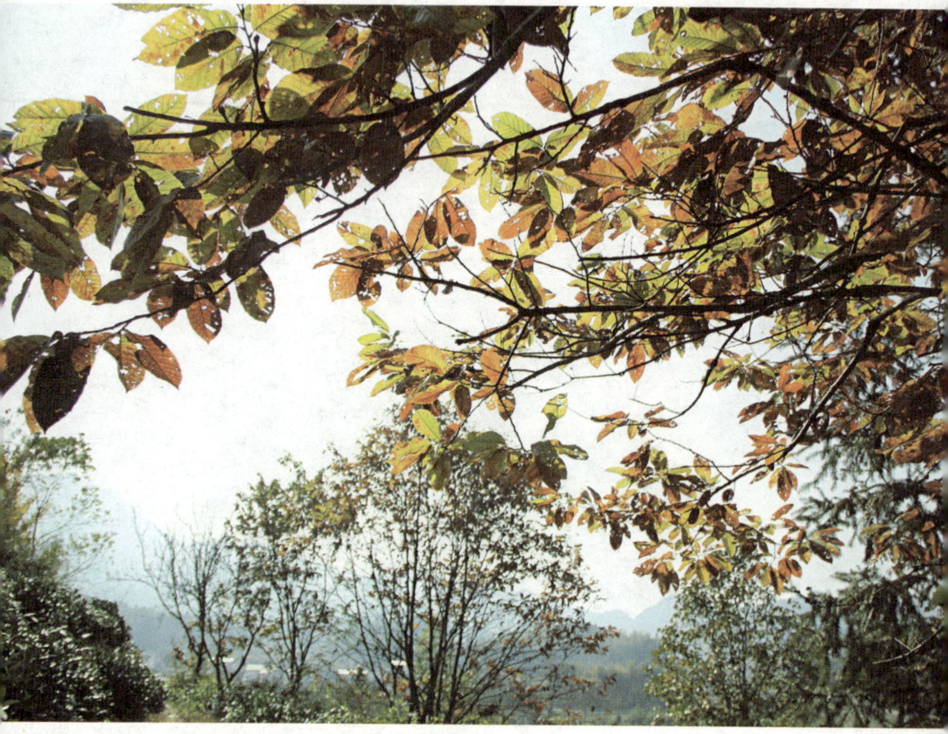

德富芦花倒不觉得栗树是美树，但他钟爱它，虽不能说栗树是他的精神化身，但至少是他的精神密友之一，有着"带刺球果"和"厚厚盔甲"，沉默而有"甜美之心"。

"栗树如同野人"，这句话听上去并不像是赞美，却很形象，即便是在透亮的日头下站着，被光燃成一株火树，栗树还是野性未驯的样子，执拗，粗莽，有股流浪气息。

好在有村庄的烟火气缭绕着它，容纳它的执拗与各色。走到栗树的身边，在树下站定，细看，就知道流浪气息的来由了，它来自栗树粗糙无光的枝干，和枝头那些黄褐相间、枯硬又布满虫眼的叶子。

为什么会有那么多虫眼？形态各异，像一个老人遍布于脸的疮痍。

虫眼使叶子破碎，却没有使叶子变得丑陋，倒让它有了别样的美质，让人微微疼痛，又说不出什么。——这就是残缺美吧，或者是日本国所说的"侘寂之美"，是经过时光侵蚀、咬噬、上锈、剥离之后，呈现出来的美。

由于这些布满虫眼的叶子，在我的私人植物志里，"如同野人"的栗树，理所当然就是好看的树了。

岁末花

到了岁末，植物就进入休眠期了，野外很难再看到花朵，万物以静止的状态等待春的降临。

也不尽然，比如村口的枇杷树，在岁末依旧醒在那里，开着花。

枇杷树是不落叶的，当身边其他的果树落尽叶子，光秃秃地站着，枇杷树的叶子还在枝丫上纷披，色泽苍青，厚实，油润，枝头托着一簇塔状的雪球。

那雪球就是长大了的枇杷花苞，还没有开，不过显然，离开花的日子是不远了。

枇杷树的花在秋天就打苞了，细小的苞粒，裹着浅咖色的绒毛外衣，藏在叶子中间，难以看见。即便看见了，也不会以为这些毛茸茸的小东西会绽成花朵——它们更像虫子丑陋的幼年时期。

这幼虫样的花苞在叶子的隐蔽下，悄无声息地度过了深秋，又度过了初冬。这么长的时间里，花苞看起来并没长大多少，如同生长缓慢的孩子，寂寞的童年时光无端被拉长。

第一场雪后，走到村子里去，突然闻到一股隐约的香气，这香气不是来自食物——食物的香气是厚的，暖的，向下沉坠，抵达的地方是人的胃部。而这香气是轻的，空灵的，细若游丝，抵达的是人的大脑——显然，这是植物散发的荷尔蒙，是花香。

会是什么花的香气呢？目光向四面搜寻，一片冬的萧瑟景象，没有看到花，就连方才闻到的香气也不见了。有点像听到一个人叫你的名字，你应了一声，转身去找，却不见人的身影，不免茫然。

或许来自我的幻觉吧，这倏忽而逝的香气。

过了冬至，再去村子里，打眼就看到枇杷树的花塔。

枇杷树的花确实可以称之为花塔，小花朵稠密地挤在一起，抱团取暖似的，花色如柳梢之月，在枇杷树叶的映衬下有种皎洁之感，又极朴素。想到不久前在这里闻到的香气，豁然明白——那香气并非幻觉，它就来自枇杷树花。

枇杷树的花香是含蓄的，静默的，要在阳光下，刚好又有一阵风从枇杷树那里奔跑过来，擦身而过，才能闻到。或者把脸贴到花塔上去，让嗅觉变成一只敏锐的蝴蝶，抱着花瓣，安静又贪婪地吮吸着花香。

枇杷树的花期很长，从岁末开到岁初，横穿整个冬天。立春后，花朵不见了，枝头挂满的已是青色幼果。

除了枇杷树,在岁末开花的还有蜡梅。

蜡梅堪称枇杷的密友,约好了似的,同在岁寒之时把花朵开出来。虽是约好了,也会有个先来后到,蜡梅的花期就比枇杷略晚几日。

蜡梅开的是裸花。所谓裸花,就是枝头只有花,没有叶子。蜡梅树的叶子要在花儿谢了以后才长出来,彼时已是阳春天气了。

也许是没有叶子与之分羹的缘故,蜡梅花的香气比枇杷花浓郁得多。蜡梅的香气是分明的,清晰的,掷地有声,绵绵不绝。香气虽如此强烈,闻起来却不迫人,依旧清幽,是寒香。

枇杷花的香气也是寒香。还有随后开花的幽兰,也是寒香之花。

寒香如同君子之交,再怎么浓烈也是有节制的、清醒的,不纠缠,不甜腻,慰藉岁末的荒芜感,宁静而悠远。

冬天的另一场雪

清少纳言说冬天的芒草花："好似满头白发，呆呆地一个劲在风中摇曳，沉湎在往事的样子，像极了人的一生。"

而我以为，芒草花是光阴以枯笔写下的飞白书，是冬天的另一场雪。

这场雪刚落到人间的时候还是秋天，那时它们看起来更像晚霞，或是晚霞的倒影，凫在山坡和湖边。

随同芒草花一起落到人间的还有野甘菊，左突右闪，奔跑于芒草花当中，如粼粼波光跳跃在黄昏时分的湖面。

秋天斑斓，也短暂。当霜风呼啸着一遍遍刮过，把果子和满山红透了的叶子吹送到地上，从枝头摘去野菊花金黄的花瓣，催它苍老、枯萎，芒草花也就白了。

白了的芒草花有着雪的单纯、优雅，也有着雪的苍茫与无辜。

把芒草花比作雪，并无新意，古人早就有"芒花胜雪"的句子——我以为是自己的创意，其实还是拾了古人的牙慧。

这是没办法的事，我们的古人实在太优秀，把好句子都写尽了，无论我们怎样比喻、形容，调用修辞和联想，都逃不脱对古人模仿的嫌疑。

但我们还是要写，一代代的后人，还是要用属于他们时代的语言，重复书写古老的意象。

芒草花只有到了冬天才有雪的样子。和雪不同的是，它不那么容易就被尘世溶解，从大地消失，轻得像梦，也像一个美好的谎言。

芒草花是经得起枯索和寂寞的，整个冬天都覆盖在那里，在山坡和湖边，白皑皑，风吹过来，它就低下头，风过去了，它又直起身，安然无恙地端立，慰藉着群山的寂静与荒芜。

芒草花也经得起寒苦，日复一日的晨霜压在身上，并不能使之摧折，而当夕阳将余晖远远地照过来，芒草花瞬间就有了灿焕的容颜，细小的花絮上，闪烁着温暖又坚韧的光芒。

生活在湖边的缘故，比较常见也颇为喜欢的是水边的芒草花。

水边的芒草花是最富诗性的，或者也可以说，水边的芒草花就是自然写在季节边缘的诗行，有节制的抒情，朴素，自在，安静。

水边的芒草花不仅富有诗性，也是有画意的，与水中的倒影虚实相映，创造出一个简洁又繁复、对称又空灵的世界。

芒草花只在湖面波平如镜时才见倒影，起风的时候，芒草花的倒影就被揉皱了，皱巴巴，涸成一片，如明月在水面的流漾。

月下的芒草花是怎样的？没见过，只见过一幅名叫《月灵》的油画。

二十多年前，这幅油画就挂在我的床头，与我日日相见。

油画的底色是群青，一位年轻的女子置身芒草花当中，手里捏着长长的竹箫，出神地吹。芒草花的颜色是接近透明的莹白，斜斜地倾向一边，女子裹着披肩，长发飘飞若舞，又似夜鸟展开的翅膀。

这幅油画里并没有月，却能感觉到月光的无处不在。大片的芒草花——辽阔、苍凉，沉默又温柔的芒草花，就是浸润着女子的月华。

人间月色

月出松谷

春夜山间，鹅黄的满月，被松树的树冠托举，就要离开山岗。夜空是注入墨汁的蓝青色，松林里墨汁注入得更浓，仿佛夜晚的翅膀是从林子里张开、飞出，而不是从天空缓缓降落的。

这是一幅名叫《宵樱》的月亮出山图，日本画家东山魁夷的作品。在这幅画作里，月是画眼，樱是画魂。雪青色的山樱像是盛开在梦境里的梵花，绚烂又静谧。每一片花瓣上都有光，淡白的、接近透明的荧光。那光不是来自高处的月亮——刚出山的月亮还没有朗照万物的光芒。那光来自花朵本身，来自那驱使花朵在暗夜绽放的，寂寞又纯净的欲望。

那光也可能来自画家的眼睛，来自他近于祈祷的心愿。

画家东山魁夷就站在樱花树下，他走了很远的路，从白天走到黄昏，走到暮鸦驮着落日余晖消失在天边的时刻，"园山的夜樱闻名遐迩，我很想去观赏那里垂樱盛开时的姿影，观赏春宵时满月与樱花呼应的情景。"

当东山魁夷在去往园山的途中，看见明月正飘浮在东边的苍穹时,沮丧不已,他是想在园山的樱花下赴会月出的,并非去看高悬天际的月亮。

东山魁夷没有停下来,而是加快了脚步,匆匆到达园山时,月亮还在山那边——他赶在了月亮的前面,比月亮早一步到达园山。

有山的地方,月亮总是要出来得晚一些,想想看,那么高的山,要慢慢爬上山顶,得费多少时间呐。

东山魁夷如愿以偿,看到了他期待的场景:"山峰明亮,月儿只露出半边脸,从发紫的夜空冉冉上升。此刻花儿也在仰望着月亮,月亮也在俯视着花儿……"

樱花只开七日,短暂春天的象征。而月亮也是常缺少圆,且有天气的多变,阴雨莫测。一个人即使活上半生,若无心于大自然之美的探寻,也难得与如此良辰邂逅。当我们有幸邂逅,即使不能像画家那样,以画笔将转瞬即逝的一刻变成永恒,也要在心里镌印下这瞬间的光华。

我曾自诩为"月亮爱好者",晚间走在路上,会下意识地在天空寻找月亮,只要看见月亮,哪怕是一弯细月,也会停下来,凝视,在心里分泌出"安宁"和"幸福"的汁液。我不知道这世间还有什么能像月亮那样,只需看上一眼,就能从它那里获得心灵的慰藉、平静的力量。

和东山魁夷比起来,我这个"月亮爱好者"只是赝品,即使我也写过和月亮有关的诗，写过关于月亮的散文，仿佛看见那么好的月亮不写下来就是辜负，是不可原谅的。但我写的那些种种，多半已不记得了，而东山魁夷的画作，只需闭上眼睛就能清晰地看见，如同挂在面前。

除了画作，东山魁夷在散文里也留下过月亮的踪影："沿着篱笆走在竹林间昏暗的小路上，虫声不绝于耳，竹枝摇曳，把稀疏的影子投在我脚下，回首仰望，圆月当空。""月光透过相交相叠的纤细的竹叶，活像透过筛子似的散落在地面上，落叶映出青白色月光，犹如蒙上了一层霜，然后又吸进黑影，明暗交错，画出了一幅斑驳的图案。"

不能再录东山魁夷的文字了，在自己的文章里大段挪移前人的文字，这对一个写作者来说可不是值得炫耀的事，甚至是耻辱。但我又忍不住要将他的文字搬运过来，让更多的人看见，尤其是那些生活在城市里的人，那些只能看见夜空而不见月亮与星光的人，那些在嘈杂的喧嚣里听不见自然天籁，也听不见自己内心泉流的人。

东山魁夷还有一幅《月出》的画作，颇似我夏末时在黄山松谷庵看见的情景。《月出》中的月亮是山谷的月亮，在两峰交叠处升起，画面虽是冷色调，却比《宵樱》明亮几个色度。在这幅画里，除了蓝青，东山魁夷还用了群青——这两种颜色都是他钟爱的，将钟爱的颜色赋予钟爱的事物，这样的特权，也只有画家可以拥有吧。

夏末秋初时，我在松谷庵连着看了两晚的月亮，第一晚是中元夜，到达时是七点四十七分，还是去晚了一步，月亮已经离开山顶了。第二晚总算看到月亮出山的全过程，时间是八点三十分，比前一晚出山推迟了大约五十分钟。

守候月亮出山的时间，就像守候一个神迹的诞生。是的，在寂静山谷观看月出，更能感受到"诞生"这个词的力量与原始美，感受到守候过程的神圣。当我们在人间生活得越久，怀着庄重与虔敬守候的东西就越来越少。

月亮就要出山了，你看两峰交叠处清澄的月辉，已涌进山谷，像宣纸上的墨汁，洇开，洇开——像月亮的信使，驾着时间的马车提前到达。

在月亮出山的那一刻，我听到林子里传来蝉的夜歌和秋虫的齐声吟唱，也听到东山魁夷隔空传来的声音："唯有自然不辜负，珍惜眼前这时刻吧。"

我的木舍

木舍是我的起居室,也是书房。

木舍一点也不像书房。在这里见不到书房必然会有的书桌、博古架,也没有陈列有序连接着天花板的书橱。

书当然是有的。鞋柜上,茶几上,电视柜上,沙发上,餐桌上——只要是能摆放东西的空地,一摞摞全是书。

餐桌除了书还摆着手提电脑,靠墙的地方竖着画框,画框里几朵白栀子将开未开——一位在学校教美术的朋友送的手绘作品。

画框前面也摆着花,清晨散步时采的,两三枝,插在玻璃瓶里,静静吐纳从山野携来的香气。

木舍所在的小区位于城郊,出门见山,采撷花草是容易的事,几乎每天,我都会抱回一大束,让屋子被书和植物的气息充满,让自己的身体同屋子一样,被这气息浸润,让这气息如同苔痕渗入青石,渐渐渗入我的毛孔。

木舍虽是个蜗居,但和以往的居所比起来,已经很宽敞了,足够容纳我的身体和精神。在晴天,太阳刚起山,就把它的光之手伸向木舍阳台,轻轻一捻,阳台像灯盏一样亮了，暖融融，通透又静谧。

　　阳台上有一把藤椅，一只蒲团，一张有点年头的四方茶几。冬天的时候，我会把电脑搬到这里写作，坐在蒲团上，让橘黄阳光覆于肩背，像披一条轻巧暖和的毯子。

　　不写作的时候就坐在藤椅上看书，时常注意力会从书上溜走，被阳台外的事物拽过去——几只叫不出名字的鸟，完全无视我的存在，在离阳台很近，近到触手可及的树上追逐，用鸟语起劲地聊天、斗嘴，还会像孩子那样争吵起来，吵成一团，很快又和好了，呼啦啦一起飞往别处。

　　在这阳台上，我可以什么都不做地待一整天，丝毫不觉枯燥乏味。这全赖于阳台外的那些树木。之所以把起居室叫作木舍，就是因为这些树，木兰、红叶李、桃树、大叶栀子、桂树、迎春、木槿、女贞……每一棵树都是一本向上生长的书，把四季摊开在枝丫上，把阳光、雨水、风声和虫鸟声挂在枝丫上，吸引着人去聆听、阅读。

　　住进木舍之后，我更多时间是坐在餐桌前的圈椅上。

　　圈椅是从旧居搬过来的。从旧居我也只搬来这张圈椅，别的家具都送给旧居的新主人了。旧居里的那些书，有三分之二也送出去了。我知道自己不会再读它们，搬到木舍又占地方，不如转送给想读的人。

　　随我一起搬到木舍的书有三百多本，也不会再读了，只是实在舍不得丢开。这些书对我来说已不只是书,而是一起共度过漫长岁月,滋养和安抚过我,彼此消耗又不能分离的老友。

曾打算不再买新的书。这也是购置家具时没有买书橱的原因。人的食欲、爱欲,会随着年龄的增长而减退、削弱。阅读欲也是这样,如今很难有一本书能使我欲罢不能,如饥似渴,浑然忘我。

再说我已经读了太久的书,前半生都埋进了书堆,这种生活很容易把人变成书呆子,与现实隔膜,总像是在梦境中,有一种脚不着地的飘浮感。

我应该去过另一种生活,不是在书斋中阅读,而是在行走中阅读,去读大地上生长的万物,去读人间烟火和市井生活。

一种长年累月养成的习惯是很难改变的。木舍如今到处可见散乱摆放的书,就是隔三岔五网购来的。好吧,我得承认,我的阅读欲确实已随着年龄减退了,购书欲却丝毫没有减退的迹象。这大约是物质占有欲的另一种表现吧。

书买得多,读得少,增加的只是欠债感。一本未启封的书就是一个债主,它在那里,沉默着,当我眼睛落在上面,会觉得心虚、愧疚。我真的不知道什么时候才能打开它,让它感受到作为一本书应该有的,被阅读的幸福和尊严。

在木舍居住的时间里，做得最多的事还是写作。这也是长期养成难以改变的习惯。没有办法，简直有些可悲，除了写作我不能再有另外的生活——没有另外一种生活能使我感到内心宁静、愉悦。我之所以写作，没有别的原因，不过是因为身体里有一匹食字兽，我需要不停地种植文字、割下文字喂养它，当它吃饱了，我才能获得安宁。

写作就是在餐桌的电脑上完成的。对我来说，这张餐桌兼具书桌的功能。不，这样说不准确。这张餐桌，由于我的写作，已经遗失了它原本的身份和功用——它的桌面上极少摆放过食物，这使它和它的主人相信，它其实就是一张书桌。

记得很多女作家是在餐桌上写作的，比如诺贝尔文学奖得主门罗，还有莱辛。她们是不得已，只有厨房才是她们的领地。而我，不过是觉得这个位置使我感到空气流畅，起身走两步就可以去厨房给自己倒杯水，洗个水果，走三步就可以坐进沙发，翻翻书。对着电脑时间久了，抬眼就能把目光放到阳台外，看看那些树的繁枝茂叶，想象它们是一片属于我的森林。

与书偕老

每年梅雨季,都要打开《自然与人生》,翻到《梅雨时节》那篇,读上一遍或两遍。

这仿佛已是一个仪式,也是一种邀约,以阅读的方式,约请书的作者——那个比我年长一百零三岁,名叫德富芦花的男人,与我面对面坐着,一起喝茶,吃点心,听梅雨。

少年时读书,是为了满足对未知世界的好奇。青年时读书,是填平生活无处不在的空寂。后来写作,阅读是为了在书中汲取营养。现在已很少读书了,偶尔一读,还是多年前的那几本旧书,与其说读它们,不如说是与书的作者叙旧、聊天,借由他们阅读自己。

一本书就是一个人,而这个人就是书写它的作者。一个作者写一本书,就是让自己继续在书里存在着。

存在着并不等于活着,尤其是隐居于书中的存在,只有等到又有人翻开它,阅读它,喜爱并感同身受于它,作者才又活了过来。

一个可以被重复阅读——被不同时代、不同国籍的人阅读的作者,就是永生者。他的肉身早已灰飞烟灭,但他的精神、灵魂却完好地保留下来，继续在时光里旅行，与后人相遇、交谈，甚至成为后人的精神伴侣。

多丽丝·莱辛有本名叫《又来了，爱情》的小说，书中有一位中年男士，因偶然的机缘，读到一位二十世纪女诗人的作品，产生了恋爱般的钟情。他到处收集她的作品，反复阅读她，为她的身世感伤，又为她的才貌痴迷。他并不觉得她是逝去已久之人，他时时刻刻能感受到她的存在，在他的身体里，呼吸里。

他把她的故事和作品搬上了舞台，让更多人和他一样去阅读她、爱她。但他不久还是死了——在女诗人复活于更多人的阅读与喜爱之后，他死了。我忘记他是死于疾病还是绝望，应该是死于绝望吧，对现实的绝望，对内心过于美好的爱情在现实中不堪一击的绝望。

和莱辛小说中的男士一样，我也有自己因阅读而钟情的人，并且不止一位。我视他们为密友，在反复的阅读中与他们相处，做精神的交流。这种相处是没有时空界线的，也没有国界，不受任何限制，没有道德、年龄、文化、种族的藩篱，只要想起，就可以把他请出来，与之相对而坐，静室长谈。

德富芦花就是其中的一位，也是最让我感到亲切的一位。他生活的地域虽在日本熊本县，气候却与我所在的皖南别无二致，仿佛这两个地方是相邻的两个村子，中间只隔一条河，河那边，德富芦花抬头看见的云朵，我抬头也能看见。

喜欢一个人，或者说爱一个人，源于心灵的相通，精神的相互吸引。喜欢一个古人也是如此，只不过精神的吸引是单方的，是一方走向另一方，而不是双方同时走向彼此。

我得承认，德富芦花对我的写作、生活方式、审美趣味，是有深厚影响的。我至今仍喜欢日记式的写作——就像给一个亲密的人写信那样写作，内容也总是身边小事物、自然物候、四季变迁——这些都源于我早期对德富芦花的阅读。我几乎是在刚开始写作时就遇见了这本《自然与人生》，此后的二十年，这本书就一直在我身边，如同在岁月中携手同行、慢慢变老的爱人。

被一只竹匾改变的生活

自从拥有一只竹匾后,我的生活与以前似乎有点不一样了。

竹匾是父亲给的。春天里,父亲用一百元从流动商贩手里买了三只。一百元三只,也太便宜了,这可是纯手工制作的物件。心下狐疑,端着竹匾正面看看,反面看看,做工也不差啊,不是残次品。

父亲说流动商贩运了一车过来,原想卖给茶农,赚一笔,可今年遇上疫情,茶叶行情不好,又请不了外地茶工,很多人家干脆不采茶了。不采茶就用不上这些竹匾,商贩也不想把一车货再拖回去,亏本卖掉算数。

父亲难得捡了个便宜,一脸得色,我便趁机向父亲讨来一只。

竹匾到了居所,一时也派不上用场——屋子里没有可晒的东西,再说也没有可以晒东西的好天气,天天下雨,天天下雨,从四月下到五月,从五月下到六月,下得人心里长了毛。

竹匾于是就闲置着,摆放在电视柜与书架之间,紧靠墙——这只是我随意的摆放，却有意外的视觉效果，成为时下流行的田野风装饰。

当它在这里找到容身之地后，客厅的其他家具——地中海风格的沙发、茶几、矮柜、书架似乎都松了一口气："好险啊，这个土头土脑的家伙，没有把客厅弄得不像样子。"

到了七月末，天总算开脸、放晴。屋子里所有可移动的物件——衣服、被子、沙发垫、毯子，被我轮流搬到阳台。真是好久没有见过太阳了，此时对之前那么长久的雨季唯一的报复，就是晒霉。一天一天地晒，从早到晚地晒。

竹匾在此时也还原了身份，回归了本质，它不再是一件可有可无的装饰，而是晾晒物品——尤其是晾晒粮食的器物。

居所需要晾晒的粮食很少，不像乡下老家，有很多储存的干菜要晒（阁楼上一溜七八只坛子里装的都是干菜）。居所没有干菜，我也没有储存粮食的习惯，在厨房里翻了翻，翻出没吃完的红枣薏米，拿出来铺进竹匾，端上阳台。

再晒点什么好呢？还有什么没有晒呢？目光移到书架，对，晒书——这么重要的事，我怎么忘了。

古人把晒书叫曝书，把农历的六月六定为曝书节，可见晒书之于读书人的必要与隆重。我搬到这里居住三年，还没晒过书，真是怠慢了。

晒书这件事是有仪式感的，把书房和客厅书架上的书一本一本请下来，拂去灰尘，摊开在竹匾里，遇到钟爱过的旧书就又翻开，坐下来读几页。

我不是藏书家，拥有的书不算多，慢悠悠晒着，居然也晒了三天。真的再没什么可晒的了。竹匾又搁置到电视柜和书架之间，成为一件安静的装饰物，安静到似乎被我遗忘。

再次把竹匾拿出来已是晚秋。

晚秋琥珀色的阳光里有一种迷人的物质，如同酵母，催万物成熟，在沉静中释放出最后的香气。

这么好的阳光，怎么能浪费，得采集一些储存下来，到了冬天，没有阳光的日子里再拿出，品尝味道，用以取暖。

可是阳光这东西不可捕捉，如何采集？想来想去，只有一个最古老的方法——晒秋。

皖南有晒秋的习俗，而竹匾是晒秋必不可少的器具，家里大大小小的竹匾，这个时候都要请出来，在河里洗刷干净，摆在院子的太阳地里，再把从庄稼地领回的粮食蔬果倒进去——红的辣椒，白的萝卜，黄的玉米大豆，青的白菜，紫的油茶果……各种颜色摊开在那里，颜料铺子一样摊开在那里。

老南瓜也是要晒的，切成一爿爿的环形，穿在竹竿子上，屋檐下晒着，黄灿灿，三五天后，入锅蒸熟，摊进竹匾继续晒。柿子也是要晒的，竹匾不够用，就用绳子拴住柿柄，成串地挂在大门两边，如同吉祥的祝福。

这时节走进村子，在每户人家门前经过，绕着那一只只竹匾，看着满眼的绯红金黄，低头闻那些蔬果与秋日阳光的耳鬓厮磨中散发的味道，即使是一个厌世者，也会对这样的人间气息生出欢喜，从心里溢出一股温暖芬芳的泉流来。

如今我也拥有了一只竹匾，一只结实的竹匾，这样的秋天正该它隆重出场，接下来，只需往里面摆放应季的内容即可。

竹匾里最先摆放的是银杏果子，下班途中在银杏树下捡拾的银杏果子。如果是从前——在我还未曾拥有一只竹匾的从前，路遇这满地的果子，顶多蹲下来拍个照，就走过去了。而现在不一样，我有了一只竹匾，可以像个正经过日子的人那样，把果子拾回家，去掉外皮，洗净，摊开在竹匾里，早上端出去，晚上收回屋，晒干了，一只只敲碎，去壳再晒，像个正经过日子的人那样，丝毫不嫌这过程的琐碎麻烦。

银杏果仁晒干了，接下来晒野菊花。野菊花是在阳台下的空地里采摘的，这片空地算得上宝地，随意丢下一些种子，不用人去打理，也无须惦记（甚至忘记了前一年丢下过什么种子），到了季节，那些花朵就自个儿冒出来了，一丛一丛，礼物一样盛开在那里。

居所旁边有一片空地是多么好。留着这片空地，不要建筑成房屋，或浇上水泥围成院子，就让空地以原本的面目呈现，让泥土是泥土，让草是草，鸟可以飞进来，蝴蝶可以飞进来，还有蟋蟀、秋蛉，把家安在空地里，早早晚晚地鸣叫、吟唱。

采野菊花是霜降之后开始的，早晨下楼，手里端一只木碗，站在花丛前，挑那将开未开的花苞，一粒一粒小心地摘下。摘这些花苞时，我想到了母亲，明白了母亲为什么这么多年来，每到野菊花的花季，就忍不住要去往田野寻找花朵——这种采摘实在是太愉悦了，仿佛整个世界就是眼前金黄的花朵，而采摘就是与光阴轻言细语地交谈。

立冬了，天气没有转冷，反倒比之前更暖和，阳台外的红叶李树，尚未落下的叶子红艳通透，几乎要燃烧起来。乌鸫成群地飞着，落在香樟树上，旁若无人地吃那乌溜溜熟透的香樟果子。

"再给两天南方的好天气，催它们成熟，把最后的甘甜压进浓酒。"嘴里念叨着里尔克的诗句，走进厨房，在一篮子红薯面前蹲下。

红薯是父亲种的,父亲在乡下的菜地里种了很多瓜果菜蔬。早几年,医生就嘱咐父亲,不能再干体力活,父亲嘴上答应着,回到乡下便把医生的话甩到脑后。"在家闲着反倒会这里痛那里痛,去菜地里活动活动筋骨就舒服了。"父亲说。也真怪,年近八十的父亲,一到菜地里就变得很有生气,完全不像每天要吃一大把药的老头。

这么好的天气,不晒点红薯干太可惜了。我开始打起红薯的主意。

红薯干是我喜欢的零食,每年冬天都要备一些,看书的时候慢慢嚼着,甚是享受。但我从没有晒过红薯干——当然,那是因为以前一直没有竹匾。现在有了竹匾,又有这么好的太阳,还等什么呢。

不要再等什么了,再等下去就要错过这么好的天气了。

将红薯去皮、洗净,切成块入锅蒸。一篮子红薯,全部去皮蒸熟,热腾腾出锅,居然忙活了半天。

"你在干什么?"突然间,我听见一个声音问。不必寻找,我知道那声音来自我的内心。

"你怎么变成这样,这样不珍惜时间,你忘了你是一个写作者吗?"那个声音还在质问,"你是不是想放弃自己?是不是觉得这样生活更轻松?"

"为什么我不能这样生活?如果我想做这件事,我就可以做。我做这样的事看起来是在浪费时间，但我从中获得了世俗生活的乐趣，就不是真的在虚度——即使是虚度又有什么关系呢，是的，相比起写作，这样的生活不用动脑子，更轻松——这没有什么不对，我为什么要阻止自己享受这样的轻松？为什么一定要逼迫自己去写作——当然，我也没有忘记自己是一个写作者，如果我想写，非写不可，就会坐下来。"

"那么我问你，你做这样的事——和写作毫不相关的事，真的是坦然的吗？你已经有很长时间没有写作了，你不感到焦虑吗？"

"起初是有些焦虑的，也觉得这是在虚度光阴，但我摁住了自己。这段停止写作的时间其实也是我对自己的试探，看看我脱离写作是否也能平静地生活。我为什么要这么试探自己呢？因为我觉得生活不仅是写作这一件事，生活还应该有别的内容，即使是日常的琐碎的内容，也是值得体验的，如果缺少了这些具体而有温度的生活体验，写作也只是一种陷入惯性的自我复制，这种写作并不能真的温暖我的生命，这也是我之前在写作之后，既感到满足，有时也会遁入虚无的原因。"

声音沉默了。我的内心暂时停止了质问。蒸熟的红薯这时也凉下来一些，可以放进竹匾，搁到阳台的太阳光里去了。

  是的，这没什么不对，享受此刻光阴的闲适，在日常的有温度的事情里获得生命的愉悦，这没什么不对。可是我的内心为什么会质问自己？

  阳台上晒着红薯干，整整一竹匾的红薯干，使我感到自己真的在踏实地过着日子——这样的感觉也是很奇妙的，可能是之前居所里过于缺少生活的气息吧。我有冰箱，但我从没使用过冰箱。我有液化气灶抽油烟机，也没有用过。我所用的只是一只蒸锅，所有的食物都是放进蒸锅里蒸熟或煮熟。我的厨房没有油渍，很干净，干净到没有烟火的气息。

  而现在，因为拥有了一只竹匾，我的生活悄无声息地发生了变化，与以前不一样了。

  一周后，红薯干有了腊肉的质感，咬在嘴里颇有筋道，更有阳光浸透后的津甜。将竹匾里的红薯干收进瓷罐，和野菊花、银杏果仁一起搁进书房里。

  这么多太阳味道的美味，够一整个冬天慢慢品尝了。

99户人家的村子

99户人家的村子

村子在黄山脚下。确切地说,在黄山轩辕峰脚下。

带领我们上山的村长说,这村子只能有99户人家,如果多出一户,到达100户,就会有一户人家要灭掉,不明原因地,全家老小一个接一个死去。

"多出的那户为什么不迁到别处去?"有人问。

"谁也不觉得自己家是多出的一户,谁家愿意搬呢?世世代代都生活在这里,那些房屋田地、家禽家畜,谁家也舍不下啊。"

想想也是,人毕竟不同于鸟,打开翅膀就能走。即使是鸟,迁徙之路也是充满艰辛的,死于途中的候鸟太多了。

再说了,村里别人家都不搬,为什么偏要自己家搬呢?

人总是有种侥幸心理,即使活在死亡的恐惧中,也觉得祸事只会落在旁人身上,不会落在自己身上。

"为什么只能有99户人家,多出一户为什么就不行?"又有人问村长。

"也没人知道原因,反正是到了一百户就得少一户……嗯,可能就像你们城里的电梯吧,只能装10个人,就不能装11个,得退出来一个人,电梯才能动得了。"

"村子现在还在吗?有多少户人家?"

"早荒掉了,田荒了,地也荒了,就只剩下一些破房子和屋地基在那里。"村长顿了一下又说,"也不止这个村,很多村都没什么人了,手里一有点钱就去城里买房子,搬走了,现在村里种地的就只是一些老人,年轻人到过年时才回来,过完年又走。"

"没关系,只要山还在,不会总是荒芜下去的,总有一天,城里住不下也养不了那么多人的时候,人们就会回到村里来。"

说到底,城市也是一个大村子啊,一个只能住那么多户人家的村子。

黄帝坑

黄帝坑是村名,村长家就住在这村里。

起初我听成了黄泥坑。一个几十户人家的小村,叫黄泥坑是适宜的,就像乡下孩子,取个老实巴交的名字,与出身相符,才是好的,孩子也压得住。

但它偏不是黄泥坑，而是黄帝坑。

在乡间，村庄的名字都有个来历。以姓氏给村庄命名的，通常与最早落户的人家有关，那户家人姓什么，村庄就叫什么。也有以河流，或以物产给村庄命名的，比如香溪、桃河、蜜坑、荷花坑……

也有来源于古老传说的。

村长说，这黄帝坑的村名，就跟最早的部落首领——轩辕黄帝的传说有关。

轩辕黄帝有炼丹制药的癖好，好结交法师道士，一心想炼出能登入仙界的丹药。法师说炼这丹药，得把丹炉建在绝无人迹、与天庭相接的山上，采那里的仙气、仙草、仙木、仙水，在丹炉里熬制九九八十一天，方能炼成。

黄帝于是派人访遍全国，最后选中了黟山，也就是后来的黄山，带了法师道士两人，住在峰顶山洞，修建丹炉，专心炼起仙丹来。

从春到夏，三人轮流看守丹炉，在仙丹炼到第八十天——眼看还有一天就要炼成时，轩辕黄帝突然警觉起来，担心法师和道士起坏心，趁他不注意，把炼成的仙丹吃了。

于是黄帝抢先一步，抓起仙丹，吞了下去。

吞了仙丹的轩辕黄帝果然双腋生风，腾空而起，如仙鹤般直上云端。可还没等他在云端坐稳，忽然一沉，跌落

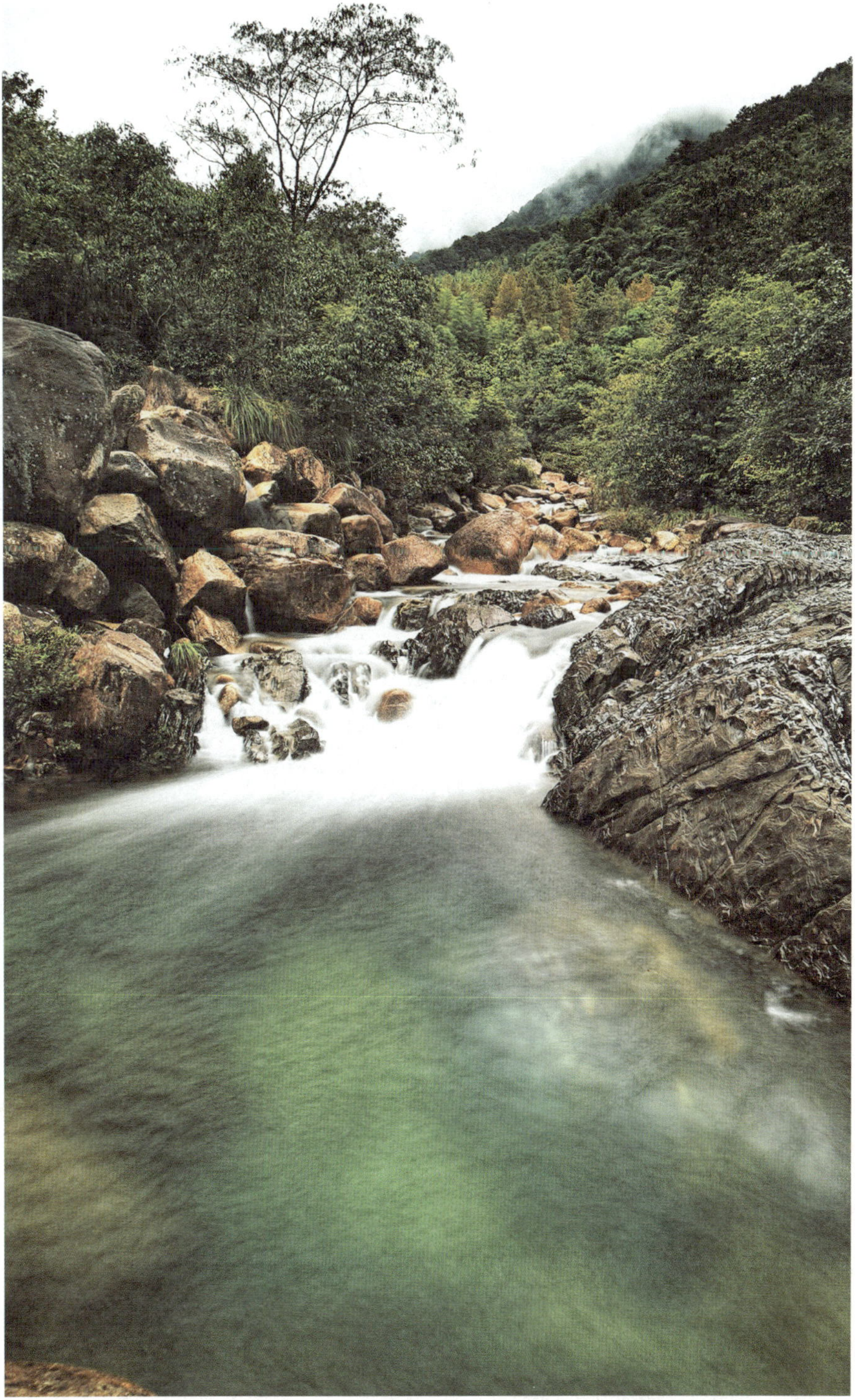

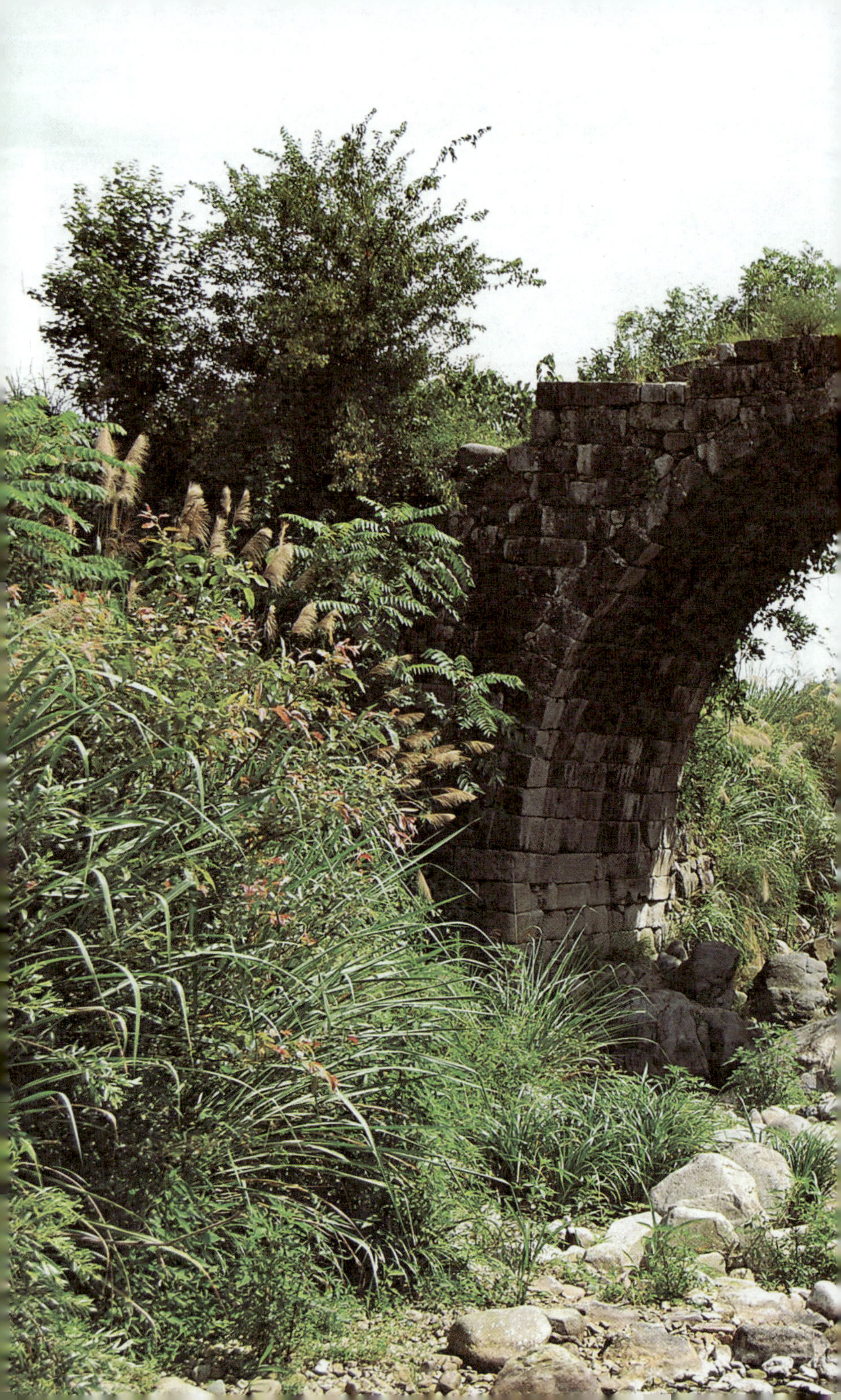

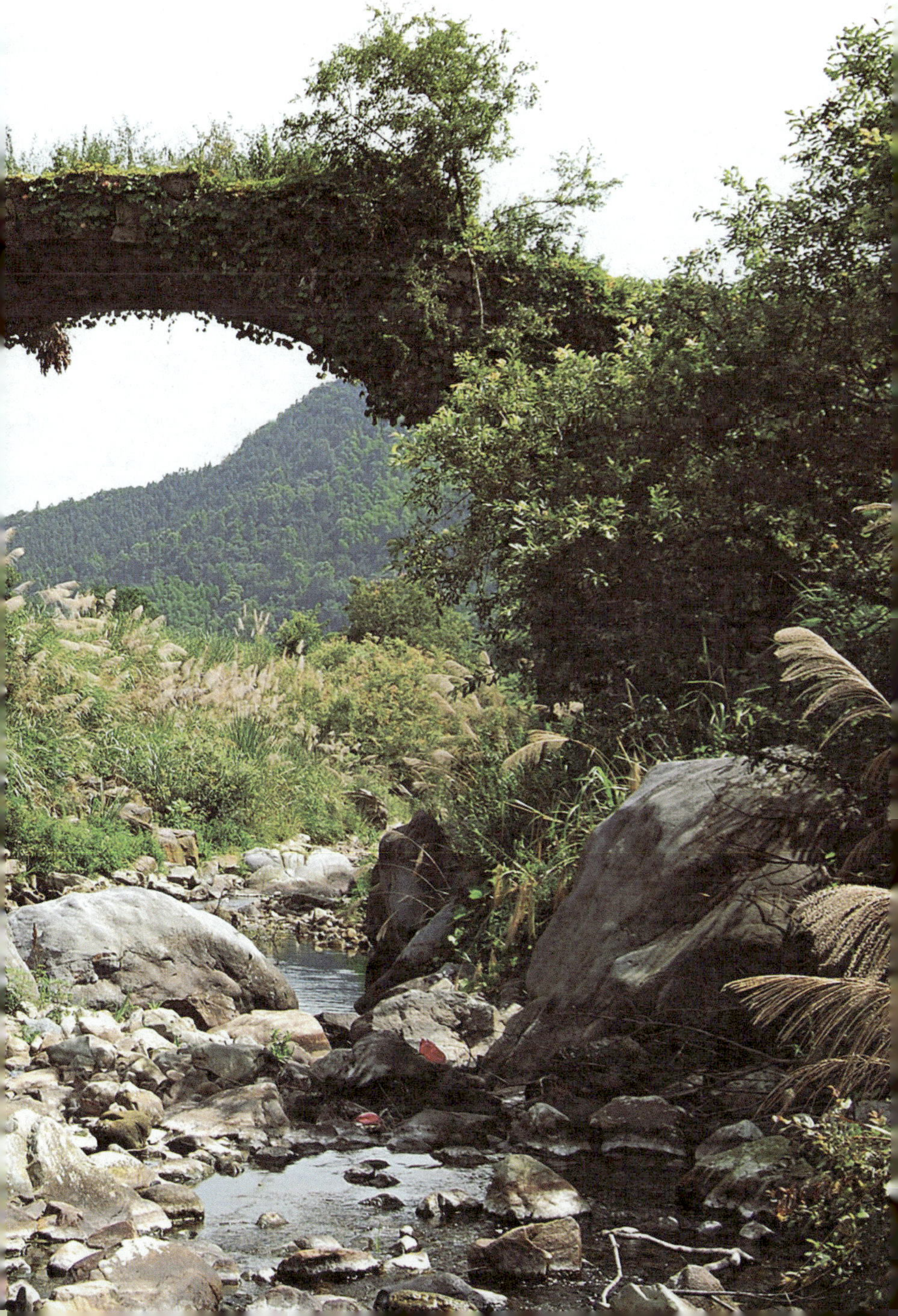

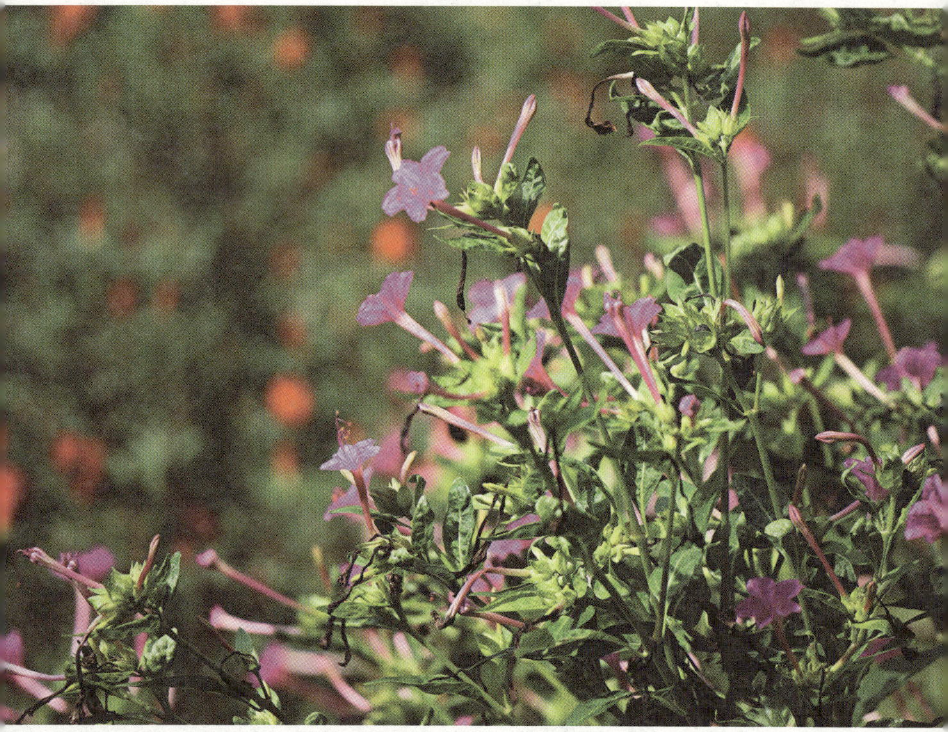

下来。

虽只差一天，仙丹还是没炼到火候，没能把黄帝变成神仙。

黄帝落下时，硬生生把地面砸了个坑，后来人就把这里叫黄帝坑了。那座炼丹的山峰，也因此叫作轩辕峰。

白鳗

轩辕峰下有座碧山，山里有白鳗。

白鳗是山中寺庙的和尚买来的。和尚某天在街上化缘，听到有人喊他法号，循着声音，来到卖河鲜的人身边，见一条白鳗把头高高抬起，嘴张着，黑眼珠子盯着和尚，那样子仿佛在说救救我，救救我。

和尚当即将白鳗买下，带回碧山放生了。

那条白鳗后来就生活在这山里，有了许多后代。每天早晚，寺庙的钟声响起时，白鳗和它的孩子们就从河底洞穴钻出，头高昂，望着寺庙方向，直到钟声隐去才回到各自的地方。

碧山的山民们知道白鳗的来历，从不捕捉。进山朝拜的人更不伤害它们。在他们看来，白鳗就是这山里的神物，得恭敬。白鳗也不怕人，听钟声的时候，人们走到它身边,白鳗仍是不动,头昂着,入定了一般。

那个带白鳗进山的和尚活了一百多岁,圆寂了。又过了近百年,发生了很多乱糟糟的事,总是在打仗,打来打去,还进来了土匪,抢东西,烧房子,杀人,有的地方整村的人都遭了殃,杀得一个不剩。

没有人,这寺庙慢慢也就颓塌了。不过碧山里面还是住着几户人家的,有时想起白鳗,就去敲几下残钟,看看它们还在不在。那些白鳗听到钟声,仍旧会从角落游出来,浮在水面,听不到钟声了,就又游回去,有意思得很。

又过了一些年头,世界似乎平静了点,进山的人变得多起来。各种各样的人进到山里,砍树、挖树桩,挖这挖那,把河里好看的石头也掏出来,搬走了。

这些人里有两个得知山里有白鳗,听到钟声就会钻出来,也不避人,就起了歹意,想用这方法诱白鳗出洞,捕捉,卖个好价钱。

起初他俩也有些害怕,不敢下手,因为据说这白鳗有灵性,是山里的神物,捉了会遭报应。可贪欲这个东西很顽固,就像野草,长进心里后,很快就蔓延成片,牢牢抓住你的心,拔也拔不掉。

那两个人没听从害怕给予的警告。有天傍晚,先灌下一壶酒,然后一个提钟,一个拿网兜和木桶,进了山。

后来怎样呢?

村长讲到这里时,一行人中最小的孩子问道。

后来嘛,这两个人就再也没有走出山,连同他们带的东西,全都不见了。

村长顿了一下,接着说道:村里老一辈的人说,其实早先也有人起过歹意,想抓白鳗,结果也是这样,进了山就不见人了,家人来找,找了几天几夜,连只鞋子也找不到。

果真是有报应啊!孩子说道。那现在这山里还有白鳗吗?

有是有,很难看到了,就算敲钟,那些白鳗也不出来了,不过隔个一年两年,总还是有人会看见白鳗,都是在下暴雨的前两天,有时看见白鳗的头,有时看见白鳗的尾。

下暴雨的时候,这山里的河水会变得特别浑浊,有腥气,老一辈的人说,这是鳗神在提醒山下村里的人,山里要发洪水了,不能再进山了。

马兰花开二十一

在河边看见一大丛蓝色野花。

立马走不动路了,蹲下来,拿出手机,点开摄像功能,贴近了花朵拍,拍了这朵拍那朵。

同行者中有一对中年夫妇，见我拍花，也停下来，问这是什么花。

马兰花，也叫田边菊，我说。春天吃的野菜马兰头，长到秋天就开这样的花。

这就是马兰花啊！夫妇俩几乎同时惊呼起来。

马兰花开二十一，二五六，二五七，二八二九三十一……我们小时候跳皮筋，总念这歌谣，那马兰花就是这花吗？妻子问。

是啊，就是这花。我看着她，笑起来。她念这歌谣的时候，腿向一侧高高抬起，还蹦了一下，脸上的表情瞬间变得天真，仿佛真的回到童年。

以前就很喜欢这花，只是不知道名字，这花一到秋天就开，田边路边，到处都是，原来就是马兰花啊。妻子恍然大悟的样子。

那为什么要说马兰花开二十一呢？丈夫问。

可能是指它的花瓣，有二十一片吧？妻子猜测。

我蹲在花跟前拍了好几分钟。这丛马兰花的花朵有些特别，比我在别处看见的要大，颜色也深，接近靛蓝，花朵开得很是斯文，不像野生，倒像是家里养的。

但它们确实是野生的。

等我起身时，站在另一边的丈夫大声嚷起来，仿佛有了不起的发现：我数过了，还真是二十一片花瓣呢！

丈夫手里捏着一朵马兰花，几步跨到妻子身边，递给她，满脸的欣喜。

妻子接过花，眼睛望着丈夫，嘴角上扬，甚是甜蜜。

突然觉得这花是有魔力的，它把大人变成孩子，把两个在一起生活了半生的人，变成初恋时的少男少女。

携带河流的石头

在一户人家院内见到一方巨石，村长说是从轩辕峰下的河里捡到的。

这样大的石头，用一个捡字，似乎不合适。但在本地人耳里听来，又是合适的，明白是找到的意思。

粗略看去，石头也并没有什么奇特，只不过朝上的一面有个凹槽，像极洗脸盆——也真可以放一盆水进去，洗洗脸，净净手什么的。

村长引我走到它另一边，说你闭上眼，用手摸摸看。

于是闭上眼，用手摸。先是感觉到石头的质地，竟是有些柔软的，仿佛会随着手的力度变化形状。又感觉到它的温度，是上了年岁的人掌心的温度，不那么热，也不那么冷。略微的粗粝、毛糙，也是上了年岁的人手掌常有的。

但它又很饱满、结实，如同被风吹过的乡间女子的面颊。

继续抚摸过去，感受到一层一层的曲线，朝一个方向伸延，有明显的起伏感，还有股混沌的力量感，似乎手中抚摸的不是石头，而是一条正在推动波澜的河流。

睁开眼睛，再看，石头的侧面确实有如流动的河水，是天工所造的流水的塑像。

村长说这石头原本拦在河的中间，从山上淌下来的水流不停地冲刷它、浸泡它，几十年，上百年，上千年后，石头就变成现在这样，就像一方河流的化石。

那条河里的石头大多是这样的，身上保留着水流的印记，无论到哪里，都携带着河流的形象。

想想，还真是挺有意思的，觉得这里面隐藏有一种深意。这深意又是什么呢？一时又说不清。

亭子与李白

出村时，经过一座亭子。

之前进村也经过了它，在里面坐了片刻，有几分古意。

亭子是徽州常见的廊亭，建在桥上。

桥是单拱石桥，在徽州也是常见。几乎每个村落都有这样的桥。桥上大多有个亭子，供人躲雨、庇荫，夏天的时候可在此吹风、纳凉。

在过去，廊亭里还有专门煮茶水的人。煮茶人是义工，不收茶资的，路过的人渴了，就邀进来喝一碗茶，闲闲地聊上几句，无非是本地的乡村野事、风物人情。

不收茶资，煮茶人靠什么过日子呢？

煮茶人通常是村里较穷的人家，家里没劳力，也没多少田地，村里执事便从公费里拨点银两，到年底，用红纸包上，给煮茶人做家用。

煮茶人也可算是村子的看守者，拿现在来说就是门卫。进村子是必须要经过廊亭的，来的若是陌生远客，煮茶人就得拐着弯，把对方的来路摸清楚，探明来意。

进村的桥和亭子也都是有名字的，名字刻在青石碑上，石碑砌在桥边上。

眼前的亭子名叫问余亭。当村长说出这个名字时，我再一次听岔了，听成了问鱼亭。

问鱼亭，问鱼亭。我喃喃地把这三个字念了好几遍，觉得这名字背后一定有个美妙的神话，而给廊桥取名的古人也定是诗人。

这名字太有意思了，我说，想想看，一个人站在桥上，向水里的鱼儿问询另一个人的消息，或者……

不是那个鱼，是人字头的余。还没等我说完，村长就打断了我的即兴想象,然后伸手,指我看桥边的石碑。

果然是问余亭,顿觉兴味索然。

村长说这廊亭的名字也是有来历的。说诗人李白当年上黄山,走的就是这条路,当李白走到岔路口,不知该往哪边去时,正巧一位姓余的村民——也就是廊亭的煮茶人出来了,李白于是向他问路,之后又被他请进亭子,喝了两碗茶,聊了半晌再分别。

原来李白是从这里上的黄山啊!身边的年轻姑娘感叹。

谁知道呢,也可能是后人编的故事吧,为了借名人的名气。我低声道。

我的话还是被村长听见了,村长转过头,很认真地说,这不是编的,李白真的来过这里,还留下了一首诗,就是那首写白鹇的诗。

写白鹇的诗?

对啊,诗句我记不全了,只记得题目,叫《赠黄山胡公求白鹇》。

年轻姑娘拿出手机,当即在百度里搜索这首诗。

还真有,并且还有序文。

姑娘用她好听的声音把序文读了一遍,又把诗读了一遍。我只听清了最后四句:我愿得此鸟,玩之坐碧山。胡公能辍赠,笼寄野人还。

鹇与白鹇

鹇这个字真是好,越看越觉得好。

看到一个好字的时候,就忍不住想把它收入囊中,据为己有,如同收藏家看到宝物。

宝物好收,只要付得起价。字又不是物,无价,怎么收呢?

也不是没办法收,比如用它做名字。

可名字是父母取的,不能改。再说了,人生过半,改名也来不及了,谁会认账啊。

要么用它来做自己的号吧。古人都有个号,号就是别名,是由自己做主取的,能体现本人的性情、志趣,对生活的意愿。

鹇这个字就体现了我的生活意愿。我希望自己生活在这样一个地方:门里有绿荫,门外有鸣禽,或者门里门外都有这些,悠闲自在地生活其间,与草木为友,与天籁为邻,多么好。

这样的生活意愿,放在古代,实现它应当不是难事吧。谁知道呢?我又没当过古人,没在古代生活过,怎能知道古代的生活是什么样。不过那时,就算最穷的人家也会有个院子,院子周围当然也会有树,有飞来飞去的鸟禽。至于生活其间的人能否悠闲自在，不得而知。外在的环境不难寻求，内在的安宁就难得了。

喜欢鹇这个字，还有另一层原因——这个字有点生僻，不常用。

一个字不常用，也就远离了污染源，能保持这个字原本的字义、尊严与洁净。

看看如今常用的那些字——时常被挂在嘴边，被放大、装裱，贴在墙上的字，还有多少是有尊严的，洁净的。

真替那些字感到无辜。不过话又说回来，作为一个字，总是没人用它，甚至认不得它，不知道怎么读它，也不是好事。时间长了，这字就真的消失了，连同它的含义、象征，它所指向的一种存在，都会消失。

在李白的诗里，白鹇是逸美的，有出尘绝俗的姿容、气质，似乎不是鸟禽，而是身着雪白霓裳，隐居于世外，悠游自在的仙子。

诗人大多好夸张，李白又更甚之，对喜爱的事物唯恐词穷，总要赞美到极致。

李白的高明之处在于，无论他的赞美多么外露，读起来却并不觉得浮夸。他是个善于驾驭高音的歌者，声音总是能瞬间穿透你，把你送入美妙的云端。

在《赠黄山胡公求白鹇》的序文里，李白坦言他平生

"酷好"白鹇,也曾驯养过,只因这白鹇性情"耿介",很难使其转变成可以亲近的家禽。

而胡公的这对白鹇却是例外,因它们是由家禽孵化的,在庭院里长大,自幼就与人亲昵。这对白鹇甚至还有名字,听到主人呼唤,就奔过来,落在主人身上,在主人的手里取食。

白鹇究竟是怎样的鸟禽呢?竟然能得一代诗仙如此钟爱。

村长说他小时候进山常能见到白鹇,红嘴,红脚爪,尾部有长长的白色翎羽,背部和双翅也是白色,冠和胸腹的羽毛则是蓝黑色。它们时常在山林中散步,慢悠悠,听到异常响动就会飞起来,飞得并不高,飞一阵又落下来,然后再飞。

听村长这一描述,我的记忆忽而亮了一道光——童年时跟着母亲走山路,似乎也见过——白身子,长尾巴,黑色胸腹,尤其触目的是嘴喙和脚爪,鲜红如花朵。

我还曾捡到过它的翎羽,在山道上,那翎羽白而长,就像古装戏里官帽上插的冠花,手指轻抚在上面,滑溜溜,又柔软,有令指尖忍不住酥痒的舒服感。

村长说现在已很难见到白鹇了,也不知什么原因,它们的叫声倒是还能听到,尤其是春秋两季,走在深山里,隔着树林,偶尔会听到它们发出的求偶声,哑嘎嘎的,像个咳嗽的老人,并不好听。

村庄之骸

如果把村庄看成一只动物,那么人就是它的肌肉,河流就是它的血管,田地是它的内脏,道路、房屋就是它的筋络骨骼了。

这只动物由幼崽慢慢长大,长出结实的四肢,身体比原来大了几倍、十几倍——终于长成一只庞然大物。

当它还是幼崽的时候,山林里源源不断的物产是足够喂养它的。而当它长成巨兽,有着惊人的食量,山林的供给就变得紧张了。何况还有外来的、更为凶猛动物频繁地掠夺。

山林开始荒芜,一切来不及长大就被它吞入腹中,而这仍然不能满足它的需求。它的胃仿佛有一个饥饿的洞,总是难以填满的洞。

几百年过去了,一千年过去了,它变得衰弱,再也没有年轻时的活力,肌肉萎缩,骨骼老化,内脏也开始衰竭。

贫瘠的山林再也不能供养它,它倒下了,像所有动物那样,衰弱到最后,生命终结。

当它倒下,不再需要食物,山林就恢复生机。树木多起来,鸟兽昆虫又开始生长繁衍。种子有了发芽的时间,花朵有了开放的时间,蜂蜜有了酿造的时间,果实有了成熟和落地的时间。

它也像一枚落地的果子——像一切失去生命的生物那样腐烂,庞大的躯体被大地吸收,慢慢消失。

消失到后来,也会有一些东西留下来,比如骨骸。

它留下的骨骸就是村庄那由石板垒起的道路、桥梁、井台、房基。此外还有石质的器物——石磨、石碓、石鼓。

石头是村庄最为坚硬的部分。村庄消失后,记取村庄过往,证明它存在过的,就是这些被人间烟火浸润过的石头了。

当我们这一行人由村长领着,走在青石板的古道,看着两边已长满青苔、灌木的石头屋基,听他讲述这里曾有过的村庄生活时,也像在听自然类节目中,一只巨型动物的成长,在丛林中的生存,以及消亡的故事。

仙源古镇

> 我在一个又熟悉又陌生的古镇上,隔着三十年时光往回走,寻找路口的一棵树。
>
> ——题记

香气

从一户人家的后门走过,猛不丁地撞在一股亲熟的香气上,如同旧友相逢,休眠多年的情谊一下子被唤醒了。

那是焖山芋的香气。在火的侵犯下,结实的山芋渐渐失去了抵抗,柔软下来,体内的糖分变成汁液,一滴一滴聚集在锅底,焦香绵绵溢出,又浓烈,又饱满。

对一个腹中饥饿的人,这种香气的袭击简直让她浑身失力,瘫软下去。

此刻她只想推开那户人家虚掩的后门——像一个放学回家的孩子直奔冒着炊烟的厨房,等不及地揭开锅盖,捉起一只喷香的山芋,在两只手上丢来丢去,放在嘴边使劲吹着,将热腾腾的蒸气吹薄了,剥开红皮,咬一口……

她没有推开那扇门。那是一扇木质的门,被时光剥蚀得斑驳。她就那样站着,在午后的日荫里和香气寒暄着、叙着旧,用轻悄得只有她们能够听见的语音。

门前草

不认得那是什么草,有半人深,将门拦住了。

门是关着的,没有锁,不需要上锁了。没有人进这扇门,也没有人出这扇门。一扇没有人进出的门形同虚设,于是草就慢慢地移居过来。

门荒了,墙也就颓了。墙颓了,屋子也就衰了。草沿着墙脚一寸一寸往上爬,没多久就爬到屋檐,接着就张罗起开花结籽的事,很兴旺的样子。草花并不好看,指甲盖一样大,颜色又浅,又没有香气——几乎就不像花,也就没有人来理会了。

一些鸟儿在屋檐上搭起草窝,渴了就喝草叶上的露,饿了就吃草花和草籽。吃饱喝足就飞到别的墙头上聊天去了,顺便也把草籽作为礼物带到别的地方。

没多久,又有一些草从墙缝里钻出来,也是不知名的草,像乞丐的头发,蓬乱着。可能是风把它们带来这里的。

风喜欢做这样的事情。

这扇门是从什么时候开始破败的呢？门里的人都去了什么地方？

风是知道的，风来来去去见过很多事情。若在傍晚，暮色四合的时候在门前站着，就会有一匹古老的风顺着巷道奔过来，用瑟瑟的风语，诉说着古镇的故事。

柿子树

柿子树上挂着柿子，也挂着鸟笼。

柿子红而透明，已熟得承受不了自己的重量，仿佛谁用力盯一眼，就会从枝头坠下来。熟透的柿子若没有人伸手去摘，便只有自己摘下自己了。

那只鸟儿——是画眉吧，它在笼子里蹦上蹦下，嘴里却沉默着。一天天地，看着树上的柿子由小变大，由青变黄、变红，画眉有没有过焦虑呢？若不是笼子所困，也许早就飞上枝头，去品尝柿子的甜汁了。

不知道画眉是否想过自己被装进笼子的缘由。它知道使它终身受困的，正是它悦耳的声音吗？你的天赋将是你的骄傲，也是你的囚笼——有谁和画眉说过这样的话吗？

是因为人的心太寂寞了，才会觉得需要喂养一只画眉吧?喂养什么就会成为什么。在笼子里喂养鸟儿会不会就成为笼子里的鸟儿?人常年在自己的院子里,从高处看,和鸟儿在笼子里是一样的。

人在院子里种上柿子树,也是给自己留个盼头吧,看柿子一天天地长大,泛黄、泛红,就觉得日子还是有变化的,直到柿子熟透了,可以摘了,人却没有摘。

摘下来就什么都没有了,剩下光秃秃的树枝,有什么好看啊?

北边的溪

古镇有个很好听的名字,叫仙源。

仙源古镇有条大河,在南边,河的名字叫南门河,河上的桥就叫南门桥。

这里是北边,北边没有河,只有一流浅溪。溪上也是有桥的,一对三米长的麻石条并肩躺着就是桥了。桥下有水塘、洗衣埠,两方青石洗衣埠面对面,像两个身着青布衣服对门相望的老邻居。塘里的水涔涔细细地流着,绕过一丛丛芦苇。芦苇高举白芒,在下午的逆光里一片银亮。

芦苇坡下,从水塘流下来的水汇聚在这里又变成水塘,依旧是两方洗衣埠面对面,旁边蹲着两个女人,女人穿着花布的棉背心,手里举着棒槌,棒槌落在衣服上,水珠就疼得跳起来。

女人们边洗衣服边说话,——声音小了不行,会被棒槌的声响压住。

从那些话语里,她听到其中戴着草帽的女人一天经历的事:上午到地里挖山芋,把山芋藤拉回家喂猪,中午给男人和孩子煮了鸡蛋面条,自己吃的是早晨的剩饭……洗完衣服还得洗大白菜,两百多斤大白菜要洗,洗了以后要用盐腌……

"你找谁啊?"看见她从芦苇坡上走过来,戴草帽的女人停下棒槌,疑惑地问。

"不找谁,随便看看。"她笑答。

女人不再理会她,又接着刚才的话尾说起来。

南边的河

南门河吃过很多人。每年夏天都要吃一个,有时两个。

她的一个女同学就是被南门河吃下去了。那是二十年前的事。二十年前的初夏,梅雨季,女同学从镇上骑自行车回学校,经过南门桥时发觉桥身已被水淹没了。这座桥有五百米长,水泥浇铸的桥身,没有栏杆,看起来似一条笔直的马路。桥面离河很近，平常妇人们赤脚站在河水里洗衣服时，就把盛衣服的盆和篮子搁在桥沿上。

女同学的母亲在镇上开店，每到周末，女同学便骑车去看母亲。

桥被水淹没，女同学就不能去学校了。

女同学其实可以绕道走，有另一条路——也就是北边，有一条小道是通往学校的，只不过不能骑车，要步行。

不知道女同学当时中了什么蛊，竟卷起裤脚，推着自行车上了桥。桥头的水较浅，刚过脚背，走到桥中间水就没过膝盖了。谁也不晓得是哪一股水吃下女同学的。后来听当时站在桥头的人说，只一眨眼的工夫人就不见了，往下游跑也看不见人影，像白浪一样化在水里了。

——也许女同学真的是化成白浪或者泡沫了吧，就像美丽的小人鱼。

也是后来听人们议论她才知道，原来一年前，女同学的父母离婚了，母亲离开了家去镇上谋生，而父亲为了笼络女儿的感情，对女儿百依百顺，买自行车，买手表，买好看的衣服、高跟鞋……

很多年以后，她还记得女同学的名字，叫秀丽，也记得秀丽清秀出尘的眉目，记得秀丽走过眼前时，总有一阵咯噔咯噔的高跟鞋声和一阵雪花膏的香。

她不记得秀丽的声音。秀丽很少说话,也很少笑。

杀人犯

秀丽被南门河吃下去的那年夏天,镇上发生了一件凶杀案。死者是个五十多岁的男人,是一间小卖部的店主。

店主的尸体被装进麻袋丢在南门河的草滩,三天后,叫一个放牛人发现了。放牛人起先以为麻袋里装着值钱的东西——可能是小偷藏在草滩里的,解开一看,魂都飞了,连滚带爬地跑回镇上,报案的时候嘴巴直抽搐。

这个案子轰动了整个县,省里派了专案组来查。据说杀人犯还留了一张纸条在桌上,是两句像对联一样工整的话,字迹也很漂亮。那是两句什么话呢?公安局保了密,镇上的人也就不知道了,审案子的人只是把嫌疑犯叫去对笔迹。

镇上的男人几乎都成了嫌疑犯,过筛子一样,一个挨一个地受审,一个挨一个地排除。半年过去了,什么也没有查出来,慢慢地也就不了了之了。

究竟是谁杀了小卖部的店主呢?镇上传说的版本很多,每个版本都有鼻子有眼,情杀、仇杀、谋财害命……也有说就是那个放牛人干的,放牛人总在小店赊酒喝,头一天店主还问他讨过账,两人当时就翻了脸,放牛人扬言要杀了店主。可是放牛人不识字,写不来像对联一样工整的话啊。

十五年后,仙源古镇的石板街上出现了一个满头白发的男人——看面孔不过四十多岁的样子,他在当年曾是小卖部的地方(如今已是废品收购站)站定,扑通一声跪了下来。

他就是当年的杀人犯,十五年后,提着自己的性命来投案了。

杀人犯说这些年来他没有睡过一夜安稳觉,只要一闭眼就做噩梦,被追杀,要么被人追杀,要么被鬼追杀。

杀人犯说他当年赶夜路路过镇上,在小卖部买香烟的时候不知怎么就动了杀念——那念头就像是别人塞进脑子里的。他拿走了小卖部钱柜里仅有的九元钱——五张一元的,两张两元的。

杀人犯说他之所以到现在才来投案,是因为家里还有一个老母亲要奉养。一个月前,他已为老母亲体面地送了终,没牵挂了,就直奔小镇来了。

悬了十五年的案子终于破了。杀人犯当天就被关进了牢里。

第二天,杀人犯对着看押他的人说:昨晚终于睡了个安稳觉,没有噩梦了,真好啊。

枫树门

"我在一个又熟悉又陌生的古镇上,隔着三十年时光往回走,寻找路口的一棵树……"

她站在石桥上,在手机里写下一条短信。在她的印象里,那棵树就是古镇的北门了。

那是一棵枫树。只要从北边进出古镇,就要经过那棵枫树。

她记得小时候跟随母亲从家里来镇上,半里之外就能看到高高的枫树了。只要看到枫树,她酸痛的腿脚又会生出许多力气,可以跑,甚至可以飞,一眨眼就能飞到枫树旁。

她曾抱过那棵可爱的枫树,张开双手使劲抱也只能抱住枫树的一个脚趾头。母亲说这棵枫树的肚子里是住着小仙子的,很多的小仙子住在里面,白天睡觉,到了夜晚就会出来玩耍,在月光的草地上跳舞,或躺在枫叶上看星星。小仙子们也会飞到镇上去,在每一户人家的窗前飞过,给窗子里睡着了的孩子捎去甜美的梦。

要是这棵枫树倒掉了,小仙子们住哪里去呢?她问母亲。

不会倒的,枫树能活很多年呢,只要人们不去砍伐,枫树就会一直活下去,就算遭了雷电,被火烧,也会留下树桩,会重新长出枝丫来。母亲说。

可是三十年后,她没有找到那棵枫树。

她顺着路走了很远,过了石桥,还是没找到记忆里的那棵枫树。——甚至连树桩都没有了。

"树飞走了,带走了所有的枝丫、叶子,所有的根,带走了小仙子们的家,也带走了一个孩子童年的门。"她写完短信,抬头,却看见从对面的山坡上远远走来两个人,一高一低,像一对亲密的花朵飘浮在初冬蜜色的阳光里。

她一阵恍惚,觉得是自己和母亲从三十年前的小路上走过来。

光明理发店

一块老朽了的木牌子,用铁丝穿着,悬挂在檐下,风一吹就来回晃荡。木牌上写着"光明理发店"五个字,大约是用油墨写的,年深日久竟未褪淡。

檐下的木窗关闭着,窗棂上生满纵横的蛛网。窗边的木门也关闭着,残破的对联上覆着积尘。——看样子这又是一扇没有人进出的门。

她记忆的胶片上分明记录着理发店三十年前的样子——一只可以升降的铁椅,椅子前面有一面镶着红木框的大镜子。镜子把屋子照得宽敞而明亮。镜子里的人端正地坐着，围布从脖子罩下来，裹得人像只口袋。

每次来镇上，母亲都要带她走进这家理发店，理发师傅也认得这对母女，用方言打着招呼，叫母亲先先（老师），叫她大眼睛子。

大眼睛子又来啦，是想饺耳（馄饨）了吧？理发师傅常和老顾客说笑话，对孩童更是喜欢拿话逗趣。

理发店里的气味有些涩重，像一种植物被折断后留在人手上的味道。

理发师傅每回用剃刀时，会将剃刀在一块油布上刮擦几下——那是世界上最难听的声音了，麻癞癞的，令她小小的心尖忍不住打战。她总要在这声音发出之前捂上耳朵。理发师傅的脸上是平静的，仿佛在调理一根松了的琴弦。

她和那些等着理发的人坐在一起。她的眼睛盯着理发师傅的手，不放过那双手的每个动作。那双手的动作像舞蹈，娴熟轻盈，是好看的。梳子和剪刀发出的清脆声响也是好听的。理发师的手指有时不经意地掠过母亲的前额，母亲的脸会微微向后让一下。

母亲从椅子上起身的时候，总要把脸凑近镜子。

行吧，先先？理发师傅问道。

好得很。母亲微笑着回答。

来，大眼睛子，剪个娃娃头，剪好了就去吃饺耳。理发师傅的手一转，一块大毛巾便魔术般地围在她脖子上了。

石板街

古镇的老房子已经很少了，只有石板街还是从前时候的。

她站在街头，仔细地辨认着。尽管两边的店铺已变了样子，她还是能从斑驳的石板上看见一些过往的印记。

有好多年，她总是做着同样场景的梦，梦里有一条石板街，一个梳着娃娃头的小姑娘踩着母亲的影子在街上走着。小姑娘喜欢踩在影子的手上，仿佛是被影子轻轻托着，也喜欢踩在影子的腿上，若不小心踩到影子的头时，就赶紧蹦开。

就算在梦里，她也能分辨出石板街上的种种气味：中药铺前的气味是苦的，糕饼店前的气味是甜的，油坊前的气味是厚的、香的，杂货铺前的气味是酒和酱混合在一起的。

面馆前的气味最热闹，也最好闻，仿佛世界上所有好闻的气味都聚到这里了，在面馆里面相互拥抱着，又挤簇着跑到街面上。

面馆里有七八张桌子，桌子上有竹筒，筒里有筷子。竹筒边上有两个青花瓷的细颈油瓶，一瓶盛着酱油，一瓶盛着醋。

面馆里的人坐在白白软软的蒸气里,彼此看不清楚面孔,只听着一片吸溜吸溜的吸食声。

母亲的影子在面馆前慢下来,站定。

"下两碗馄饨,多撒点葱花。"母亲对着那站在蒸气里系着围裙的人说。

——从梦里醒过来,她的嘴角仍萦绕着馄饨的鲜香,久久不散。这是古镇留给她童年的美妙味道。难以忘怀的味道。

照相馆

照相馆是一所带天井的小院子。

天井下有青石砌成的水池,天晴的日子里落下阳光的金线,月圆的夜晚落下月光的银线。下雨下雪的日子,雨和雪花就梦一样飘下来,落进铺着细沙的池子。

水池里养着几尾红鲤,几尾青鱼,也养着一些奇峭的山石。山石上覆着青苔,青苔里站着郁郁的兰草。

水池四壁没有缺口,这样好风水就蓄积在宅子里,不会外流了。

她只进过一次照相馆,是五岁那年的秋天——她生日的那天。

那一次她不是踩着母亲的影子走北门来镇上的，而是被父亲用自行车驮着过南门桥来的。她穿着胸前绣了两朵太阳花的细格子罩裙，坐在自行车前的横杆上，一路时不时地将铃铛按响，丁零零，丁零零，引得路边的行人纷纷注目。

自行车后面坐着穿花衣服的母亲。桃红色的花衣服好看极了，是母亲做新娘时裁的，一直压在箱底，没舍得穿过。

她已经五岁了，还从没有照过相，再不赶紧留个影，小时候的模样就不见了。她长得那么快，很快就会长成大姑娘的。

奇怪的是那天只给她一个人照了相。穿了花衣服的母亲没有照，骑自行车的父亲没有照，也没有三个人在一起合影。

那天的后来发生了什么不愉快的事吧？她隐约记得一些，又想不起来究竟发生了什么。

很多年后，她从母亲的影集里看到童年唯一的照片，觉得照片上的孩子并不是自己，而是母亲的另一个孩子——一个有着可爱笑脸的幸福的孩子。这个孩子一直被时光暗藏着，留在古镇，留在照相馆，在天井边看着天，和小昆虫们玩着。

——三十多年后的秋天,当她仿佛从另一个时空里来到这里,看见的已是一幢新筑的楼。

照相馆不在了,那个被时光暗藏的孩子,哪里去了呢?

时光之诗

起风了。风穿过石板街上奔跑的孩子,穿过屋檐下慢行的老人,穿过古镇窄长的巷子、巷子尽头的河流、石桥、芦苇滩——来到野外。

她站在野外。她是被一阵金色的风牵引着,来到野外的。

在她的左边是山,山上绵延着火一样燎烈的红杉林。右边则是庄稼地——油菜青翠逼眼,白菜和山芋裸露着根茎,等待收获。

天空蔚蓝辽阔,叶子们正在飞翔。

叶子的一生有一次飞翔。叶子在树枝上站着,在固定的位置上站了一个春天、一个夏天。进入秋天,第一场霜风刮过,叶子飞翔的梦就苏醒过来,像树上的果子那样,变黄、变红。

叶子要为平凡的生命——为生命仅有的一次飞翔做好

准备——要像新嫁娘那样尊贵地整理妆容。

一枚叶子在树枝上站着,同样的姿态,日日夜夜,那么久,就是为了圆这一次飞翔的梦吧。

叶子的飞翔也是叶子的死亡——叶子是知道的。

这世间的万物都会死亡,除了时光(时光是永在的)。而在生命的最后做一次凌空之舞——该是最优美的死亡了吧。

她随着那阵金色的风走进山林深处,走进时光之诗。千万朵叶子雪花一样在林间飞舞、旋转、降落,唱着寂静的深歌。

她安然地站着,聆听着,任凭落叶堆积,覆盖了来时的路。

途经塔川

马

在村口遇到牵马的农夫。

先是看到马,马从石板路上出现,进入我的镜头,白色的马,体形匀称,可惜腹部有块疤,像一只白瓷瓶中间掉了釉。这疤是我将镜头推近后看到的。

农夫跟在马后面,手里牵着绳子,绳子的另一端拴在马笼头上。白马在跑,也只跑了几步,停下——农夫在后面喝止了它。

农夫穿着靛蓝色的布衣,是专干农活穿的,很旧了。裤子也旧了,裤腿卷到小腿肚子上,边上粘着黄泥。农夫将白马牵往一边的田里,那里有新长出的草,农夫将绳子往地上一丢,转身走了。白马立着,头转过来,盯了一眼我手中的相机——这黑黑的家伙正对着它。

白马甩了一下脖子,垂首,啃吃起地上的草来。马甩脖子的时候,长鬃毛在空中飘了一下。

端着相机从白马身边走过,转了一道弯,又看见两匹马。一匹棕红，和白马一样是成年马。另一匹是小马。

棕红马也在田里吃草，很专注，对身外的世界置若罔闻，尾巴低垂着。比起白马，棕红马的毛色更耐看，像上了油。

小马只在我眼前一闪就不见了，没来得及看清。

小马是两匹大马的孩子吗？

这个村子里怎么会有马呢？并且有三匹，或许不止三匹。在我的印象里，马生活在北方——辽阔的平原才会有，而这是山区，是被重山围拢的皖南。

马使这个村子神秘起来。

哑巴

那声音是一个单音的"吖"，短促的升调，不停重复。

听到声音时我正在拍摄棕红马，注意力集中在马身上，重复的"吖"声离我遥远。

当我的注意力从马身上移开，"吖"声一下子跳进耳朵，很清晰，像原本虚焦的镜头，现在镜头里的影像轮廓分明。

这是什么声音呢？我转动身体，寻找声音的来处。

声音在一棵大树后面，大树边上围了半人高的竹篱笆，一丛白色野草莓花从篱笆中探出小脑袋。那么大的声音,不可能是野草莓花发出来的。

这声音以前听过,很熟悉,像一个熟人的面孔那样熟悉。但那熟人是谁,一下子又想不起来。

那熟人,应是老家村子里的吧,是个女人,有着一张任何时候都带着笑意的脸,会和路见的每个邻居打招呼,"吖,吖吖……"女人是哑巴。

对了,这"吖"声是哑巴发出的,"吖"是哑巴特有的语言。

走到竹篱笆跟前,里面是一片菜园子,一个男人手里握着锄头,弓着腰,不吭声地在挖菜地,身边不远站着一个孩子身形的人,手舞足蹈,着急又兴奋的样子,对着男人不停地说着"吖"。

哑巴的面孔不像孩子,又看不出年龄,也是带着笑意的——单纯、不谙世事的笑意,像阳光下的鹅卵石。

这笑意,是响在哑巴心里的歌吗?

野草莓花

到处都是野草莓花。

这带着细刺的白色花朵,仿佛从村里跑出来玩的小孩子,路边蹲着,篱笆上靠着,河边跑着,桥墩上坐着,一群

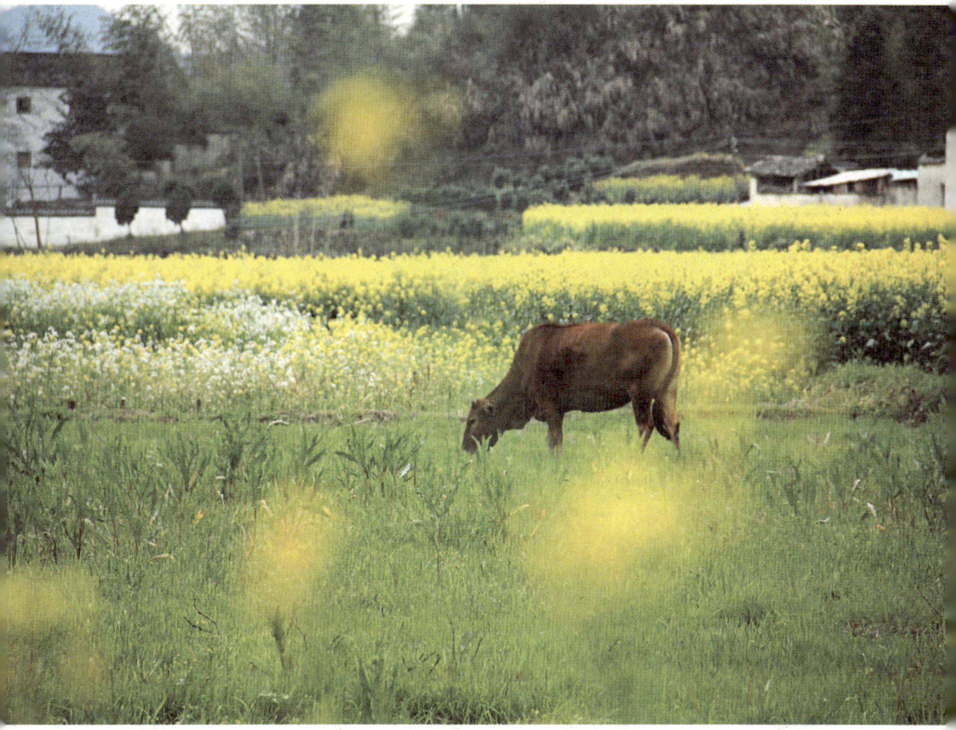

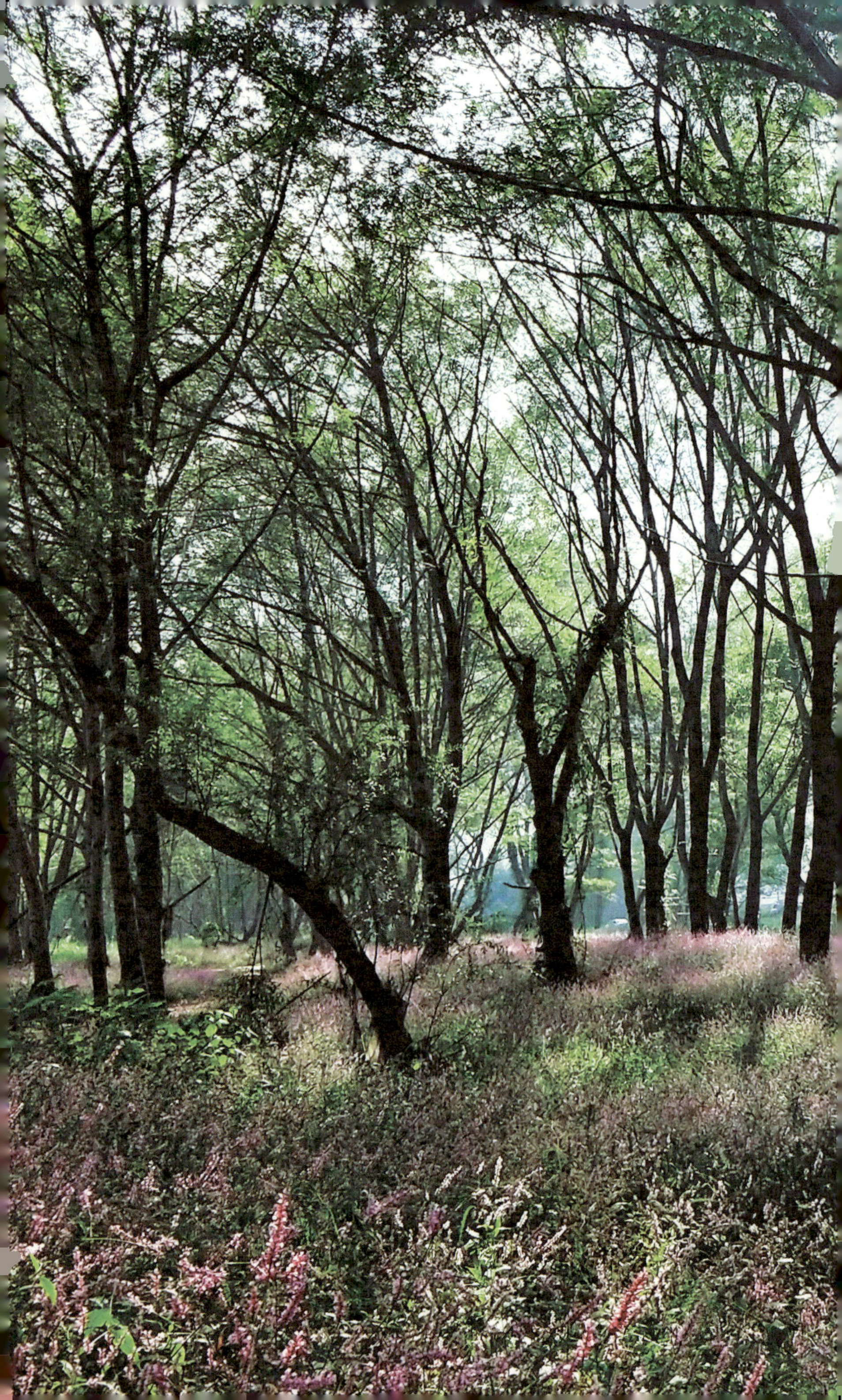

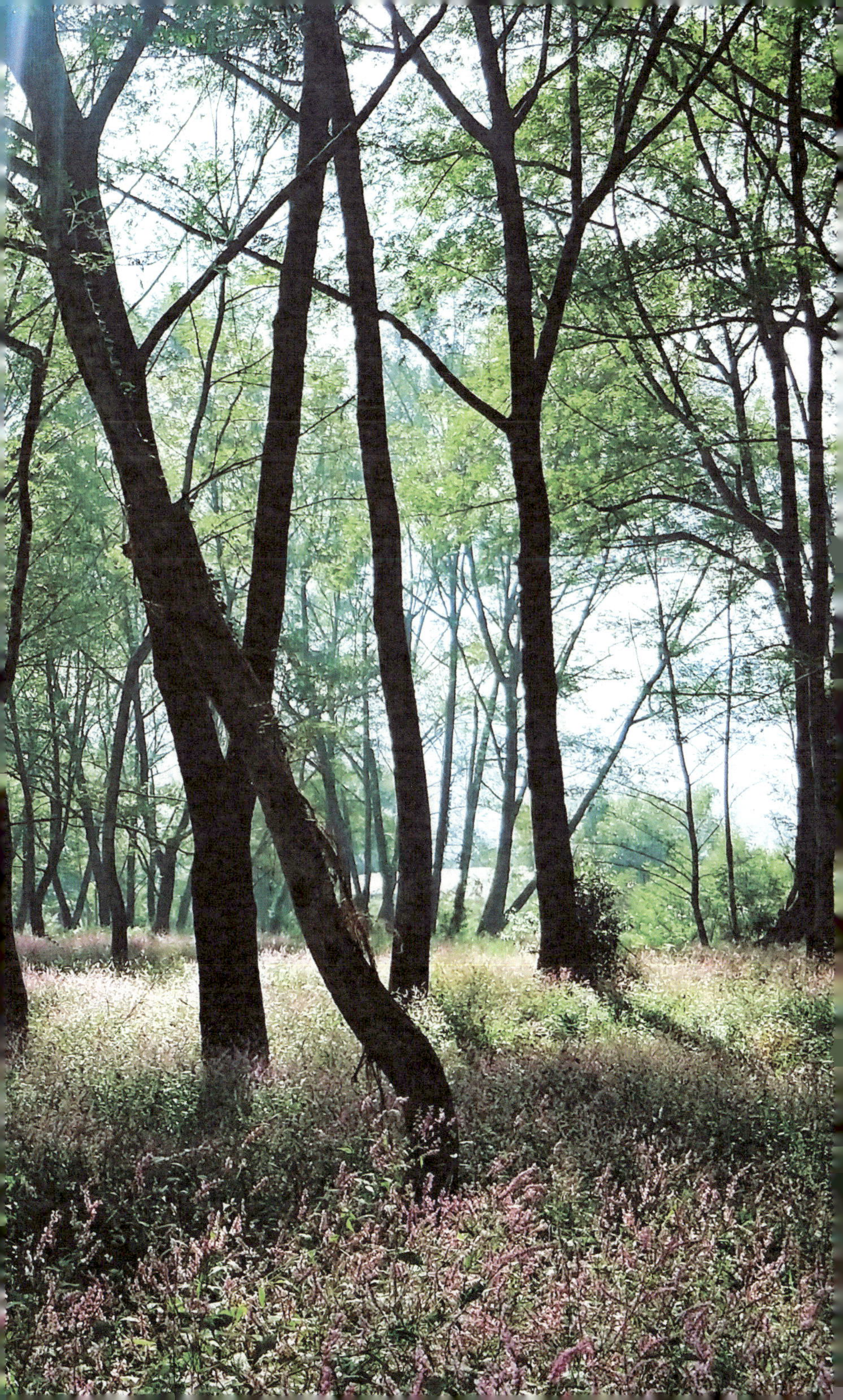

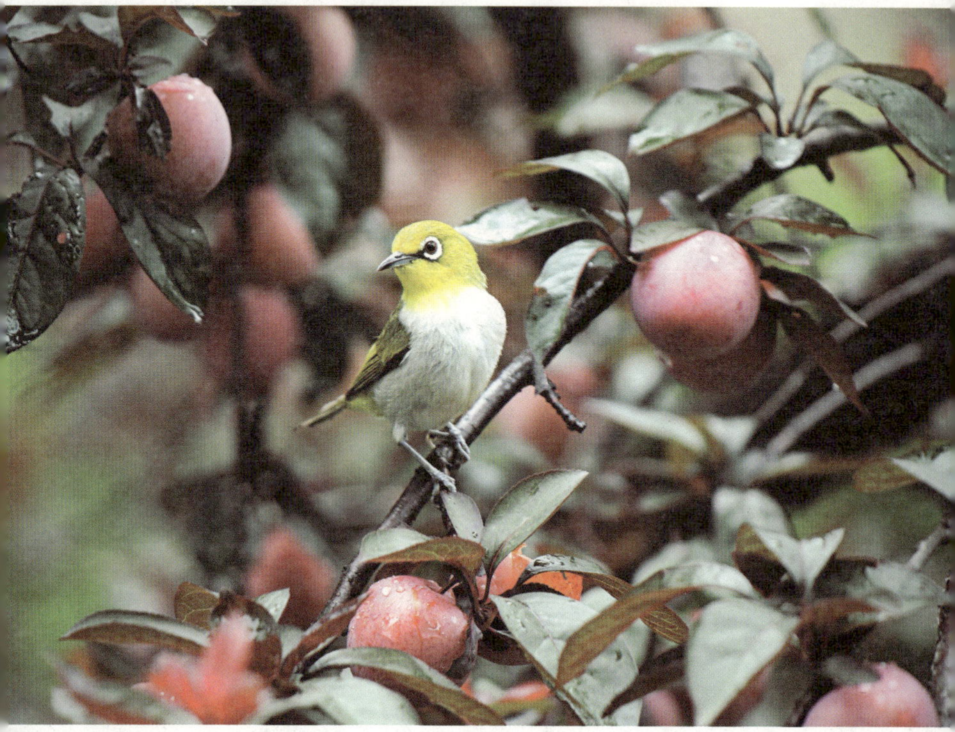

群地。

一面颓了的老砖墙上也坐着野草莓花，风一吹，就一个劲地摇摆，把花瓣都摇落了。

野草莓有五枚花瓣，落一瓣，隔很久，再落一瓣，等五枚花瓣全落完了，一个青青的、塔形的野草莓就立在那里了，被同色的花萼托着，呵护着。

青色的野草莓是很硬的，也小，小到微不足道，仿佛会永远这么小着。村里的人来来去去，也不看它们，村里人只看那些需要他们照顾的东西，和成熟了的东西。

但是很快它们就长大了，黄了，红了，涨满了汁液，柔软了。村里人这时才发现，村子边上到处都是野草莓呢，那么红，一颤一颤的，熟得快要撑不住自己了。

不过，那是半个月以后的情景，现在它们还是花，一派天真的样子——在我来到这个村子的时候。

半面墙

一面墙，不，是半面墙，立在村口的田里，像个大大的"品"字。

墙基是石头垒成的，上面砌着方砖，年深日久，砖面起了苔，青色的、褐色的，像一个老人脸上的斑。

墙头有藤蔓垂下，还有一些草本植物，说不上名字。

墙的两端有更多的草本植物，那些小东西原本在地上，某个春天，在风的唆使下顽性大发，踩着两端的砖阶，攀上去。有的一口气攀到顶上，生了根，有的就在砖阶上停下来，落座，闲闲地开着花，结着种子。

墙后不远处有一棵老枫香树，树身半扭，一只手臂举起，高高的，远看像个单人旁。

单人旁形的树站在品形的墙边，不就是"人品"二字吗？想到这，觉得很有意思。

这半面墙立在村口的田里，除了给老枫香树做伴，是没有什么用的，多年来也没有人去推倒它，好像它就应该在那里。

没有用的东西也是值得尊重的，除非它自己塌下来。

立在村口的半面墙有什么来历？过去曾是什么呢？有可能是土地庙吧，或者过路亭，或者碓屋。我童年生活过的那个村子，村口就曾有个碓屋，现在还在，空在那里，再也没有人进去碓米粉了，多年前，村里人就改用机器碾粉。

这半面墙在古老的村口立着，是很适宜的，与它周围的山野也很融洽，甚至是美的，遗址的残缺美。

就像一台不再走动的老座钟，时间在半面墙上早已停止，但它仍是有生命的——隐藏在内部，寂静的生命。

古木

古村最可看的是古民居和树,不过看树得在晚秋,霜降过后。

古村的树大多上了百年,是古木了,名字也古:樟、槠、枫香、乌桕。

十一月,枫香和乌桕吃了两场霜,就换装了,绿装换了红装,像酒量浅的人,饮不了几盏薄酒,就红了面孔。

特别是乌桕,那红真是醉红,不光它自己醉了,路过的人在树下看一眼,也醉了。那些从很远的地方到来的人,醉,更是不可避免。甚至连古村自己也把持不住,醉了。

也有人没有醉,清醒得直叹气——来晚了两日,树叶落尽。看到醉红古村的日子就那么几天,来早了,或来晚了,都看不到,就像和一个人的擦肩而过,因欠了些缘。

现在是春天,仲春,枫香和乌桕都还绿着,刚刚生发出来的绿,逼人眼的绿。还是忍不住地看,抬头看,转头看,回头看。多看一眼,心里便多一眼喜欢。

村路

古村的路是古道。古道的石头有三色——麻色、青色、褐色。顶着明晃晃的阳光，眼前的路却是银色，似浪花流进，载着时间向前而去的河。

村路就是村子的另一条河，从村口流入，顺着山势，缓缓而下，遇到坡拐一个弯，遇到林子拐一个弯，遇到田拐一个弯，遇到庄稼地拐一个弯，遇到枫香或乌桕停下来，筑几个石阶，再拐个弯。有时走了十多步，什么也没遇到，仍会拐一个小小的弯——这样更美些吧。

路沿上生着草，认得的有小蓬草、车前草、酢浆草、茜草、蒲公英、艾草、婆婆纳、小苦荬、紫苏、鼠曲草、芦草。

路中间的石缝里也有浅草安身，匍匐地面，看起来卑微，却见柔韧。

石阶周边的草高得多，特别是石阶的交接处，称得上草森林，那里脚踩不到，长高些无妨。

村路的河是有很多支流的，细小地流入田畈，转几个弯，隐到山那边去了。入村的路最宽阔——也只容纳两人，或并肩，或携手，由阶草引领着，一级一级，走进去。

村童

两个女童，大的约八岁，小的约五岁，一前一后，从巷弄的石阶上冲下来，像两只玩着追逐游戏的小花蝶，与我迎面相撞。

我在石阶下，女童刚好撞进我怀里，是大一些的，小的随后也撞过来了，抱住大的，开心地叫："抓到姐姐了，抓到姐姐了。"

大一些的女童冲下来时，脸是朝着后面的，不知道石阶下有人，发觉撞到人，脸蛋唰的一下红了，很害羞的样子。

女童害羞的样子真是好看。

"进村子是从这里走吗？"扶住了大一些的女童，笑问。

"是的，就从这里走。"大女童指了一下身后巷弄，说完脸更红了，拢了一下跑散的辫子，一低头，从我身边飞过去。

小女童玩累了，没有再追，一摇一摆，进了边上的院子。

我端着相机，跟着进了院子。

院子是窄长的廊形，砖砌的院墙齐肩高，墙头上摆了小竹匾，里面摊晒着笋干。

院墙下有一长溜花——芍药花，粉红、水红、浅紫红、大朵大朵，嵌在碧绿的叶丛里，甚是妩媚。一只黄猫在花下躺着，见我过去，仍是半眯着眼，懒洋洋，也不跑。这猫是见惯了生人的。

小女童进了屋门。屋子很老了，木门、木板壁、麻石条地面，看着干净，只是摆设有点乱，农家不拘小节的乱，弥漫浓郁的生活气息，是亲切的，也温暖。白花花的阳光从天井探下来,斜斜地照进屋子,被光照着的东西竟别有美感,像油画里的静物。

我站在门口,举起相机拍摄起来——墙角的老南瓜,倒在地上的小茶箩,八仙桌上的暖水瓶、茶杯、糖罐,垂挂在屋梁下的竹篮……

镜头转到小女童身上时,小女童使劲朝我摆手,别开脸,不情愿的样子,嘴里叽里咕噜的,用方言说着什么。我听不清内容,但懂得她的意思:"不要拍我嘛,不要这么拍我好不好。"

腊味

进村就看见那些腊味,挂在房子朝南的墙上,像抽象的装置艺术。

墙是青砖砌的,百余年了,看起来还很结实。这面墙刷过石灰,写过标语,过去一些年,又刷了石灰,标语就模糊了。

现在石灰也已脱落,墙面是斑驳的。

挂腊味的地方埋了钉子——埋在墙缝里,十几枚钉子,高高低低,像墙长出来的骨刺,细细地戳着。

腊味的内容很是丰富:腊火腿、腊肋条、腊香肠、腊猪脚、腊鸭和咸鱼。晒透了的腊味又硬又油润,有古化石的质感,和墙面倒是匹配。

晒透了的腊味还有厚实的咸香,别说吃了,光是闻着,就十分饱足。这香是从时间的海水和阳光的脂膏里提取出的,凝成气体,再渗透到腊味里。

在乡下,腊味不仅是一种食材,一种味道,更是一种象征吧——殷实的象征,好日子的象征。在年底制作和储存腊味,留给来年,就是给来年的生活打好了底子。

一面墙上挂满腊味,太阳地里晒着,泛着油光,眼睛看着便很享受,多么富足啊——米堆成仓的富足。

辛苦劳作的主人进出家门,瞄一眼墙上挂的腊味,心里也会有安慰吧,会觉得自己家的日子还是踏实的,有滋味的,可以安稳地过下去。

老妪

遇见老妪时,她正弯腰,弓背,在菜园里浇肥。

菜园里种着韭菜、大蒜、莴笋,老妪浇肥的菜地是空的,看不出种了什么,或许种子刚播下吧,民间有谚:清明前后,种瓜点豆。

老妪还是冬天的装束,戴着线帽,穿了棉袄,腰间紧系围裙。围裙很长,齐鞋面,缀着补丁,补丁与补丁重叠,使围裙看起来很厚实。

系着厚围裙的老妪憨憨的，施肥的动作也缓慢，慢中又显出郑重，仿佛正在做的是一件极大的事。这慢使周围的事物也静下来，连经过菜园的风也静了，轻轻地，踮着足尖，走过白色的萝卜花，再走过黄色的白菜花。

远处端着相机的我也是静的，呼吸放慢，从镜头里看着老妪，看她施完肥，站起身。

站起身的老妪还是弓背，像负了看不见的重。

走过去，和老妪打招呼，向她询问："听说村里有棵老桂花树，有打稻桶那么粗，在哪呢？"

"就在那里啊。"老妪抬手，向我身后指了一下。

转身看，果然有棵巨树。

"这树可是村里的活神仙，"老妪说，"我八岁嫁过来当童养媳，老桂花树就在，就有这么粗了。"

"您老多大年纪啊？"

"今年八十四啦。"老妪伸出老树根样的手指，比画了个八，又比画了个四。

"看不出来，您老身体结实得很。"

"还行吧，自己能照管自己。"老妪笑道，多褶的脸上有自足的安宁。

老妪告诉我，村里是住着很多神仙的，这些神仙就住在老树上，或化身为老树，村里人在白天看不到神仙，不过在安静的夜晚，睡不着的老人，或突然醒来的孩子，会听到神仙的脚步，和秘密地交谈。

家树

老桂花树是家树，在一户人家的前院里。前院很大，若是张罗喜事，能摆下二十桌酒席。

老桂花树占据了大半个院子，像一团苍翠的蘑菇云。这团蘑菇云太浓郁了，又高大，以至天空都为它低下来。

为它低下来的还有老房子。老房子就在老桂花树后，典型的徽式民居，两侧是马头墙，墙上覆着鱼鳞瓦，外墙端方、阔大，正中开着大门。

大门有青砖雕花的门楼，门楼的楣间悬着一面镜子。

外墙两边没有窗，只在屋檐下开了窗洞。窗洞极小，站在前院，仰头看，会觉得那窗洞里有隐蔽的目光，黑黝黝的，注视着自己。

"这老房子现在有人住吗？"我问老妪。

"我住啊，"老妪说，"这家人几年前就搬走了，到大城市去了，本想卖掉房子，可是舍不得老桂花树啊，就把房子让给我住。"

"到仲秋这家人就会回来,大大小小,十几口。老桂花树真是神仙啊,隔几千里地,香气也能钻到家人梦里去,把家人一个不少地喊回来。"

望春

转过一个深长的巷子,看见望春花。

巷子是青石板路,路缝窄细,覆着青苔,这青苔似能流动,向两侧的墙根渗去,在那里汇成苔溪,缓缓地漫上台阶,洇入墙壁。

过去几十年,洇入墙壁的青苔就成了黛色,像宣纸上的陈旧墨痕,隐约可辨山水的嶙峋。

踩在巷路上,足底有股幽凉,仿佛那青苔会顺着凉意爬上膝来。这巷子里是少有阳光的——两边的屋墙太高了,阳光的脚伸得再长,也只能够着窗子,探不到青石板路。

出了巷子,阳光就扑进眼里了,橙黄的蜜色,裹着一团绚紫,定睛看去,是望春花。

看到艳阳下的望春花,心口莫名地疼了一下。

这是开在一户人家后院的望春花,依着院墙,踮着脚,把整树钟形的紫花朝上举着,举着。侧耳听,能听到空气里毕毕剥剥的声响,像炭火燃烧时的爆裂声——是花朵发出的吗？

这树望春花开得太热烈了，色彩又浓艳，有造反的勇气。对比之下，身后的老房子更显得古旧、喑哑。

这树望春花极像一个女人，在高墙深巷的院子里闭锁着，沉默着，度过了荒芜而清寂的冬天。当春天到来，阳光照着她的时候，她内部的生命开始苏醒、漾动，终于有一天，她攒起所有的力量，把隐忍了很久的声音，从每一朵向上的钟形花冠里，呼喊出来。

寂静

在古村中心的场院坐下，喝水，吃面包。午后的阳光从头顶的叶隙漏下，落在脚边，像地面浮出的金色小花，轻轻摆动着。

场院开阔，有石桌、石椅，看样子是为游人小憩设置的。

这个季节的游人很少，村中走了半日，只遇见一对情侣，背着双肩包，牵着手，离我几十步远——在村路的另一边，等我转过去，他们便不见了。古村的布局有点像迷宫，在这里玩捉迷藏的游戏，是很难被找到的。

场院后的几间屋门或开着，或半掩，屋里光线幽暗，没有人的动静，看看四周，也没有村民的影子。入村后很少看见村里人，仿佛村里人去了什么地方，故意把村子空出，留给三两个游人闲走。

场院下是一个陡坡，坡下有流水声，哗哗、哗哗，俯身看，不见泉流——给坡上丛生的灌木遮住了。坡上还有竹林、春笋，一阵风拂过，几片竹叶旋转着，翩然而下。这个时节的竹叶有些枯黄，像营养不足的人，是竹根把养分喂了春笋吧？——春笋长得那么快，需要的营养也会很多。

在场院里坐了半个时辰，舍不得离开，这里太寂静了，古老的寂静，入心的寂静，唯一的声音便是流水，而流水，又是世界上最寂静的天音。

流水外，传来布谷鸟的叫声，如轻浪，细细跳着，提醒着：春天就要过去，夏天快要来了。

豁口

离开场院，下几十步石阶，转弯，看见码放整齐的柴火垛。地上有小堆的引火柴，有切碎的菜叶、饭粒，一只母鸡正俯着脑袋，在那里进食。

母鸡进食的神情很是专注，又急不可耐——大概是刚下过蛋，饿极了，有人走过来也不避开，警惕地抬一下头，又赶紧低头，啄食不停。

经过母鸡身边时,突然起了顽劣心,做捕捉状,挥手撵赶,专注于食物的母鸡猝不及防,大叫着扑腾起来,直往柴火垛上撞。走过去很远,还听见母鸡的叫声,惊魂未定的样子。

转过两道弯,脚下的石阶渐缓,成平坦的石板路,路边有溪流、水车。溪流是清浅的,曲折婉转,伸向村外。

跟随石板路,走到一处"L"形豁口。豁口的一侧是土坡,坡上的草木如风中绿焰,有蔓延之势;坡沿垒着大青石,参差着,犹如石齿。

穿过豁口,还没定睛,便撞进一团花香里。

这花香仿佛是张着胳膊的人,静守在那里,将穿过豁口的来者,无论是谁,都一把揽入怀中,紧紧拥抱,再松开。

被花香拥抱的人会失重,止不住地晕眩,像突然离开地面。

等晕眩感退去,再看,便看见开阔的蓝天下,绵延着如汛流般丰沛的油菜花田。

枫香林

是一只松鼠将我带入枫香林的。

枫香林在两村的交界处，如绿色的喷泉，从阡陌间拔地而起，在空中衍生出细密的泉柱，交错着，翠珠飞溅。

枫香林则如一堵绿色山墙，横卧在两村之间——两个村子以这片枫香林相衔。一条河流绕林而过，奔流之声穿透了春野。

向路遇的农夫打听，得知两个村子的地名皆与河流有关，有个"川"字——"塔川"和"横川"。我盘桓了大半天的古村，就是塔川。

"枫香林在秋天可好看了，隔着几十里地都能看到，比炉膛里的大火还要红。"农夫说。

"现在也很好看啊，绿得这么浓，要泼下来似的。"

仰面望着林子，忽见一个灰色的小东西在眼前一跃，又一跃，跃出几个漂亮的抛物线后，隐入林子。是松鼠。

我弯腰，钻入枫香林。

一入林子便看见了小径——落叶铺成的小径，曲曲弯弯，踩在上面有很好听的哗哗声。小径上是不能直身走的，枫香将长长的枝干探下来，低垂着，或干脆拦在小径上，得把腰身弯成直角，才能钻过去。

小松鼠又出现了，像是给我引路，又像有意在我面前显示技艺，在树端跳跃不停。很快又出现了一只松鼠，与先前的那只一前一后，起起落落，把绿林当成它们的舞台，表演起杂技。

　　站在树下，看得发呆，忘记了走路。

　　两只小松鼠表演了一阵子绝活后，倏忽不见了。我踩着落叶，继续往前走。走了十几步，林子里忽然开阔起来，原来枫香林的中间是片凹型空地。

　　下坡，到空地上，再看四周，如天然绿帐，将外界隔开，只留头顶的一方碧空，似老房子里的天井，隐蔽又通透。空地上是草花铺就的毯子，极干净，能容纳百人，可坐，可卧。

　　这空地，是树神们聚会的地方吧？

　　两只小松鼠又出现了，精灵一样，绕着林子玩起追逐的游戏，那么自在——生息在自然的乐园里才有的自在。

　　从林子高处传来轻微震颤的声音，"铿铿铿、铿铿铿"，不绝如缕，如指尖在木扉上的叩击，是啄木鸟发出来的吗？

　　屏息听着，觉得有一扇门很快就要打开。

无事且饮太平猴魁

> 春夜是一枚回形针
> 把我别在窗前
> 扫雪煮茶,剪灯初话
> 月光如一架订书机
> 把制度、门和我都订在一起
> 我像按图钉似的,把头按进风景里
> 胡兰成一红,就俗了
> 有些书需躲起来读
> 人老腿先老,宛如局部麻醉
> 生活即请君入瓮
> 无事且饮太平猴魁
> ——杨典《太平猴魁》

几年前常去一个诗歌论坛,在论坛里读诗,也把自己新写的诗贴到论坛。那段时间是我的诗歌狂热期,打开电脑,最先做的事就是点开收藏夹里诗歌论坛的网页,浏览过后才能安心做别的。

有天，记得是下过春雪的早晨，点开页面就读到《太平猴魁》，重庆籍诗人杨典的新作，心跳骤然加快，仿佛意外撞见写给自己的情诗。

太平猴魁是我的家乡茶，仅看见这个标题就叫我眼眶发热。

我的出生地就是太平猴魁的产地——黄山市太平湖上游的新明乡。我童年和少年时期的乐园就是屋后的茶园，我最早认识的植物是茶树，最为上瘾，或者说生命中最不可或缺的味道就是茶之味。

至今仍记得第一次采茶的情景，是在母亲教书的一个名叫夹坑的村子。坑在本地方言里是河谷的意思，新明乡有很多村名都带个坑字，荷花坑、猴坑、箬坑、招坑、桃坑、芦溪坑……那时的茶山归集体所有，村里人全听队长分派，赶大清早在晒场集合，到指定的山头去采茶。差不多快到中午时下山，把装得满满的茶箩送到茶厂过磅，记上斤数。茶季结束时，再按统计的斤数由队长分红。

每到茶季学校就不上课了，有半个月的茶假，学生回家帮大人干活，老师则留在生产队，和茶农们一同上山采茶，采下的茶叶同样交到茶厂过磅。我喜欢放茶假的这段时间，仿佛这是一个集体的隆重节日，村里男女老少做着同一件事，采茶、拣茶、制茶，从天亮忙到天黑。这样忙碌，大家看起来却都是很开心的样子，手里干着活，嘴里也不闲着，说笑打趣逗闷子，连我那性情严肃难得一笑的母亲也松开眉头，对我的管教也没有平常那么严厉了。

第一次采茶大约六岁，还没有上学，当母亲把一只小茶篓系上绳子，挂在我肩头后，不等她吩咐我就蹦出了门。

夹坑是隐藏在深山腹地皱褶里的小村，从山顶往下看，隐约可见的房舍真像是落在绿色的坑洞里。二十几户人家，呈"L"形分布，中间巴掌大的一块平地，供村里晾晒东西。因为山的遮挡，日头在村里逗留的时间也就短了，像急着赶路的客人。一条涧流沿着山根缓缓流淌，弹拨着悦耳的曲子，到初夏的梅雨季时，涧流会在一夜间改变性情，变得泼辣甚至疯狂，发出轰然的激流声。

涧流对岸就是茶山坡。我背着茶篓，摇摇晃晃走过独木桥，到了对岸。说是对岸，其实还是在村里，可以看见我和母亲借住的小屋子，听见屋后的鸡啊猫啊狗啊闹出的动静。我在和我差不多高的茶树下停住，学着大人的样子，将衣袖挽起，开始采茶，没过一会儿就把这棵茶树的叶子摘得干干净净。

母亲已收拾好家务活准备上山了，在屋子里叫我，没人应，又跑到门口叫：丽敏，丽敏。我赶紧应了一声，放开手里的茶树枝，呼啦一下就出现在母亲跟前，得意地举起小茶箩，期待从母亲脸上看到欣喜的表情。正好队长也走过来，伸手从茶箩里掏了一把，大笑道：小丫头采茶是片甲不留啊，新叶子老叶子一把捋来了，厉害厉害。

队长有个爱好，每次看电影总要学几句新词，茶季前村里来过放影队，估计"片甲不留"就是刚从电影里学来的。

很快我就知道，采茶看起来简单，却是有讲究的，不能夹带老叶子，不能留太长的叶柄，每支茶的长度要均匀，有虫眼的叶子不能要，发黄发红的叶子不能要，小小的托叶也不能要，炒出来会发焦，没卖相。

在茶季，最热闹也最有趣的地方还是茶厂。

茶厂是每个村子都有的，也是村里最大的房子，可容纳几百人。茶厂不仅是制茶的地方，也是全村人商讨事务和娱乐的地方，队长召集开会、村里人家办红白喜事、电影队过来放电影、过年过节请戏班唱戏——偶尔还有玩杂耍和说大鼓书的走进村，都把场子摆在茶厂里。

茶厂也是孩子们的游戏场，在水泥地上画出线格玩跳房子，在粘满蜘蛛网的角落玩躲猫猫，或模仿电影里的情景玩"好人和坏人打战"的游戏。到茶季孩子们玩得更起劲了，晚饭一落肚就跑到茶厂。茶厂里吊着七八盏灯泡，大得像葫芦，把平日里黑咕隆咚的角落照得亮堂堂。孩子们个个变成小疯子，相互追赶着，在地上厚厚的鲜叶堆里翻跟斗，滚成一团。大人不停地过来驱赶：死小鬼，看把茶叶弄脏了，出去出去。可是没用，孩子们刚被赶走，一眨眼又滚进去了。我喜欢把头扎在茶叶堆里闻茶叶的气味，新鲜茶叶的气味浓郁到可以触摸，可以大口大口地吃进肚子。在我童年的记忆里，除了父母的体味，给我强烈感官记忆的就是茶叶的味道，只要闻到这味道就感到安宁，说不出的舒坦和快乐。

孩子们终于还是被大人们赶回家睡觉去了。茶厂的灯光通宵亮着，炒茶机也不停地翻转着，直到后半夜村庄才陷入万籁俱寂的宁静中。

在我十岁的时候，热闹的茶厂忽然就沉寂，人们不再把采下的茶叶送到茶厂，交给"公家"制作，茶园也不再归集体所有，而是包产到户分到个人头上。

这一年我和母亲已离开夹坑，回到自己家所在的村子——召坑。召坑也是藏在深山腹地的村子，和夹坑一样山多地少，人丁倒是兴旺，有七十多户人家，大多姓项，论起来也都算是亲戚。

从这年开始，茶叶的采制就变成各家各户的事。家家户户在屋后砌上了专用来炒茶的大灶台，请竹匠到家里来编制烘茶叶的成套器具——茶箩、簸箕、竹匾、烘圈、烘顶。在茶季开始前就准备好足够的柴火，足够的木炭和食物。

童年记忆里，除了过年就数茶季的伙食好——这也是我喜欢放茶假的原因之一，冬天腌的咸鱼腊肉这时搬出来了，挂在屋檐下，做饭时割一大块，切成薄片蒸在饭头上。春分前腌制的鸡蛋鸭蛋到这时也已入味，洗去外面裹着的一层黄泥，煮熟后切开，红艳艳的蛋黄冒着油脂，看着就津液横流。

为茶季准备的食物里少不了清明粿和蒿子粑粑（类似青团），做好后用加了盐的冷开水泡着，隔三五天换一次水，可以存放很久，吃的时候捞一只，在烘茶叶的炭火上烤一烤，烤到表皮发鼓，溢出米食特有的焦香就可以吃了，不费时间。在茶季，时间会变得很宝贵，茶叶跟疯了似的呼啦啦生长着，稍微耽搁就老了。

在茶季除了这些还得准备便于携带的干粮，锅巴、炒米、花生糖和冻米糖。家境好一些的人家还会特意买些麻饼存在家里，上山时带上，饿了就拿出来垫肚子。

我家五口人，分到三块茶园，一块在自家屋后包子形的矮山坡上，几分钟就走到了，一块在离家五里地外的深山坞里，另一块在海拔四百多米的高山上，从山底沿着弯曲陡峭的小路爬到茶园，得花一个多钟头的时间。

茶叶的品质如何，很大程度上依赖生长的环境。我家这三块茶园的地势差异大，味道也有明显区别。屋后的茶园几乎算是落在村子里，与人烟同居，山头低矮，日照长，长出的茶叶偏于薄瘦，味道清寡不耐泡。但是这块茶园也有它的好处，因为光照充足，生长期比另两块茶园要提前好多天，等另两块茶园的茶叶到了需要采摘时，屋后山头的茶叶已摘过头茬，不至于挤到一起让人手忙脚乱。

深山坞里的茶园沿着狭长的山谷生长，是三块茶园里地势最低的，两边簇拥着密密的竹林和灌木林。立春后，林子里的野花一茬一茬地开起来，兰花、樱花、杜鹃、紫藤、野蔷薇、瑞香、金樱子，还有长在溪边大片大片的白水仙，芬芳溢满山谷，浸润着还在酣睡中的茶树。清明前，茶树终于被春野迷人的气息唤醒，毛茸茸的芽尖从枝头心形苞叶里钻出，像刚出生的孩子那样，出于本能地吮吸起来，把密布在空气中无处不在的香气吸纳到自己的身体里。

三块茶园里，生长迟缓的是高山岗上的那块，这里的茶叶也是三块茶园里味道上佳的。

茶树是很有意思的植物，生长在低处或离村庄很近的地方，它的味道里就会多一些苦涩，而若是长在"行至水穷处、坐看云起时"的云雾深处，它的味道也就沾了世外的仙气，脱胎换骨，苦涩是一点也没有了，取而代之的是浓酽的茶香和缭绕舌尖绵长的回甘。

高山岗上的茶叶枝条肥壮，叶片厚，色深，多白毫，可能是日照少生长缓慢的缘故吧，使得它们有时间充分汲取地下的养分，吸收自然万物吐纳的精华。

包场到户后，茶叶的出售也是茶农自己家的事，制好的茶叶要么送到茶站的收购点，要么就留在家里等茶商上门收购。尽管高山岗上的茶叶味道好，卖价却并不好，因为采摘得晚——我乡有个不成文的惯例，茶叶的价格和时令紧密相关，最早采制的茶叶价格通常是整个茶季最高的，随后就下楼梯似的，一天一个价地降下来。

高山岗上的茶叶卖不上价还有一个原因，我父母虽是农民出身，对农事却不精通，尤其是制茶的技术——他们只会做普通的奎尖，不会做讲究的猴魁。好原料得不到精细制作，自然就得不到与之匹配的待遇了。

奎尖的制作也是传统的绿茶制作，先在炒锅里杀青，再揉捻，然后摊进烘顶里用炭火烘干。这三个步骤说起来简单，操作起来也是需要一定功夫的。比如杀青，就是用手当锅铲，在高温的铁锅里翻炒鲜茶叶子，性急的人很容易把手指触到铁锅上烫出燎泡，经验不足也不行，要么把茶叶炒过了火，秆子焦了，叶子起泡了，要么炒得过嫩，鲜叶子的青气还没有去掉就捞出锅了。

揉捻茶叶要简单一点，把炒好的茶叶捞进小竹匾里，双手将茶叶拢成堆，以顺时针的方向，揉上几个来回。揉捻茶的功夫主要在力度的把握上,不能轻,也不能过重。小时候不明白茶叶炒好后为什么不直接烘干,而要如此这般地揉压一番,后来看书,才得知这其中有着类似于化学反应的奥妙,书上说"揉捻时茶叶的细胞壁被压破,促使部分多酚类物质氧化,减少炒青绿茶的涩味,增加浓醇味"。

制茶的窍门别人是没办法教的,只能在不断地操作中自己去体会。制茶也是人与茶叶相互交流、相互了解的过程,制茶者只有把整个心思用上去,去细心感受和领悟,茶叶才会慢慢地向你吐露它们的秘密,展示给你它们最好的状态。

在我家,制茶的前两个步骤——杀青和揉捻是父亲干的活,母亲负责的是烘茶这一步。

烘茶也分三个步骤,一烘、二烘、三烘。地上摆三个烘圈,三盆炭火摆在烘圈里,上面支着烘顶。揉捻好的茶叶先摊进第一个烘圈的烘顶,烘至半干再倒入第二个,这中间要适时地给茶叶翻面,使茶叶受热均匀。等茶叶烘至大半干时再倒入第三个烘顶,这只烘顶下的炭火盖的灰要厚一些,不至于把茶叶烘过火候。

母亲在三只烘圈前弯腰弓背翻烘着茶叶,一点也不敢大意,烘干的茶叶最后会变成苍绿色,倒进一只大竹匾里。

我的父母都属羊,不知是不是这个原因,两个人从年轻时候起就爱抵角，动不动就吵起来，在我的记忆里，家里少有和平安宁的时候，茶季里倒是安宁的，父母像是忘记吵架这件事，只是不停地干着活，两个人言语不多，配合却十分默契。

不吵架可能也是两个人的全部精力都放在茶叶上，没心思理会别的事，再说整个茶季人又忙又累的，到半夜往床上一倒就困得像团瘫泥，哪里还有工夫生气吵架呀。

也不仅是我的父母，村里以往隔三岔五便要吵架的婆媳妯娌，一到茶季就自动讲和，平安无事地相处着。如此看来忙碌也是很好的事情，尤其全家人齐心合力地忙着同样一件事，彼此之间的合作、相互需要，会使关系变得更为融洽。

半个月的茶假很快就过完了，母亲回到学校教书，我和哥哥回到学校上课。父亲也到了该去上班的时候，家里只留下奶奶看守着屋门，有茶商来村里收购，奶奶就把做好的茶叶拿给他们看。茶商抓一把，闻了闻香气，伸出手指报了一个价，奶奶一听便摇头，对方又报出一个价格，奶奶还是直摇头。见价格谈不拢，茶商也不再多啰唆，起身走了。

奶奶摇头的意思其实是表示没听清茶商在说什么。奶奶快九十岁了，听力不好，跟她说话要像打雷那样才有效果。

眼看着就要立夏,我家的茶叶还有不少在屋里搁着。好在我家不靠茶叶过日子,父母都有工作,工资虽不高,维持生活还是绰绰有余的。没卖掉的茶叶搁家里也不是事,父亲干脆拿它们做人情,买来一摞印有"新明奎尖"字样的茶叶袋,装好封口,作为土产送给城里的亲戚朋友们。

茶叶卖得好的就是那些会做猴魁茶的人家。住在我家隔壁的春生就很会做猴魁茶,为了掌握制茶的技艺,春生刚满十八岁就背着自己的铺盖,到猴坑和猴岗当了两年茶工。

猴坑和猴岗是两个紧邻的村子,一个在山下,一个在山顶。这两个村子就是太平猴魁的核心产地。

猴岗离夹坑很近,不过一山之隔的距离。母亲到夹坑教书前就是在猴岗教的,那时我还没有出生。在夹坑教书后,母亲曾领我去过一次猴岗,看望曾照顾过她生活的老房东。

我对猴岗的记忆是,那条上山的路弯来绕去,似乎永远也爬不到尽头。母亲背着我走一段,然后把我放下来,让我自己走一段,走累了就坐在路边石头上歇一歇,喝两口水壶里的凉茶,拿出一只麻饼,掰半块给我吃,另半块仍用油纸包好塞进布包里。

在我吃麻饼的时候，母亲警觉地听着周围的动静。母亲说这山上有很多野猴，会和人抢东西吃，我一听吓得不得了，三口两口就把麻饼吞进肚子。

幸亏在路上遇到个熟人，和母亲聊了两句话便在我面前蹲下，没等明白怎么回事就将我揽到背上，蹭蹭蹭大步往前走，那么陡的山路，在他脚下仿佛平地，一点也不当回事。后来听母亲说，以前她在猴岗教书的时候，每次上山都要走半天。在她离开猴岗去夹坑时，老房东拉着她的手直叹气，说你走了这村里的小鬼们怎么办啊？谁愿意到这么高的山头上来教书啊？

母亲离开猴岗也是迫不得已，她在这个村子里教了三年书，到第二年就得了关节炎，膝盖痛得无法弯曲。住在猴岗的人大多患有风湿性疾病，并且不管大人小孩都是罗圈腿，这和猴岗的高山气候有关，村庄长年笼在云雾中，空气湿度大，很少见到太阳。

这样的地方其实是不适合人长期居住的，但是对茶树来说这里就是风水宝地了。也正是因为舍不得这么好的茶，人们才把家安在这里，世世代代守在这原本只有猿猴生活的高山之上吧。

春生在猴岗待了两年也得了关节炎，不过他这两年可没白待，不仅学到了制作猴魁的技艺，还把猴岗一个名叫兰芝的姑娘娶回了家。兰芝过门不久便从娘家带了一批茶树苗过来，春生说这茶树苗叫"柿大茶"，抗寒性好，是制作太平猴魁的最佳品种。

从采摘上，猴魁就比奎尖讲究得多，要赶大清早上山，在浓雾散去之前采摘。若是碰到雨天就不能采了，雨天的茶叶过湿，不能炒制，搁着又会发酵变色。大日头下的茶叶也不能采，茶叶经日头一晒就失去了水灵气，没精打采，制出的干茶也会逊色很多。

茶叶采回来后要"拣尖"，这是个精挑细选的过程，去掉瘦弱的、弯曲的、色淡和有虫眼的，只留下叶片肥厚、有光泽且茸毛细密的。经过"拣尖"后的猴魁鲜叶一律是两叶抱一芽的形状，枝条也像尺子量过般一样长。

接下来便是炒制了，先杀青，再捻揉，最后烘干。猴魁和奎尖的制作工艺最大的区别在捻揉这个环节。猴魁的捻揉里还有一道理茶的工序，就是把杀青之后的茶叶一根根整理成形，摆放在浸过冷水的布网上，放进特制的压茶机里，用滚筒来回滚动、捻压。

仅这一道工序的区别，就使猴魁和奎尖有了完全不同的外观。奎尖茶的枝条是弯曲的，叶子各自婀娜地分开着。而猴魁茶则像经过严格训练守在岗哨的士官，手脚并拢，腰板挺得笔直。

母亲回到召坑教书后,就没再去过猴岗,也没再见过待她如女儿的老房东。不过每年母亲会买一些布料糕点什么的,等兰芝回娘家时托她带给老房东。老房东也总是要回赠一两斤自家做的猴魁茶。

老房东家的猴魁茶被母亲装在一只四方形的洋铁筒里,放在家里最高的柜橱顶上,偶尔来了客人,母亲才拿一只板凳垫脚,从柜橱顶上取下洋铁筒。

母亲把洋铁筒放在那么高的地方是防止我和哥哥乱动,殊不知这样的防范反倒勾起了我的好奇心,家里没人的时候,就会想办法取下洋铁筒,掀开盖子看一看。洋铁筒的盖子非常紧,掀开时会发出"砰"的一声巨响,每次我都被这仿佛故意吓唬人的声响弄得又心慌,又兴奋。我总觉得洋铁筒里可能装着别的东西,比如桃酥、顶市酥、麻饼,我甚至已在自己的想象里看见它们,闻到它们特有的酥香。但是洋铁筒并没有给我变出这些来,在我费了好大力气掀开盖子之后,不由分说钻进鼻子里的味道告诉我,这里面确确实实是老房东家给的猴魁茶。

尽管没有想象中的美味,我还是被这股浓郁的茶香摄去了魂魄,为之沉迷。很多年以后,我仍然无法找到准确的词语描述这种香气,它只属于秘密的山林,属于春天有灵性的万物,属于上天赐予人间的神奇、喜悦,与无尽的抚慰。

不记得是哪一年开始,那只放在柜橱顶上的洋铁筒突然就空了。一年、两年、三年……它就那样空在那里,没有装进老房东家的猴魁茶,也没有用来装别的东西。

再后来,我家的三块茶山也转让给亲戚家采摘侍弄了。父母仿佛一夜之间变老,老得我不得不重新适应他们的模样。奇怪的是,当我试图回想他们年轻时的容颜,却怎么也想不起来,仿佛他们一直就是这个样子,这么老。

他们曾经爬过家乡最高的山,肩上还负着沉重的担子。如今,他们连自家的楼梯也爬不上去了。

去年回家,整理房间时,又看见那只洋铁筒,盖上落着灰尘,摆放在壁橱上。拿起它,用手托了托,很轻。我知道它仍然是空的,用抹布擦去灰尘后,出于惯性,还是掀了一下,"砰"的一声,随着盖子的打开,一股熟悉而又久违的味道扑鼻而来。

这么多年,空了的洋铁筒仍然还保留着很久以前的茶香,丝毫没有改变,仿佛是故意储存着这味道,等着我回来打开,与过去的岁月重逢。

几乎一瞬间,我被这股奇妙的醇厚香气运送回童年,回到背着小茶篓第一次采茶的时候,回到在灯光明亮的茶厂追逐、翻跟斗撒欢的时候——在香气里我又看见当年的父亲和母亲,腰板挺直,额头没有白发,也没有斑点和皱纹。

去郭村

瓦松之花

十月的最后一个周末,在郭村看见开花的瓦松。

徽州乡村,瓦松是常见之物,村子越是古旧,瓦松就越多,稍一仰首即可见到。

瓦松是住在徽州村落里的老灵魂。

十多年前,第一次在老宅荒颓的门楼上看见瓦松,就被其嶙峋之态所慑。灰色的,瘦枯的,又有一种倔强,仿佛不是草本植物,而是几百年光阴留下的一把骨头。

那时还不知此君的名字,问同行的文友,文友说叫瓦松,也叫无根草——她家老屋檐角就长着一排,似镇宅的灵兽。

文友说她小时候经常生毒疮,肿痛难忍时,母亲就搭个梯子,爬到屋顶,采几株瓦松下来,捣烂,给她敷上,不出半日,毒疮消了肿。

知道名字后,再看见瓦松,就亲切了很多,仿佛它们是我住在乡间的长辈,那些枯瘦、年老、眼角爬满皱褶的亲邻，与之相见，感到温暖，也有说不出的悲怆。

为什么会感到悲怆呢？也许是瓦松所生之处，皆是有年月有故事的角落，是曾经繁华而今寂寥萧瑟的地方。

郭村就是这样的地方。

郭村有八百年历史，是旧时宁国、徽州、池州三府交界之地，兴旺的时候，村里有十座祠堂，店铺毗连，商贾云集。

而今，祠堂的遗址还在，青石板的街道还在，日光与流水依旧在街道流动，往来的人影却极为稀少。

年轻人都出门了，去城里打工，只有老人留在村中，走在过去的石板路上，住在过去的老宅院里，守着日出日落，过着和几百年前一样的生活。

看见开花的瓦松，就是在一户老宅院门口的围墙上。

那围墙只比我高出一尺，踮起脚，额头能触到瓦松。

原来瓦松并不是灰色的，而是比瓦青略淡的碧青，叶片肥润，形似瓜子，花朵则是浅樱色。无数细小的花朵，聚塔而生。

将鼻尖凑近，深吸一口，闻到的是湿漉漉的水汽，接近青苔的味道，清凉，静谧。

分不清，这是瓦松花朵的味道，还是村落早晨的味道。

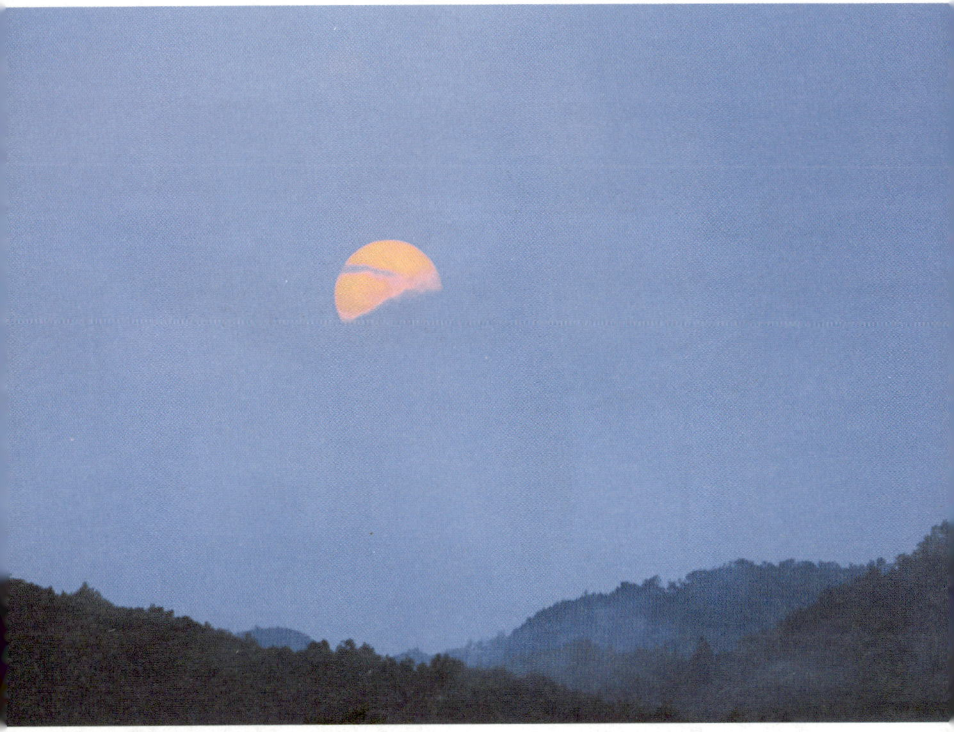

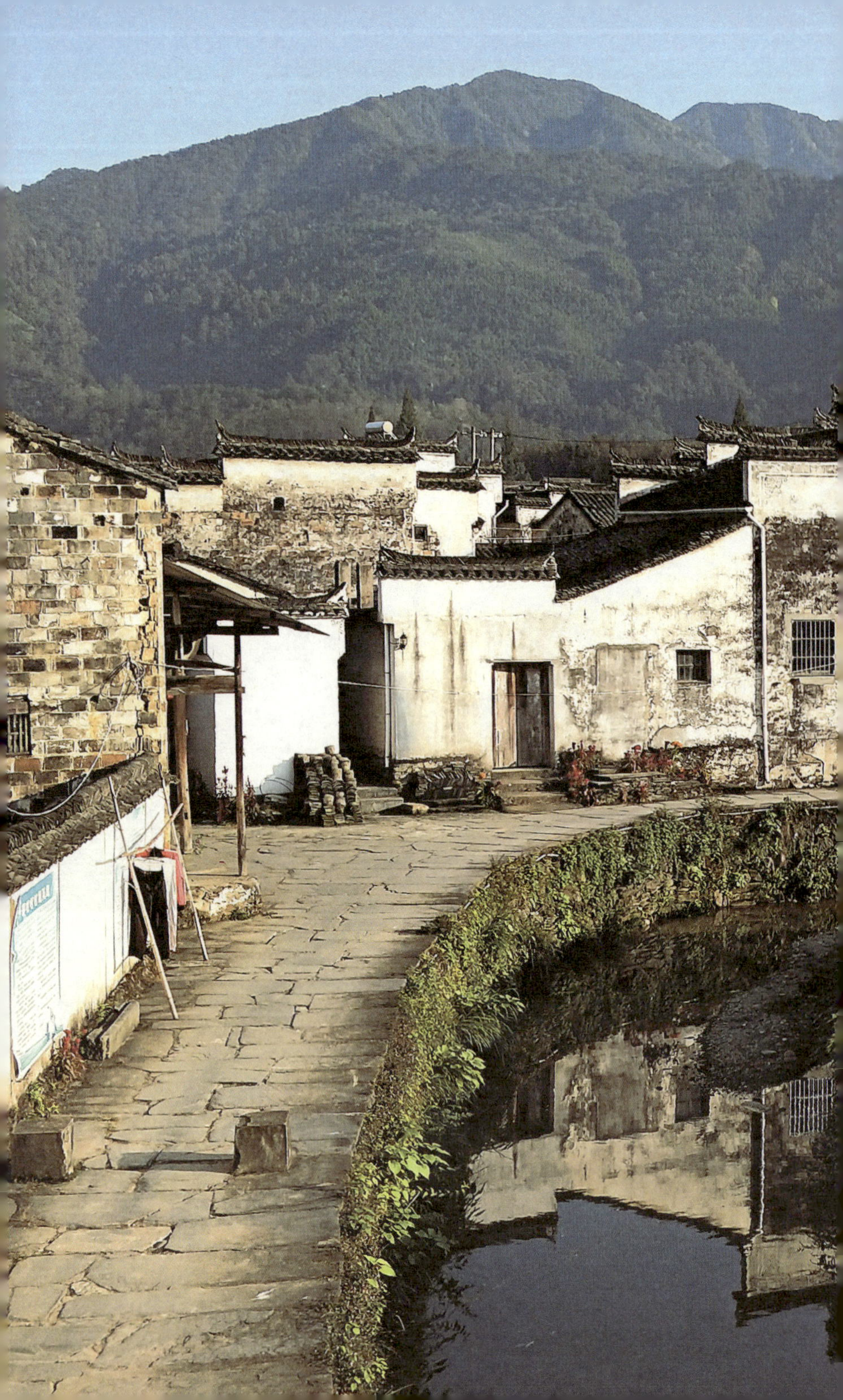

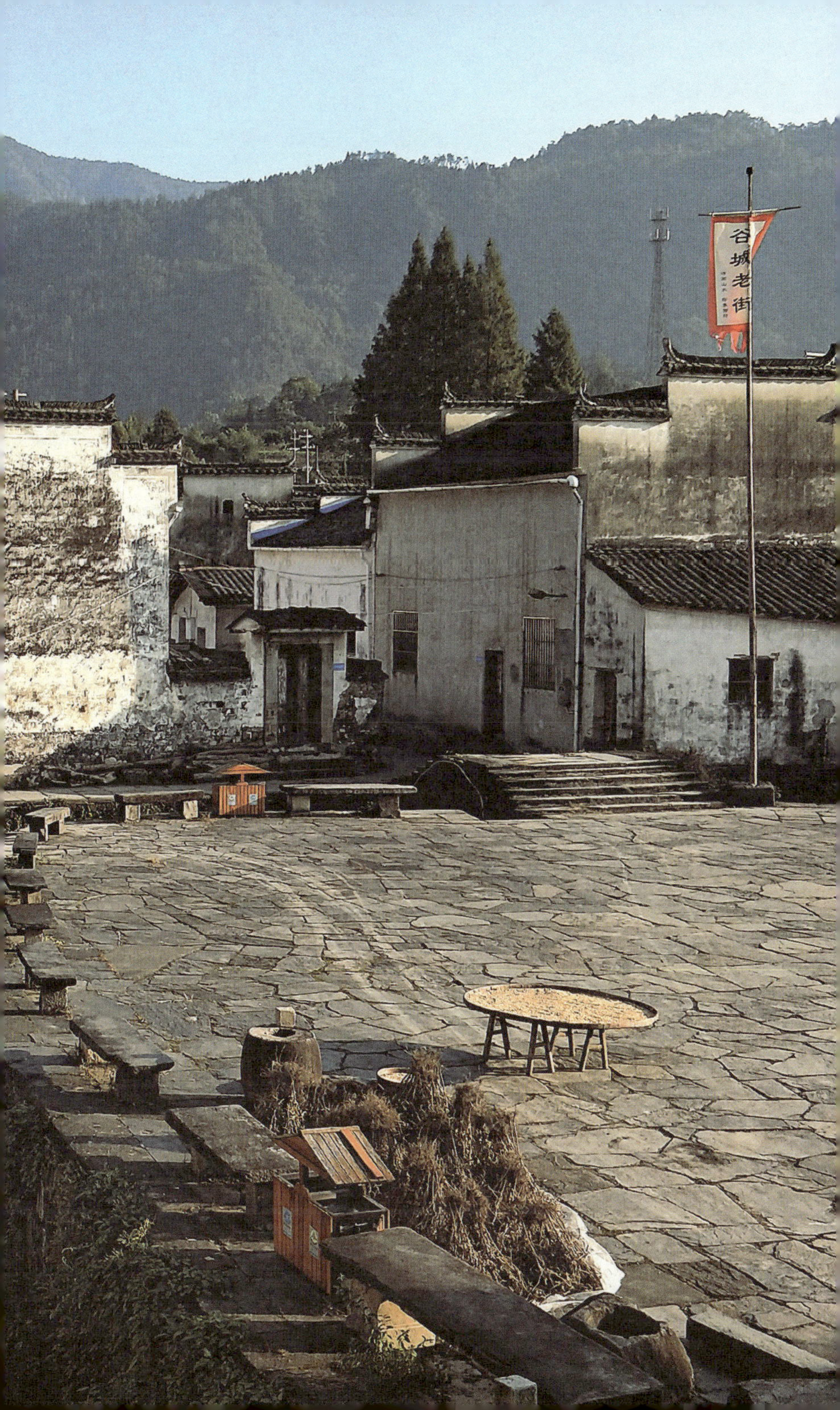
谷城老街

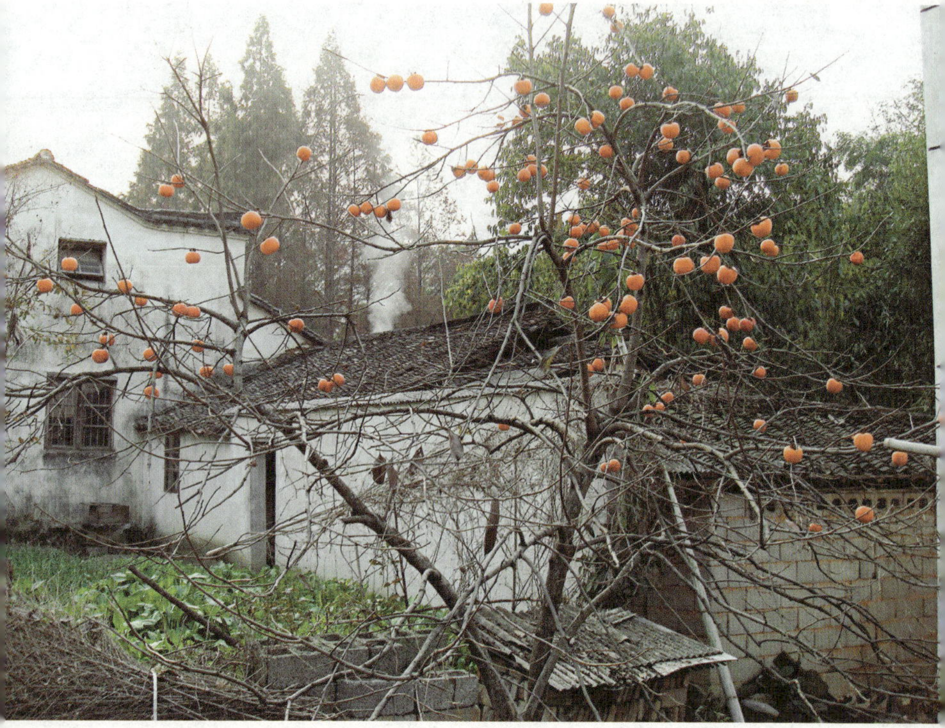

柿子红

郭村有不少柿子树。

在徽州，柿子树、枇杷树、石榴树，都有不少，巷子里走着，不出十步，就能遇到一棵。

这些树错落于村中，倚墙而立。

——也不能说倚，树与墙之间，还是留着一段空地的。

墙很高。徽州古宅的屋墙都是高的，灰白黑三色，内敛中透着高冷，视觉上容易予人压抑感。

好在有果树。

徽州人种果树不是为吃，没有人去摘那些果子。徽州人种果树是为看，一种住宅美学。

枇杷五月黄。石榴九月红。到十月，霜降前后，柿子也红了。

"霜降酿柿红"，这是古人的诗句。酿是一个缓慢而迷人的过程。柿子由青变黄，由黄转红，也是一个缓慢而迷人的过程。

关于红色，有很多种分类：大红、朱红、水红、橘红、杏红、桃红、玫瑰红、铁锈红、枣红、绯红，等等。

觉得还应该加入柿子红。

柿子红是怎样一种红呢？

"落日一样,饱满而沉坠的熟红。"我曾这样比喻。但还不够准确。再好的比喻,与实物总是有偏差的。

柿子红是红色之经典。没有比熟透的柿子更纯正的红了。

冷色调的古徽州村落,有了柿子红的点染,就有了暖意。即使村子里的人与房屋都在老去,只要房前屋后有一棵柿子树,只要有一树红红的柿果挂在枝头,从晚秋挂到初冬,挂到大雪纷飞之日,就还是有生气的。

路过的人,走在铺满枯叶的石板路上,感叹村落不可避免的衰败时,忽然看到一树柿果,在转弯处,那么红,心里会为之一动,宁静又柔软。

榖我士女

在郭村找不到一个郭姓后裔。

郭村的人大多姓林,世代以来皆是如此。这是有些奇怪的,既以林姓为众,为何不叫林村而叫郭村呢?

问村中年长者,年长者说,古时候这里并不叫郭村,而是叫榖城,改为郭村是嘉庆元年以后的事。

"榖"是生僻字,现在很少用了,只在古汉语中可见,通"谷"字,指两山之间的低地,是稻谷庄稼的总称,也有养育、生长、善美的意思。

年长者说过去村里有姑娘出嫁，会在陪嫁的器物上贴一副对子："榖我士女，宜室宜家。"

古时称此地为榖城是有原因的，因这里四面皆是高山，山下有千亩平畴大畈，盛产稻谷粮食。"村里兴旺的时候有一万多人口，光林氏祠堂就有十座，每座祠堂都设有私塾，供族中子弟进学。"

林氏并非这里最早的原住民，而是从福建迁移过来的。第一代林姓祖先带着族中十几口人，走到村南时，随行的一只大狗突然趴下，任主人怎么吆喝也不动。主人佯装弃它而去，那大狗仍是趴着，不起身跟上。主人觉得奇怪，这是以前从没有过的事，这只狗平日里脚前脚后，与他形影不离。

主人走了几十步，转身，向大狗趴着的方向望去，脸上突然放出光来，对往前赶的族人大喊，不走了，不走了，这里好风好水，留下吧。

这一留，就扎下了根。

年长者说林氏入村时，村里已有四种姓氏在此定居，田地多，人口少，彼此倒也相安无事。林氏族人繁衍得快，五代之后就成了村里的大姓，那先林氏而来的四种姓氏倒成了杂姓，又过了几代，村里就没有一户杂姓了。

"被林姓挤走了吧？"我问。

年长者笑着点头。

想起一种名叫"一枝黄花"的植物,这种植物的繁殖力特别强大,对环境的适应性也很强,头年在园中看见一两株,翻过一年,会发现园子已被它们占领,而原先生长在这里的花草却看不见了,仿佛消失。

植物之间是有争地之战的,动物也是,人更是如此。看不见硝烟的战争,较量的是生存力与繁衍力。

"在过去,林姓为了不让村里有外姓,立了很多规矩,外姓人是不能在村里落户的,生了儿子的人家才能分到耕地,儿子多田就多,娶媳妇可以是外姓,儿子一律不准入赘到外姓人家。"

忽然想起,"榖我士女"四个字,似乎出自《诗经》。

"叫榖城多好,为什么要改成郭村呢?"

"本地方言里,郭与榖的发音是一样的。榖这个字难写,现在也没几个人认得了,再说过去的城也没有了,以前那么多的东西,都没有了。"

年长者叹息了一声,转过身去。

观音阁

郭村是典型的徽州村落,村头有水口,村中有水渠,渠水沿街而行，一支周而复始的民谣，在日居月诸中低唱。

渠水清澈，可见游鱼嬉戏。村里人用水都在渠边，早上八点前是不能在渠里洗杂物的，尤其是上游人家，只可将水担回厨房，储进水缸。这是世代传下来的规矩。八点过后，日头骑上了马头墙，女人们这才可以把衣服端到渠边搓洗。

村里也有水井，一条巷子走到岔道就有一口，井水是专用来吃的。有了自来水后，井口就封上了。井口太浅，怕孩子追逐玩耍时落进去。

除了街道的渠水，还有一条清水河绕村而流，在村庄正中的石拱桥下与渠水汇合，向村西而去，灌入畈田。

郭村离黟县的宏村很近。从郭村流出去的水，不消一刻钟，就与黟县宏村流过来的河水相接。山水无隔，这是走在郭村的石板路上，随时可与徽州风物迎面相见的原因吧。

郭村至今仍有一座保存完好的桥上楼阁。

在徽州常见这样筑有亭台楼阁的古桥，多为砖木结构，有游廊，有花窗，或单层，或双层。

在桥上筑起亭台楼阁，是为了给行人一个暂避风雨和歇脚观景的地方。徽州属亚热带季风气候，湿润，多雨水，尤其春夏两季，天气变化更是无常，前脚出门还晴着，后脚出门就下起雨来。

徽州人将这些桥统称为风雨桥、廊桥。每座桥也都有自己的名字，比如歙县许村的双孔廊桥，就叫高阳桥。

郭村的这座桥叫观音阁，双层，建于清嘉庆年间，与林氏祠堂遥遥相对。

既然叫观音阁，当然就有观音菩萨的佛堂。佛堂在二楼，朝东一排跑马廊。日出时，第一缕光刚出山，就穿廊而入，如同一只金雀，收拢羽翼，落在佛堂的地面上。

观音菩萨的佛像在佛堂中间，从佛像的视线望出去，可观村头的山峦、村中河水，与一排排高低错落的马头墙。

将观音阁建在桥上，也是为了镇守河流，护佑村庄风调雨顺。

说来也怪，自从有这观音阁后，村里的水渠与河流从没有干涸过，也没泛滥过。而之前，村里是发过大水的，水漫过渠道，冲破堤岸，冲毁桥梁，淤塞了河床。

观音阁与村中河渠，是洪水退去之后，村民捐银修建、疏通的。

在观音阁里，至今仍保留着一方两米长的石碑，上面刻着捐银者的名字，有数千位，都是林氏族人。

禁碑

观音阁里竖着好几方碑刻。

徽州碑刻常见有三种，一为功德碑，一为墓碑，一为禁碑。

从禁碑中，可管窥当时的民风。

禁碑就是乡村公约，由族长耆老商议制定，刻于石碑，立在祠堂、村口和山边田头。

徽州多山，山高则皇帝远，治理村庄，维护一方水土的安稳，还得依靠乡间贤达人士，依据本地实情，立禁令，树规矩。

为什么要把禁令刻在石碑上呢？为什么不写在纸上，张贴在祠堂或村头？刻石碑多费力啊，要请匠人去山中采石、割石、磨石，磨得光滑如镜，才可在上面刻字。这刻字的过程中不能出丝毫差错，因为不能更改。

还是一种郑重吧，写在纸上虽便捷，却是轻飘飘的，容易破损。而刻在石碑上就不一样了，石碑的厚重本身就是有气势的，刀刻上去的字，加深了禁令的持久性和威慑力。

一方禁碑立在村口，就是立着一尊端正肃穆的护法神。

禁碑的内容有简单明了的，比如"春笋禁挖，违者重罚"，也有之乎者也洋洋洒洒如一篇训诫长文的。

这两种文风的禁碑观音阁里都有，虽经历风雨侵蚀，字迹难以辨认，但大体意思还是能领略的。

比如一方石碑上刻着："永禁××垃圾，违者罚银三两。"那永禁后面看不清的字迹应当就是"倾倒"了。

比如另一方石碑刻着："稻麦两季永禁烟酒粿糖僧道游唱等项下田……"

此碑有约莫一半的字迹磨平，还是可以猜出七八分意思来。种收稻麦，在农家是大事，关乎一年的收成，这时若有卖烟酒粿糖的商贩不断到田里去吆喝，则会扰乱人心，尤其原本就好烟酒的人，忍不住沽酒来喝，喝得醉如烂泥，岂不耽误农事。至于僧道游唱在此时不准下田，恐怕是出于避讳吧——在世人眼中，这些都属于"不发"的人，在种植生养上，不能带来好的运气和兴旺之兆。

还有一方禁碑，字迹清晰，篇幅也长，约有两百字，细读几遍，心里有说不出的喜欢，恨不得拿纸笔抄下来。

这实在是一篇好散文，文辞优美，理情兼具，更难得的是，它所表达的，在当下看来毫无时代的隔膜，仍有棒喝之效。

碑文的意思是：林氏自宋朝告别故土，举家迁往此地，聚族而居已有八百年。村庄背后的来龙山上，先人曾种下大片的树木，培育成林，是为了荫庇阳宅。有树木的地方才有水，有水的地方才能更好地繁衍子孙。树木长成后，从没有人上山砍伐，因为那是先人亲手所植，砍伐它们就是对先人的冒犯，即使是被雪压倒，被风吹断，被雷电劈开,也要让它们留在山上,靠自然之力修复、重生、发出新枝,或慢慢腐烂,变成泥土,滋养其他的生灵。但是现在,村里有无知之辈,带斧持刀入山,窃取木材,损毁山林,如果再坐视不理,必将有更多人纷纷效仿,祖先留下的福地将迅速毁于贪婪,而后辈也将因此遭遇无妄之灾。于是邀集各位乡绅族长,在一起商议,制定禁令,自此日始,倘有内外人等仍重蹈故辙,一经查明,或通族议罚,或禀官究治,决不徇情。望各人自爱,不要为自己和子孙留下罪恶与羞耻。

禁碑的落款是"光绪叁拾贰年嘉平月吉日縠城林氏公具"。

来龙山

多年前曾遇到过一本书,《给每一座山取一个温暖的名字》。

怦然心动,为书名。

这么好的书名,作者是怎么想出来的。

后来才知道,这书名出自海子的一首诗。

这大地上的每一条河每一座山都是有名字的。而让我们念念不忘,想起来就感觉温暖的,只是故乡的山。

当然，并不是每一个人的故乡都被群山环抱。除非生在徽州，或者说生在皖南。

皖南每座村庄都背倚一座山，山势或如屏风矗立，或如莲花低开。

郭村背后的山更像一棵大树，村庄房舍则如树下簇生的一朵朵蘑菇。

从禁碑上得知，郭村背后的山叫来龙山。

这名字一听就是有来历的，藏着一个古老的传说。但我无意探寻来龙山名的传说。我想探寻的，是一条上山的路，想沿着山路爬到山顶上去。

到山顶上去做什么呢？

为什么会有这样的念头——要到这山顶上去，这山有什么在吸引着我？

生在皖南的人，一生必然要走很多山路，翻越很多山岭，有时出于必须，有时出于好奇和征服欲。但并非每见到一座山都想登上去，更多的时候，我还是喜欢在山谷中无目的地漫游，没有登顶的愿望。

或者是来龙山的古木吸引了我。

几年前，第一次与同伴途经郭村，目光就被这山上的古木拴住。我认得其中的一些，银杏、枫香、槭树、无患子、乌桕、水杉、黄檫，每一株都是一个巨人，身着华服，怀抱焰火，任其长久燃烧，寂静又热烈，将村庄的马头墙和天空烧灼得如同红海。

我与同伴定在那里，动弹不得，只听见心口噗的一下，也蹿起火苗，随之一阵痉挛，像一个很久没有进食的人面对盛宴，有几乎导致晕眩的饥饿感，然而又是幸福的。

之后又来过几次郭村，在不同的季节里，每次都会对着山头张望，寻找那些古木，却再也没有寻见。这使我生出疑惑：第一次看见的是真实场景吗？还是我的记忆移花接木，将别处见到的移到这山上？

也许是我来的季节不对。落叶乔木，只在晚秋初冬时才会转色，变红或变黄，之前都是深沉的绿，若不走近是无法辨出它们的。

我想上山，是想寻找第一次看见的那些古木吗？如果爬到山上还是没有见到，会怎样？

那么我会对自己的记忆彻底怀疑。会怀疑自己之前经历的，看见的，写出的，它们的真实性。

事实上，"真实"这个词，就是值得怀疑。

每个人的记忆都是经过加工的，是不由自主的"罗生门"。两个人或三个人经历的同一场景，同一件事，经年之后，各自的叙述会大相径庭，你又能说哪一种叙述不是真实的呢？

沿着来龙山的山脚,走了两个来回也没找到上山的路。

向村里老人打听上山的路怎么走。老人愣了一会儿,摇头说没有。"以前是有路的,好久没人走,给草埋掉了。"

以前山上不仅有路,还有田。老人说。

村里人口多的时候,田畈种满了还是不够吃,就去山上开荒,砍掉树,掘出根,将牛赶上山,犁地种苞谷。

就这样粮食还是不够吃,村里人不得不往外跑,去外地谋生路。

再后来,来了太平军,不停地打仗,和清军打,和乡勇打,打来打去,到后来清军和乡勇,一个个都成了强盗,进村就杀人放火,趁火打劫,那以后村子就败落了。

这事并不遥远,也就是十九世纪中叶的事。

但凡战争,不论内外,遭遇涂炭的都是百姓。太平军在皖南和清政府打了十年,十年后,皖南人烟荒芜,处处断壁残垣。

"人少了,地也就荒了,山上的地更是没人种,树慢慢又长了起来,长成现在这样。"老人说。

"后来再没人上过这山吗?"

"也不是,几年前我还上过山的,后来摔了一跤,把腿骨摔折,孩子们就不准我再上山了。"

老人说他的儿女都在城里工作,在城里安了家买了房,平常也没空,只在过年时回来。"村里人家都是这样,孩子大了就飞走了,剩下的都是老弱病残。"

老人的语气里有几分落寞和自嘲,面容却是舒展的。孩子们变成城里人总是好事,给孩子读书上学,不就是巴望他们跳出农门吗?

"你是想到山上找龙洞吧?传说龙洞里藏了很多宝物,是太平军藏进去的,很多人找过,把命丢了也没找到……这山上有个大碉堡,我年轻时常爬进去,在碉堡里能看见进村和出村的路口,看见村西的大田畈和杨梅溪……"

我微笑着摇头:"我不是来找龙洞的,没有路就算了,不上山了。"

我放弃了想上山的念头,即便有路也不想上去了。

龙洞、宝物、碉堡,这些是我之前所不知的,它们或许有,或许没有,闻者不必探究真伪,更不必生出虚妄的贪念。人有格,讲究体面,山也同样如此。面对一座山,允许它保留一些神秘感,隐藏一些不为人知的所在,不去冒犯,就是对山的尊重吧。

老人,老宅,老故事

村里老人很善谈,也和气,见我把相机镜头对着他们，会摆手，说人老啦不好看，脸上还是和气的。

村里老人吃饭时会端着饭碗坐在巷子里。晒太阳、乘凉，也是靠着墙根坐在巷子里。从巷子另一头过来一个人，会站着聊两句话，如没急事，就在一边的木凳上坐下来，慢慢聊。

来了外地人，从巷子里经过，老人会问：谁家的亲戚啊？有时也不问，笑眯眯地看着你，仿佛你原本就是这村里的人。

村里的猫啊狗啊，都有点憨，见了陌生人来也不认生。猫自顾卧着，眯眼打盹。狗三三两两，在街上追逐，其中一只略警觉些，朝来人叫两声，很快又贴上来，一会儿左，一会儿右，故意让尾巴蹭着你的腿。

村里的宅门大多是老木头做的，门上有铜锁钉、铜锁环，也是老的。门开着，站在门口，听到屋里有说笑声，进屋后又看不见人——原来是电视机开着，屏幕里坐着几位明星，说笑声是他们的。

徽式老宅，刚走进去总是眼前一团黑，站定了，闭眼，再睁眼，才能看清屋里的陈设：厅堂正中是八仙桌，两边是圈椅。电视机就在八仙桌上。

八仙桌后有个长条壁桌，壁桌上摆着老式座钟、煤油灯、官帽瓶。

壁桌后是壁板，将前厅与厨房隔开。壁板上必然是要挂着中堂画的，"松鹤延年图"或"牡丹富贵图"，两边是红纸写的对联，过年时贴上去的。

中堂画的边上还有大相框，和对联紧挨着，相框里有不同时期的全家福，也有老年人的单人照，新人的结婚照，婴儿的百日照。黑白泛黄的，彩色的，都在里面，相似的五官，相似的神情，只有服装的样式是不一样的，发型也不一样。

离八仙桌不远的地方有半人高的木火桶。徽州人是离不开火桶的，老人更是离不开，到了冬天，把盖了灰的炭火盆摆进去，人再偎过去，从早到晚地偎着，暖烘烘。

过了冬天，火桶还是在原地摆着，仿佛生了根，只不过没有炭火了。

更老一点的徽式宅子是有天井的，还有画窗和阁楼。郭村这样带天井的老宅已不多了，也不再住人，空在那里，里面堆着些乡间常见的物什：做茶叶的器具，耕田种地的器具。

村里老人说带天井的老宅原本很多的，在他们小时候，这街上两边三进的宅院、五进的宅院，都有大天井。

"过去的郭村可比这大多了，有东西南北四个门头，街道能跑马，逛完整条街要磨掉一层鞋底。你现在看见的郭村，不过是过去郭村的东门头。"老人说。

村头就有一栋带天井的老宅，宅子门口的对联很有意思，上联"农业学大寨"，下联"要斗私批修"。

一看就是二十世纪六十年代的遗迹。

对联是写在墙上的，字体匀称，还画了稻穗图形做装饰。可见当年执笔的人花了一番心思，是把这当作艺术品来写的。

宅子的门楼虽损坏得厉害，雕刻的人物鸟兽被抠去不少，也还能辨出些轮廓，看出主人建宅时的讲究。

在我仰头观望门楼时，从对面巷子里走出一位矍铄老人，见到我，说你进去看吧，不要紧的。

老人说这宅子有近两百年了，建宅子的人是律师，曾给李鸿章打过官司。

"这宅子的主人叫林泰安，但他真姓戴，假姓林。"

一时没听懂老人话里的意思。不待我问，老人清了清嗓门，接着说道：

这家人的祖上原是衰落的，三代单传，生了个儿子，却从小就是个病包子，父母托媒人说媒，娶了个邻村戴姓姑娘做媳妇。媳妇过门没多久，病包子就死了。翻过年媳妇生了个男孩，坐完月子被她娘家人接走，在娘家一住就是三年。三年后，媳妇带着林泰安回婆家，婆家人也没觉出什么不对劲,过了几年,林泰安就进私塾里读书去了。

林泰安天资好,别人花几天弄懂的,他半天就通了,私塾先生对族长说,这孩子是人中龙凤,将来能做大事。

林泰安性子强,爱打抱不平,村里人打官司写状纸老找他,也真怪,别人写状纸,官司打输了,再请他重写状纸,官司一准能打赢。

林泰安给人家写了不少状纸,得罪了一些人,后来就有人给族长传话,说他不是林家后代,而是他母亲娘家的人,是戴家的子孙。

这还了得,族长派人去查,还真是这样,原来,戴姓姑娘生的小男孩,刚学会走路就死了——外婆把刚烧开的水倒进澡盆,小男孩好奇,在盆边爬着爬着就掉进去了,等外婆发现已来不及。小男孩死了,这事让林家人知道可了不得,三代单传,儿子没了,孙子又没了,准要带族人打闹上门来。没办法,只能把这事压下去——拿戴家的孙子,也就是戴姓姑娘的侄子冒充她儿子,带到婆家。

过去这么多年,林家再去戴家闹事也没意思了,但宗族规矩放在那里:外姓男丁不得入林氏族谱,不得进林家祠堂,不能分田分地。这事也不能就这么算了。

好在林泰安自己争气——也是他的天命,在村里是没有立足之地了,就只有考功名。

林泰安出人头地后，回村做的第一件事就是建宅子。那时有个规矩，不论谁家建宅子，屋檐都不能高过祠堂。林泰安偏不守这规矩，把宅子建在祠堂边，屋檐也比祠堂高出一大截。

他这是要出一口气，也是要争一口气。林氏宗祠将他的名字从族谱除去，又没收了他名下的田地，让他功成名就也还是入不了祠堂，不能认祖归宗，也确实够憋屈的。

老人说到这，又指给我看老宅一边的空地，说那地方原来就是林氏祠堂。

"祠堂怎么没有了？"

"不止祠堂没了，好多老房子都没了。房子和人一样，人要进气和出气，房子也要进气和出气，这样才能活。"

老人说林泰安的孙辈们都在外地，很少回来，就托村里人看护这老宅，白天开门通风，夜里将门关上。

"这村里早先有不少好东西的，我小时候还见过，现在的孩子是见不到了。"老人叹道。

剃头铺子

观音阁往东走三十步，就是剃头铺子。

铺子前面是青石板路，路边是河。

河对面是广场。村里人家晒衣服,晒被子,晒田里收获的庄稼稻谷,都在这广场上。

剃头铺子是郭村老街唯一的店铺。

不记得剃头铺子的招牌,或许没有招牌。就这么一家店铺在这里,做的是村里老客的生意,要招牌做什么呢。

剃头铺子门口搭了个廊亭,两根长条原木,一左一右,是给人坐的。

剃头铺子的生意也不忙,有时半天没人光顾。但门口廊亭里总是有人坐着,天冷时坐在有太阳的地方,天热时坐在阴凉的地方,说一些家长里短。村里来了什么人,走了什么人,发生了什么事,坐在廊亭里都能知道,都看得见。

剃头铺子的门面很旧了,店铺里的陈设也老旧,二十世纪国营理发店的样子,比那还要简陋,只有一个转椅。

转椅也是老的,老到可以进博物馆,看着又有说不出的亲切。小时候,跟随母亲去街上理发,坐的就是这样的转椅,有点脏,又极舒服,椅背可以放下来,让人仰躺着。

这剃头铺子里奢华的物件就是镜子,嵌了半面墙,给店内增了不少亮度,添了几分生气,镜前的器具虽也陈旧,看上去也还是亲切的。

镜子一侧挂着个尺长的皮子,泛着油光,剃头前,老师傅要将剃刀的锋刃在上面刮几下。

小时候最怕听剃刀刮在皮子上的声音，一听就心里发毛，鸡皮疙瘩都站起来了。更怕剃刀挨着后脖颈，怕得想哭，又一动不敢动。

剃头师傅的头发花白，却不显老，可能是不下地干活的缘故，也可能确实还不老。剃头师傅的话也不多，你进店，不主动问话，他也不会开口问你，不像城里的理发店那么热情，一进门就上前招呼你。

剃头师傅只顾干自己的活，眼睛盯在顾客头上，很专注的样子。顾客跟他说话，他就回话，说的是方言，外地人也听不懂。

外地人进店，若是拿相机拍来拍去，剃头师傅也不阻止，目光还是放在顾客头上，手脚因麻利而显出从容的气度。

我去过郭村多次，每次都要在剃头铺子里坐一会儿。这剃头铺子里的光线、陈设、气味，让人恍惚，有时光倒流的感觉，仿佛进入一部老电影的场景。

有次去，剃头师傅不在，店铺里空着，没有人，就往后面的院子里走，边走边问可有人，这时出来一个胖胖的妇人，问我找谁。

后来知道，她是剃头师傅的妻子，外村人，嫁过来四十多年了。

她丈夫从小跟着父亲在这店铺里学手艺，学成后就接手这店铺,一直做到现在。"早些年村里人多,一天到晚忙不过来,喝口茶的工夫也没有,现在村里人少了,一天挣不了几个钱。

"生意不好,还得把店开着,村里年纪大的人,一辈子都在我家店里剃头刮脸,没有这店,剃头就是个麻烦事。

"这村里过去有很多老店,做糕饼的,弹棉花的,做油纸伞的,打铁的,酿酒的,做豆腐的,都有。现在只剩下我家,也开不了多久了。"

妇人说她丈夫长年站着,腰肌劳损得厉害,一发起病来就直不起腰。

"收一个徒弟嘛,开了这么久的店,不能不开下去啊。"

"也收过徒弟,手艺学到手就走了。后来的年轻人根本就不来这学徒,嫌我家那人手艺过时,老土了。"

一时不知该说什么。

妇人很淡然。她的孩子都大了,在城里工作,收入也不错,每月给家里寄钱,这店铺不开也没什么关系。

倒是我,心里有说不出的失落。

这是一个新旧更替的速度超乎寻常,使人稍不留神,就在熟悉的地方迷路的年代。但是一个村庄,无论如何变迁,都得留着一些标识,留着一些老树、古塔、老房子、老路、老桥和老店铺。如果这些都渐渐消失了,村庄就只是村庄，而不是与一个人骨肉相连的故乡了。

为何去郭村

不记得去过多少次郭村，也不记得最早去郭村是什么时候。我的记性一直是差的，又没有方向感，一条路走上十次，于我仍是陌生的路。

这没有什么不好，算不上缺点，甚至是优点，使我对到过的地方，看见的东西，总是怀有新鲜感。

为什么会一次次去往郭村呢？郭村不是我生活过的地方，没有留下我的童年往事，去那里显然不是出于怀念。郭村也不是徽州古村落的标本，与离它不远的村落——宏村、西递相比没有特别之处，更没有广为人知的名气。

郭村是一个被时光遗忘的地方，寂静，冷清，又荒芜。

也许就是这冷清和荒芜打动了我。这是很有可能的，我向来偏爱冷清胜过繁华。唯此能让我生出亲近，愿意走进去，长久驻留。

在郭村看见的生活虽冷清，却是乡村生活原本淳朴的样子，闻到的也是原汁原味的乡土气，没有混入人工香精，被商业化篡改。

如今太多的古村落已失去了这些，就连日常生活场景也是可疑的。在那样的村落里，一切都像电影布景那样正确、妥当，却不能让人信服，从内心生出家园的亲切感。你明确地知道，置身的地方不过是一个景区，而你的到来不过是扮演游客。

在郭村，我没有过游客的感觉。

在郭村，我觉得自己是一个从远方回来的孩子，可以与遇见的每一个老人聊天，可以走进任何一扇开着的门，讨一杯茶水，再用相机拍摄那些落着灰尘、破败、陈旧，却能让人眼前一亮，心生暖意的器物。

——想起来了，为什么我会一次次来到郭村，就是缘于那些器物。

石磨、锅炝炉子、狗气死、竹茶桶、蓑衣、草鞋、板车、饭甑、茶箩、双喜罐……这些器物早已失去了制作它们的匠人，日常生活也很少再使用，难以看见，而我在郭村看见了它们。

它们就在路边，漫不经心搁置在那里，仿佛等着主人，随时将它们领回。

它们唤起了我掩埋很久的乡村生活记忆。

我开始拍摄和书写这些老器物，写了整整一年，而拍摄的时间更长。

如今我闭着眼睛也能知道郭村的样子。每一条巷道，每一座房子，每一棵树，都清晰得如同自己的老家。

记得这些是因为我拍摄过它们。

一个缺失好记性的人，随身携带相机，拍摄下眼见之物是必要的。拍摄会帮助人去看见和记住，哪怕拍的是一片树叶，也会记住它与另一片树叶的区别。

在郭村我也拍过一些人，并因此记住了他们的模样。再次去郭村，路上遇见会有特别的亲切感，仿佛他们是我住在乡下的亲人。

有些老人遇见过多次。也有一些老人，后来再也没有遇见过。

春节记

1

年前,有友约写"记忆中最难忘的春节",接题后迅速在记忆库里搜索,没搜出什么名堂——所有的春节如出一辙,面目模糊,像一本翻烂却想不起细节的书。

到截稿日,终是未落一字。

记忆是一只有限量的杯子,只能装下那么多。对一个习惯性健忘的人,装下的还会更少。我说自己健忘,并不使人相信,能把小时候的事写得那么细致,能是健忘的人吗?我也觉得奇怪,一些以为忘记的事,走到笔下就会清晰。记忆是未冲洗的胶片,而写作是使它纤毫毕现的显影液。

写作能帮助一个人记忆。这是我写作的原因之一。但我写下的那些往事,有几分真实,几分想象,自己也分不清。

难忘的春节还是有的,十六年前,侄儿出生的那个春节。

侄儿腊月末尾出生,从陪嫂子进医院产房那刻起,有一周时间我没有睡觉,合上眼也是浮在睡眠的浅海,不敢往深处去。

在本地的风俗里，照顾产妇和新生儿是家中长辈的事，但我母亲的手有震颤的毛病，越紧张震颤得越厉害，看得人心里也跟着打战。

母亲说，还不都怪你爸，这手打战的毛病都是他气出来的。

我哥想请姨妈过来帮忙，被我拦住了——姨妈家也有许多事，脱不了身的。我跟我哥说，这样，你来照顾嫂子，宝宝让我来管吧。

在侄儿之前我从没照顾过婴儿，不敢伸手去抱那肉乎乎的一团，直到侄儿落地，才笨拙地承担起这些，没有经验，也没有人指导，就直接上阵了。我努力让自己镇定，面无惧色，心里却紧绷着弦，承受着沉重的心理压力。这压力是自己给的——一点也不能出差错啊，给婴儿洗澡时不能弄湿肚脐，喂水时不能呛着婴儿，打襁褓要手脚利落，不能让婴儿着凉……

春节前一天，嫂子出院回家坐月子，婴儿安稳地睡在她怀里，我终于可以松口气了，就去浴室泡澡，不知是过度疲劳，还是泡澡的时间过长，在我穿好内衣准备出来时，突然浑身绵软，连推门的力气也没有。

我明白自己是脑缺氧，拼着最后一点力气，将浴室门打开一条缝，蹲在门口，使劲呼吸，不知过去多久，恢复了些力气，跌跌撞撞冲进嫂子房间，一头栽在床上，遭电击般抽搐起来。

嫂子不知道出什么事了，带着哭音喊："快来人！快来人！"睡着的侄儿惊醒，也扯着嗓子哭，楼下的人听到喊声和哭声，赶紧跑上楼。

后来嫂子告诉我，她喊快来人的时候，楼下的人以为是婴儿出了事，父亲吓得脸都变形了。

邻居喊来救护车，我被送进医院。在车上的那几分钟是几天来最轻松的时刻——一个需要别人来照顾的人，不用去承担什么了。

但这轻松维持的时间很短，进医院后，我差不多已恢复，一瓶水还没吊完就要求护士拔掉针管，自己走回了家。

侄儿如今已是一米七八的小伙子了，很难把他和那个让我手足无措，却不得不硬着头皮照料的婴儿联系在一起。过去这么多年，我已不再记得他刚出生时的面孔，只记得他的两条腿又细又长，每次换尿布时都得拎起来。

2

今年春节侄儿没再缠着大人为他买烟花，对于街头射气球、套娃娃的游戏也显得兴味索然。而去年我们还一起玩过这游戏。

这个变化，是否意味着他正在过渡为成人？

孩子转变为成人是必然的事，也是有些悲哀的事，从此他的世界会越来越现实、严酷、无趣。他的时钟也会越来越快，日子飞速更替，难以分辨。

自侄儿出生后，我家就没有在乡下过过春节。每年春节前半月，父母会将乡下的房子锁上，进城，过了元宵节再回乡下。不止我家，村里的很多老人都是这样，平常住在乡下，过年时进城，与子女团聚几日。若老人不愿进城，子女们就回乡下，吃个年夜饭，住一晚再回城。

我是宁愿不在乡下过春节的，这样就不用挨家挨户地拜年，少了繁文缛节的事，也就多了清净和自在。说起来有些惭愧，我特别怕拜年，连"新年好"这句简单的话也总是说不出口，说出来也是别别扭扭的，不自然。为了避免说"新年好"，正月初一我尽量不出门，但我家厨房在楼下结构层，吃饭时是必须要下楼的，难免要遇见邻居，遇见了就得迎上笑脸，说"新年好新年好"，对方也会笑着回一句"新年好"。

每次说过"新年好"之后，都如释重负，好了，下回遇到就不用再说了。

在城里过春节的另一个好处是，不用整天待在父母身边,吃过晚饭,我就可以回自己的住处,第二天上午再过来。

我需要有自己独处的时间,不用说话不用听,安安静静地待着。而和母亲在一起,我就必须要做一个听者,把我的耳朵交给她。母亲太需要有一个人听她说话,说很久以前的事,而我就是那唯一的,顺从而又沉默的听者。

母亲的记忆是有选择的,她只选择记住伤害性的,疼痛阴冷的,就像某一个阶段流行的伤痕文学。她年复一年反反复复说的只是这些,把心里的旧伤疤揭开,指给我看,却不记得我早已看过无数次。

早些年我还会劝解她,过去那么久的事,还放在心上,用回忆一次次伤害自己,何苦呢?多一些遗忘和原谅,对自己也是解脱。然而这些劝解对我妈是没有用的,还会引起她的恼怒。她不需要劝解,她只需要一个"听话"的人,认同她的苦难,陪着她反刍。

没有人能改变另一个人,哪怕那个人是你的亲人。但你可以把你的亲人当作一面镜子,你用这面镜子对照自己,避免成为有相同弱点的人。

后来发现,不只母亲对伤害、苦难有偏执的记忆,她那一代的人大多有这种趋向,以受害者自居,以痛苦为食,仿佛唯此才能激活心中的能量。

我的记忆也是有选择的,对于过往岁月里的事,只记住能给我光亮和暖意的，自动拦截那些与之相反的，当它们从不存在。我还会创造记忆，柔化记忆，特别是小时候的事。我知道这也是不对的，尤其是书写它们的时候，但我愿意用这种方式，让自己拥有一个尚且有趣且温暖的童年。

3

我的春节算是比较清闲，厨房里的事有父亲和嫂子，打扫除尘的事有我哥，需要我做的事只有两件，一是给母亲洗头，二是陪母亲去姨妈家拜年。

给母亲洗头是从哪一年开始的？不记得了，有五六年或更久。母亲不喜欢进城，最大的原因就是各种不方便——洗头洗澡不方便，进出门换鞋不方便，爬楼梯不方便，上街走路不方便。一到城里，她就觉得自己成了无用的人，甚至连自理能力也丧失了。

母亲洗头有个习惯，要先坐在阳台上篦头，竹制的篦梳油红发亮，用了几十年了，细而密的齿，贴着她的头皮，一下一下慢慢地刮，很有仪式感。差不多篦半个钟头，母亲才说，好了，可以洗了。

洗头的时候母亲站着，微弯着腰，双手扶着盆沿，头低下来，伸向洗脸盆。我站在一侧，一手托住她的额头，一手抓揉她的头发。

我喜欢给母亲洗头，这时她是安静的，依顺的，不再抱怨这抱怨那。母亲也很享受我给她洗头的感觉，说我的手抓揉的力度正好，比理发店里洗得舒服多了。

最早给母亲洗头时，她的头发浓密，白头发也不多。现在，她的头发稀疏可见头皮，几乎全白了。

洗好了头发，母亲会进浴室洗澡。母亲洗澡是不用我帮忙的，为她放好热水，开好暖气，我就出来了，但我不敢离得太远，对母亲说，我在客厅，有什么事就喊我。

可能是自己出过事故，心里有阴影，一到冬天，家人进浴室洗澡时我就会不安，一再叮嘱他们，不要把门关紧，不要在浴室里待得时间过长，感到胸闷就赶紧出来。

年前母亲洗澡时，我像以往一样，替她放好水就在客厅坐着，一边看书一边等，不知道过去多久，听到母亲喊我名字：丽敏，快来。

赶紧丢开书，冲进浴室，母亲在浴缸里坐着，浴缸里的水已经放干了，母亲无助地望着我，说快来拉我一把，我自己爬不起来。

没想到人老得这样快，半年前在这浴缸洗澡还爬得起来，现在就不行了，两只手不得劲，一点力气也没有。母亲显得很沮丧——被岁月彻底击败的沮丧。

走出浴室后母亲不停感叹着自己的衰老。我端过一杯水，让她喝下去，说等过完年就把这浴缸换掉，换个老人专用的，可以安放座椅的。

4

正月初二是已婚女子回娘家的日子。嫂子娘家在泾县，兄弟姐妹多，从初二开始，她就要轮轴转地给娘家亲戚拜年，哥哥和侄子一同前往。

初二这天母亲也会出门。对母亲来说，她的姐姐就是她的娘家。

从我记事起，给姨妈家拜年就是春节最隆重的事，也是一年里最为明亮的日子。母亲会穿上她在年前做的新衣服，头发梳得整齐，刘海用别针卡着，胳膊弯里挎着竹篮，篮子里装着土产和糕点。我和我哥也穿着新衣新鞋，小兽一样跑在前面。

姨妈家住在县城，去姨妈家要先走二十里山路，走到镇上再搭车。

山里孩子走二十里路算不上什么，何况是去姨妈家做客，从出门那一刻起心里就快乐得直扑腾，简直想要飞起来。

直到现在，隔了几十年的岁月回想，去姨妈家路上的

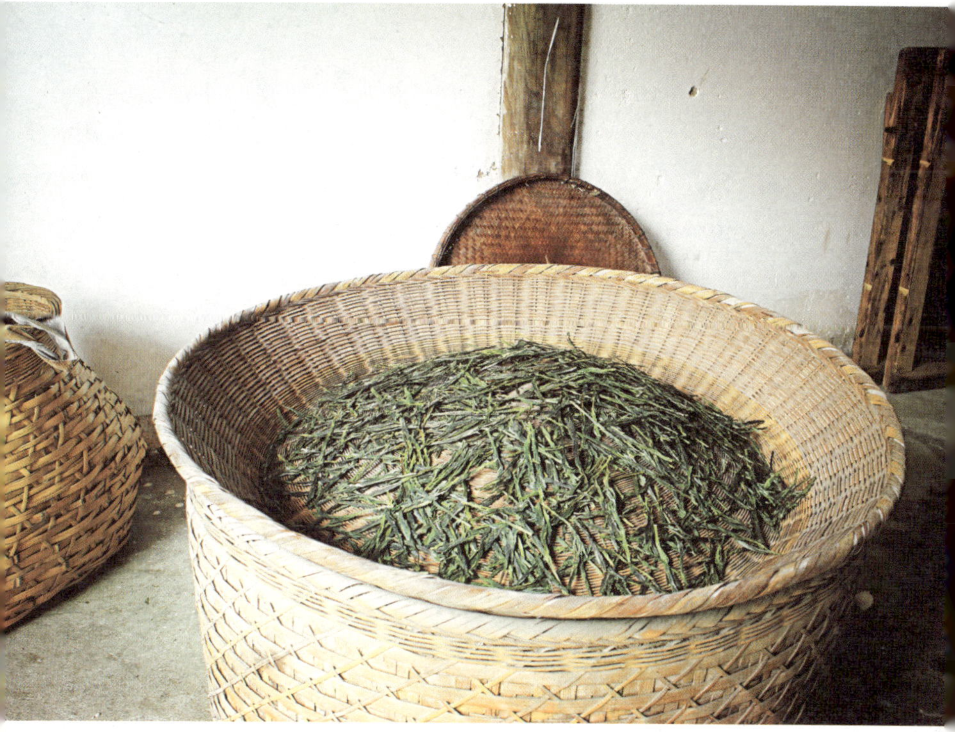

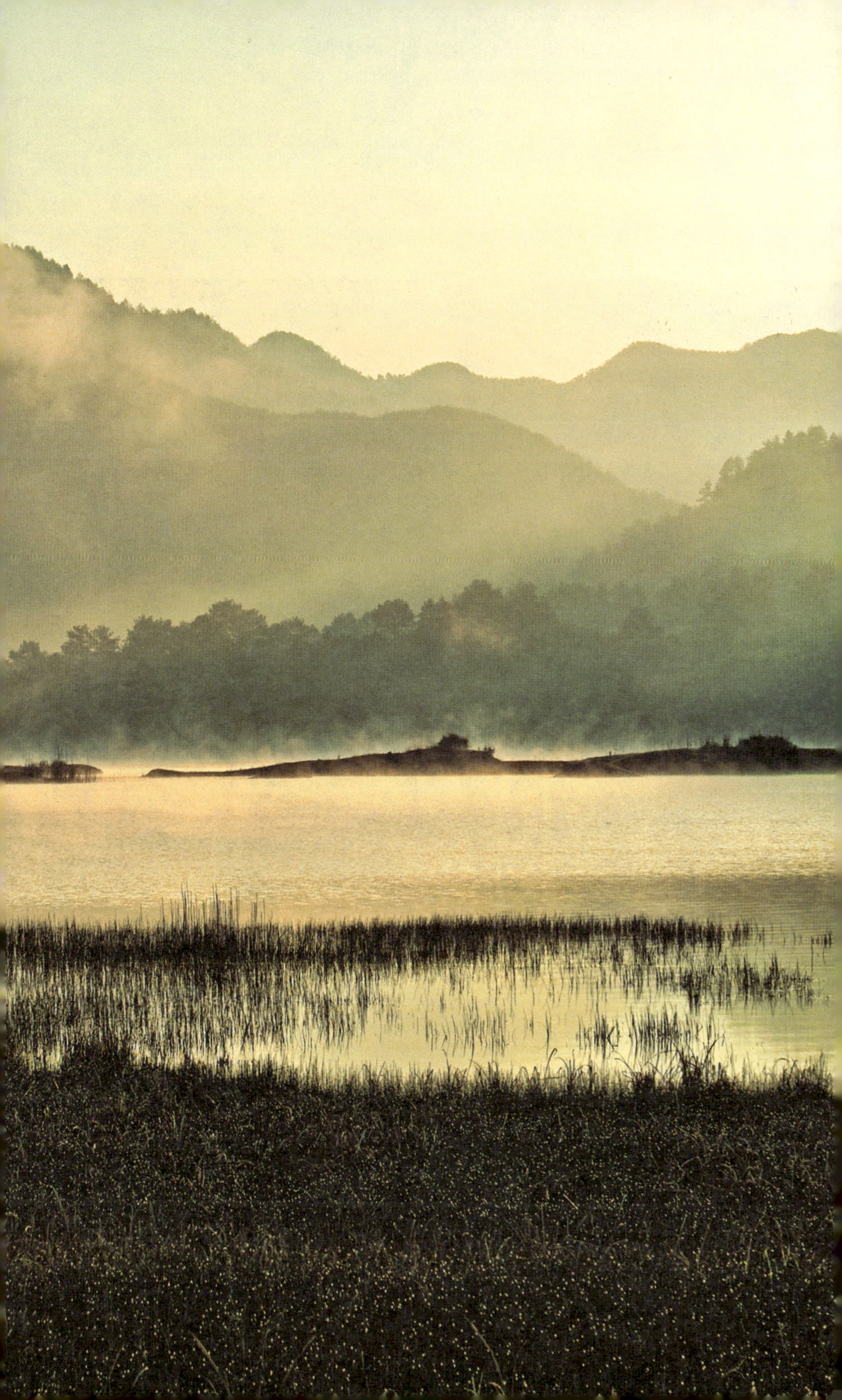

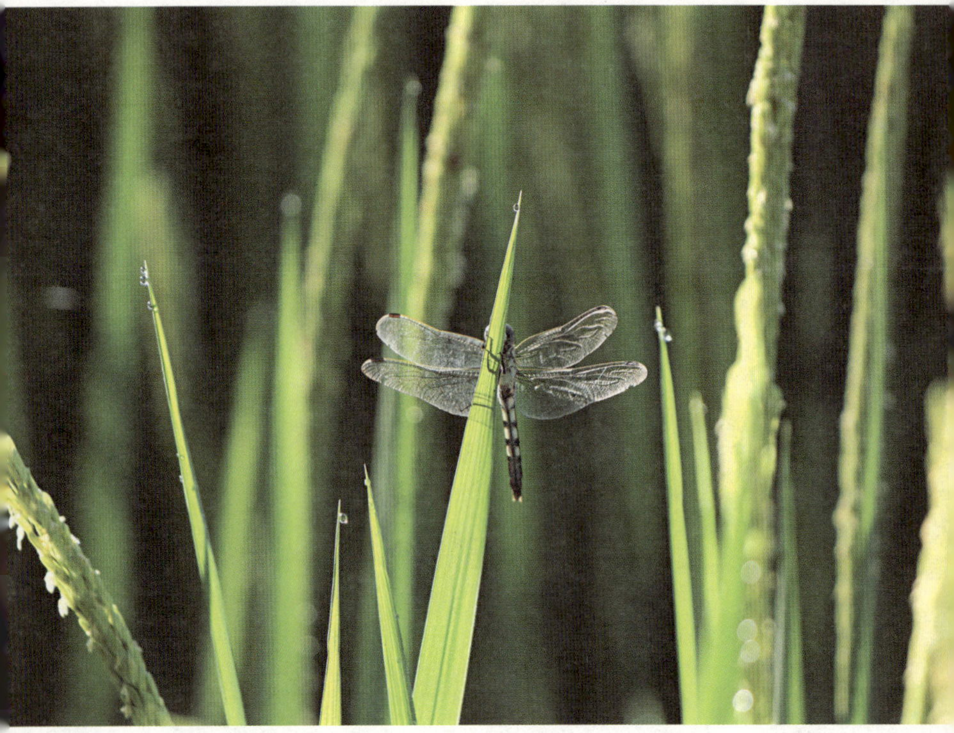

情景仍然是清晰的、明亮的：一条河流缓缓流淌，解冻的河面上映着天空云朵、山的倒影，不时能听到鱼儿打水的声音，有时还能看到它们跃出水面、腾空的片刻。我们沿着河边的山道往上游走，山道是泥路，路边有早开的山樱。我看见花就走不动路，想要采，只是花枝太高，我哥踮起脚还是够不到。母亲走过来了，放下篮子，手轻轻一抬，采下一枝递给我。

山道隔几里路就有一座过路亭，石头砌的，给路人歇脚。亭子里有木墩和石条，能容纳十几个人坐着。每走到一座过路亭，母亲就招呼我们兄妹停下来，坐进去歇一歇，从篮子里掏出一块麻饼，掰开两半，分给我们。

童年最为幸福的记忆，就是从母亲手里接过花枝和麻饼的时刻——真希望每一天都是新年，每一天都能去姨妈家做客，这样，母亲就总是美的、温和的，我们就总是快乐的。

后来和母亲聊天，说起去姨妈家路上的情景，母亲却不记得给我采过花。关于这段路，母亲只记得一个细节。母亲说，有一次，你和你哥在过路亭里面对面坐着，你把头往前一伸，叫了一声哥哥，你哥哥也把头往前一伸，叫了一声妹妹，然后你们俩哥哥妹妹不停地叫，当时看着你们俩，觉得再怎么苦也不能让这个家散了，不能让你们分开变成两家人。

在我十岁之前，父母的关系非常紧张，濒临离异边缘。而如果他们离异，我和我哥必然也要分开。

记忆是可以嫁接的，比如母亲说的这个细节，在我的记忆里原本找不到，它只被母亲收藏着。而后来，当母亲告诉我这个细节后，这细节就钻进了我的记忆，成为我的收藏。

去姨妈家拜年是母亲可以暂时逃离自己生活的日子，就像鱼跳出水面，哪怕只是在空中停留幻觉般短暂的时间，也能使它感到另一种气流的灌注，感到片刻呼吸的顺畅。

5

父亲退休的前两年，单位给他在城里安置了一套两居室。房子离姨妈家很近，只隔着一条街，春节去拜年，走十分钟就到了，不用像小时候那样，清早出门，傍晚才能到达。

去姨妈家拜年的礼物节前就备好了，超市里买的，大红的礼盒包装着。

记得小时候去姨妈家，会带自家制的干笋、老母鸡和猪蹄。姨父喜欢吃红烧猪蹄，腊月里杀年猪会把猪蹄留下来，贴上红纸，挂在后院屋檐下，拜年时送给姨妈家。

老传统里，给亲戚家送礼都要贴红纸的，取吉利的意思，送的点心里要有两条卍字糕，而收礼时只能留一条，另一条还回去，叫糕(高)来糕(高)去。

现在呢，早已不送卍字糕了，店里也很少卖它，一种风俗的改变就像一个人的成长和老去，是在不知不觉中过渡的。

小时候去姨妈家拜年要住好几天，恨不得把姨妈家为待客准备的美食吃完再回家。现在去姨妈家拜年只是在客厅坐两个小时，吃一只姨妈煮的五香蛋(元宝)，听姨妈姨父和母亲聊天，聊过去的事，聊身体的病，聊谁谁得了不治之症，谁谁已经过世了。

拜年要吃五香蛋，也是过去的风俗，现在不作兴了，姨妈家却还保留着，每来一拨客人，姨妈就要去厨房，将年前煮好的五香蛋用碗盛着，端出来，亲手剥开，递到客人手里。

初二那天陪母亲去姨妈家时，我是不吃早餐的，把胃空出来，吃姨妈煮的五香蛋。从年头到年尾，我也只吃这一只五香蛋。整个童年的味道，过往的时光，就保存在这只小小的，茶色的，有着冰裂纹的五香蛋里。

两个小时很快就过去，快到中午了，姨妈要留我们吃饭，我拦着，说不要麻烦了，我爸已做好中饭等我们回去吃。

姨妈已经太老了，比她实际年龄看上去老得多，不忍再给她增添一丝麻烦。

姨妈六十多岁就驼了背，一年比一年驼得厉害，上身前倾着，身高比年轻时矮了十五公分。没见过她年轻模样的人会以为她生来如此，而在我的记忆里，姨妈年轻时是没有人能比得上的美人，不仅生得美，性情也温和，在医院里做了四十多年护士，照顾病人，为产妇接生，从没见她的情绪失控过。

姨妈似乎从一生下来就天然地成为母亲，成为护士，身边每个人，亲的，疏的，也都习惯了她的照顾。读高中的时候，有两个学期我曾寄宿在姨妈家，吃姨妈做的饭，换下来的衣服也是交给姨妈洗。现在想起来真是羞愧，在姨妈家我什么事也没做过——没有扫过地，没有洗过碗，每次刚拿起扫帚或洗碗布，姨妈就会说放下放下，我也就真的放下了。

姨父比姨妈年长九岁，不苟言笑，脾气也急躁，总为一些不知道什么原因的事冲家人发火。不过进入老年之后，姨父就完全变了，变得像个孩子，寸步不离姨妈，走在姨妈旁边，或跟在她后面，两个人一道去市场买菜，一道做饭和散步。

近几年，姨父再也不能自己走下楼，不能自己洗脸洗脚、穿衣服、穿鞋子。所有的事,大大小小的事,都由姨妈替他去做。

姨父对我母亲说,我现在就是个废人了,多亏了你姐照应着。

母亲说,人老了就是这样啊,以前不费力的事,到后来会变得特别难。

6

今年春节是我搬到新居后度过的第一个春节。

自去年五月搬到新居,已过去两百七十天。这两百多天里,我几乎没有离开过,像一只穴居动物,长时间地待在洞内,即便外出也只在洞穴周围活动。

在新居的生活和旧居没有什么不同,只不过新居的阳台大一些,养的植物多一些,每天会花上几分钟打理它们,然后坐在它们旁边,开始写作。

我喜欢闻着植物的气息写作,能让我很快宁静下来。新居的植物更多来自野外——清晨在外面散步,顺手采一束花草。无论多普通的野花野草,都能给居所带来大自然的美和生气。

野生花草有很强的时令性,就像另一种日历。每天开的野花都不一样，提醒着时间的更新，让看起来没有区别的日子有了不同的页面。

到冬天，田野里再也采不到花草了，而我的居所仍有属于这个季节的植物——结着玛瑙样红果子的冬青枝。

冬青枝是在去父母住处的路上捡的——园艺工修剪过后，地上落下了一层，挑果子多的捡起来，带回。

新居离父母的住处有三公里，走路过去要四十分钟。而我经常会花一个多小时来走这段路。这条路有一半在城区，一半在郊区。郊区的这一半有许多树木，栾树、银杏、乌桕、马褂木、香樟、白玉兰、紫薇、桂树、红叶李、山茶、樱树、梅树，四季轮流开着花。

走这段路的时候，我舍不得走快，慢悠悠地晃荡，看看天，看看树，用手机拍下它们。

我并不是每天回父母的住处，隔个几天，去那边打一转，将门窗打开，通通风。那套两居室，十年前还是拥挤的、局促的，现在已经空下来了——哥嫂在三年前有了自己的新房子，我也搬去了新居。父母长年住在乡下，即便进城也只住个三五天。

春节期间，父母在城里住的时间最长，我在这段路上走得也较频繁，一天要走两个来回。

父亲说，你买个电瓶车骑骑吧，这样走多累，钱不够我给你。我笑着搂了他一下,说不用,我喜欢走路,"路上好多梅花,走在树下很舒服。"

即便没有梅花,我仍然会喜欢走这段路,那种心情,和小时候走路去姨妈家是一样的。

一个人童年走过的路隐喻着一生将要走的路。在我心里,小时候去姨妈家的路从未消失,它变成一种情结,埋伏进我的生命。在后来的岁月,走在每一条路上,都会遇见小时候的那个自己,把路边见到的每一棵树也都当作小时候见过的,在树下停留,闻它们的味道,踮起脚尖去采。

大年初一,我将路边采的梅枝带给我妈:"闻闻看,很香的。"

母亲接过去,把脸凑近:"嗯,真的很香。"

母亲将梅枝举起,对着光线转动,反复看着。梅花和山樱很相似,淡粉色,花瓣薄而轻盈。或许小时候见到的也是梅花。只有梅花是开在春天最早的花,从腊月开到正月,又寂寞,又喧哗。

在静中流动的湖

因为工作的关系,我在太平湖居住了二十多年。

起初住在白鹭洲岛。那时我还年轻,不觉得居所四面临水是一件美妙的事,也很难欣赏周围的风景。

日本画家东山魁夷曾说:风景即心境。这句话我是许多年后才领悟的。一个内心浮躁,不安宁,对未来的去向、明天的生活都很迷惘的人,即使身处景区也难以看见和享受到风景。不过,现在回想起来,即使那时我对风景的感受力迟钝,给我内心以慰藉和安抚的,仍然是太平湖的四季晨昏之美。

最喜欢夏天,在别人还没有起床时,我就起来了,奔向湖边。喜欢在日出时浸在湖水里的感觉,日光铺满湖面,宁静又辉煌,四周的山使我有被环抱的安稳感,身体浮在水里,轻盈自由,觉得自己就是一条鱼,这整片水域仿佛都是我的。

也喜欢湖边的日落时分。有几年,因为修筑太平湖大桥,太平湖的水位非常低,大片湖滩裸露,就像一个人光着脊背俯卧在那里,有着好看的曲线,夕阳照在上面,迷人的金黄色。

每天黄昏我都会走进这片湖滩，像一个漫游者，手里拿着书，在离湖水最近的石头上坐下，看落日，看夕阳的光芒在湖面跳动，看晚霞在湖水中浸染，半湖瑟瑟半湖红。

很多年后，当别人问起我，太平湖有什么可看的风景？我会说，当你只是一个匆匆过客，在太平湖停留一天半天，是很难感受湖之美的。太平湖的美不是园林式，不是——也不应该是一座哗众取宠的水上乐园。太平湖的山水是静的，静中又有着灵动，看似没有变化，甚至单调，而其实，它无时不在变化着。它的变化是季候、天气、时间赋予的。晨与昏，晴与雨，冬与夏，春与秋，今天与明天，午前与午后，皆有不同的色调与韵致。

梭罗在《瓦尔登湖》中对湖水的颜色有过细致的描述，仅仅一个绿色，就用了淡绿、黛绿、碧绿、鲜绿、深绿来分别——这是只有住在湖边，与湖朝夕相处的人才能感受的。太平湖也是如此，湖水颜色丰富多变，仅仅一个日出的过程，就有数十种颜色的转换，同时转换的还有远近的山色、天色。

太平湖离仙境这个词最近的时候是雨后，云雾如瀑布从山谷汹涌而出，被风推移着，缭绕山间，光从云隙射下，如同金扇倒悬，半山入湖水，半山青天外。

冬天清晨的湖也是世外仙境，湖面乳雾袅袅，酷似身姿婀娜的白衣仙子凌波轻舞，直到阳光变得强烈才悄然隐去。雪后的湖就更不必说了，那是童话中才有的场景，也是古画和唐诗中才能见着的场景。

即使在盛夏电闪雷鸣的时候，这湖也有着非凡的美，天空铅云密布，压在湖面，闪电不时裂开云层，直击湖心，湖水一反平时的温婉宁静，白浪翻滚，似众神正在湖上展开惊心动魄的激战。

我在湖边生活的前十年并没有真正用心去感受这湖，即便在每天的黄昏时分赴约般奔向湖边，目送落日，在心里感叹着时光之美、湖之美，我依然是忧伤的、孤寂的，渴望着离开。这忧伤有一部分正是湖的美在内心的投射——光阴如此美好，如同一首能让人燃烧起来的诗，却难以挽留，并且无法与人分享，这就是孤寂与忧伤的来源。

真正有意识的、近距离的、无时不在的感受太平湖之美是在开始写作之后，准确说是在开始写作《临湖》这本书的时候。

我成了太平湖最忠实的记录者，每天清晨，太阳出山之前，会带着相机走到湖边去，以宗教徒般虔诚的心境迎候日出，用相机拍下日出时分的湖面、山色、天空，以及湖滩上的野草野花，露珠昆虫。

我每天在湖边漫步、观察、拍摄，下雨下雪天也不间断，回到宿舍后，把观察和感受的细节写下来，和图片一起发到博客里。很快，图片和文字引来了它们的读者。

　　我仍然是一个人居住在湖边，表面上看，生活并没有改变，但内心慢慢变得安稳下来，不再渴望离开太平湖，而是希望能像一棵树那样，在湖边扎下根，静静感受四季，静静生长。

　　写《临湖》的过程也是我脱胎换骨的过程。不知道是不是每个写作者都有这样的经历，写一本书的同时也在经历着重生，当这本书写出后，写作者已不同于从前——对自己，对身边人，对身处的环境，对一草一木的认知都不同于从前，内心感到新生的愉悦，变得自信、从容，豁然开朗，知道真正需要的生活是怎样的。

　　读过《临湖》的人，说我的文字有灵性，能让人安静。我想这灵性和安静正是太平湖赋予的，一个在湖边生活久了的人，眉宇间，谈吐间，都是有静气的。

　　现在，如果还有人问我，太平湖有什么样的风景，我会说，太平湖的风景就是流动，而这流动又在静中。云的流动、水的流动、山色光影的流动、四季晨昏的流动，都在静中。

　　太平湖的风景之美如同中国山水画的禅意之美，极简,又极丰富,内蕴深厚,是一个人性灵的写照。这湖如同一面镜子,观看者有着怎样的性灵,内心有着怎样的深度,就能在湖中看到什么。

　　一个人只要在他感觉需要与自己的内心相处,与大自然相处,像一个孩子,或者说像一个小动物那样,体验被万物接纳和包容的生活时,就可以在湖边居住,用湖水清洗身体,用散发着植物芳香的空气清洗肺腑,用天籁之音清洗耳朵,用寂静星光清洗眼睛。耳清目明后,再背上行囊,去要去的地方。

　　一个人不必一生住在湖边,也不必像我这样,十几年、二十年住在湖边。

　　当然,如果你愿意,也没有什么不可以。